퇴마 인테리어

I

구축대표 구택편

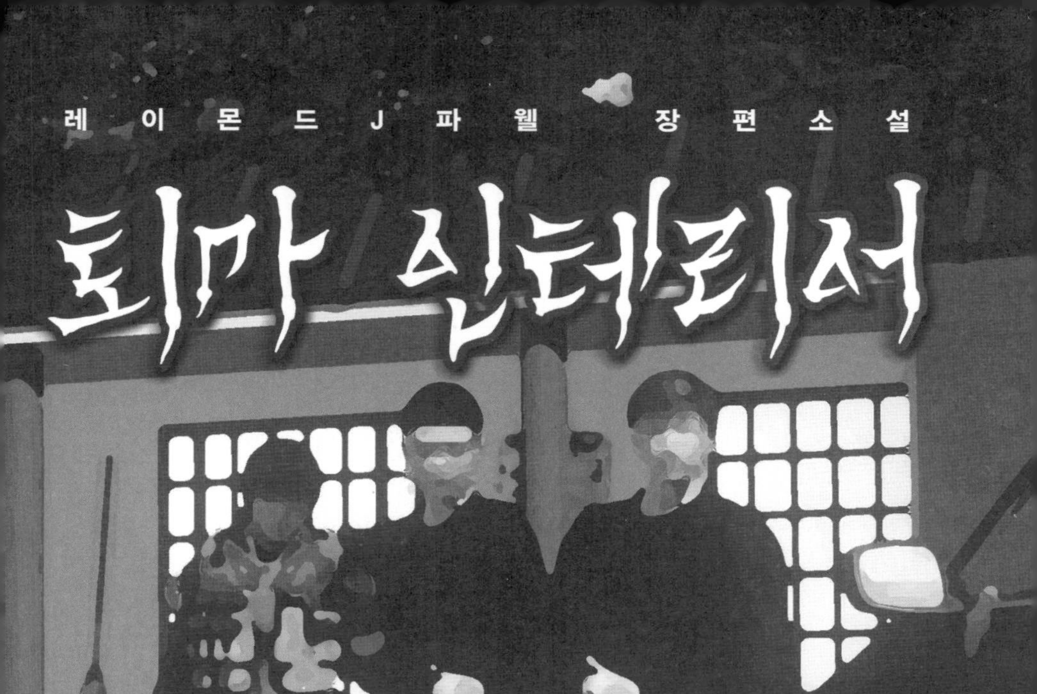

목차

비와 서둠

♜

경기도 광주 변두리에 한 시골 마을.

한적한 시골길과 논과 밭, 듬성듬성 있는 낡은 집들이 저녁노을 아래서 붉게 물들어 가고, 빛을 발하던 태양이 마을 어귀 산자락 끝에서 그 자취를 감추기 시작할 무렵.

태양이 지는 반대쪽 산골짜기에서는 서서히 먹구름과 함께 어둠이 고개를 내밀며, 붉게 물들었던 시골 마을을, 이번에는 축축한 비와 서늘한 냉기를 내뿜는 암흑으로 가리기 시작했다.

갑작스러운 날씨 변화임에도 몇 안 되는 마을 주민들은 현명하게, 그리고 당연하게도, 각자 자신들의 집으로 돌아가, 텔레비전이나 라디오로 그날 날씨에 관한 뉴스를 보고 들으며 따뜻한 저녁 시간을 보내고 있었지만, 그 당연한 것을……

……외지인들만은 모르고 있었다.

그들, 외지인들은 이 시골 마을에 사는 주민들이라면 절대 하지 않을 행동들을 군이 실천하기 위해, 먼 타지에서 이곳을 찾아온 자들이었다.

마을 사람들이 그들의 얘길 들었다면, 쓸데없는 소란 피우지 말고 돌아가라고 따끔한 충고라도 해줬겠지만, 마을 사람들은 그들이 이곳에 왔다는 사실을 모르고 있었다.

차라리 마을 사람들 귀에 들어갔으면 외지인들 입장에서는 다행이었겠지만, 정작 그들이 왔다는 얘기는 다른 존재들의 귀에 들어가고 말았다.

먹구름과 함께 몰려온 어둠은 알고 있었고, 정확히 그들을 노리고 있었다.

어둠은 자신을 피한 마을 주민들의 집 위를 유유히 지나서, 해가 모습을 감춘 산으로 향했다.

산 너머로 어둠이 다가섰을 때 마침내 보인 것은, 자신을 감추듯 사방이 산으로 둘러싸여 있어, 마을 쪽에서는 그 모습이 일절 보이지 않던, 낡은 병원 건물이었다.

병원은 한때 전국에서 제일 규모가 큰 요양병원이라 불렸던 곳으로 그 명성에 걸맞게, 본관 건물을 기준으로 병동 건물이 좌측과 우측에 각각 제1병동, 제2병동으로 하나씩 더 있었으며, 본관 뒤에도 제3 격리병동이라는 건물이 하나 더 있었고, 제2병동 옆에는 강연 및 영화 상영 같은 행사도 열 수 있는 강당 건물이 별도로 지어져 있었다.

서막. 비와 어둠

네 개의 병동 건물이 ㅁ자로 서로 마주 보게 지어진 덕에, 그 중심 공간에는 환자들이 보호자 또는 간병인들과 함께 산책을 할 수 있는 산책로와 정원이 꾸며져 있었다.

각 병동 건물의 내부도, 병원 바깥쪽에는 창문 없는 병실이 배치되고, 병원 안쪽으로는 복도와 창문이 배치되었다. 이 덕에 환자들이 병실에서는 병원 밖의 경치를 못 보게 만들어 탈출 욕구를 제한하고, 동시에 탈출 시도를 원천 봉쇄했다. 대신 복도로만 나와도 복도 창문을 통해 넓은 정원이 시야에 탁 들어와, 답답함을 덜 느끼게끔 만들었다.

그만큼 이곳은 환자의 심리 하나하나까지 세세히 신경을 써서 만든 병원이었으며, 그로 인해 많은 직원들과 환자들로 붐비던 곳이었고, 동종업계 종사자들 가운데 이곳을 모르는 사람은 없을 정도로 유명세를 떨치던 곳이었다.

하지만 그것도 모두 옛날얘기가 되어, 병원이 폐업하고 방치된 지금은, 짙은 어둠이 끌고 온 비구름 속에서 천둥이 번쩍번쩍 비출 때마다 비명을 지르듯, 낡고 추한 건물의 모습이 잠깐씩 보일 뿐이었다.

번쩍-! 콰과앙-!

천둥이 번쩍이며 폐병원의 을씨년스런 모습을 드러냈고, 잠시 뒤, 이에 화답이라도 하듯이 병원 본청 건물 3층 창가 일부에서도 작은 빛이 번쩍이며 외부로 새어 나왔다.

쾅--!

동시에 천둥소리보다 작은 총성이 울려 퍼졌다.

몇 초 되지 않아 이번에는 2층 창가에서 불이 번쩍인다.

쾅――!

"헉, 헉……계속 뛰어!"

면 티에 재킷을 입고, 청바지 차림을 한 두 남자가 2층 복도를 가로지르며 뛰고 있었다.

두 사람 모두 손에 작은 손전등과 함께 총신을 짧게 잘라놓은 산탄총을 들고 있었는데, 외관이 조잡해 보여, 전문가가 아니더라도 한눈에 민간에서 직접 만든 불법 사제총기라는 걸 알 수 있었다.

달리던 두 남자 중 살짝 뒤에서 뛰던 남자가 근처에 계단을 발견하고, 앞서 달리던 남자를 향해 외쳤다.

"내려가!"

그 외침에 앞서 달리던 남자는 계단을 지나칠 뻔했다가, 방향을 틀어 계단을 내려가기 시작했다.

두 남자가 1층 사무실 복도로 내려가자, 방금 전까지 그들이 있었던 2층 병실 복도는 칠흑 같은 어둠에 잠기고, 그와 동시에 거친 짐승의 울음소리가 울려 퍼졌다.

[우어어어――――!!!!]

어둠을 뚫고, 환자복 차림에 삐쩍 마른, 세 명의 노인들이 모습을 드러냈다.

그들의 피부는 새까맣고, 너무나도 건조하여 마치 죽은 나무와도 같았다. 두 눈에는 흰자위만 있을 뿐, 검은 눈동자는 존재하지 않았고, 머리카락은 한 올 한 올이 살아있는 생명체처럼,

꾸물거리며 허공을 헤엄치고 있었다.

곧이어 그들은 두 팔을 앞으로 뻗은 상태로 머리를 좌우로 흔들며, 쏜살같이 계단을 따라 내려가기 시작했다.

그 모습은 노인이라고 생각할 수 없는 속도였다.

아니, 인간이라고 볼 수도 없는 움직임이었다. 그들의 다리는 전혀 움직이고 있지 않았으니까.

[우어어어---!!!!]

입을 쩌억 벌리고, 그들은 고함치며 1층 복도에 있던 두 남자를 향해, 집어삼킬 것처럼 달려들었다.

쾅-! 쾅-! 쾅-!

세 번의 총성이 울리고, 노인들은 흔적도 없이 검은 연기가 되어 사라졌다.

"젠장! 수가 너무 많아!"

두 명의 남자 중 한 명이 겨누었던 총을 거두어 탄을 장전하며 투덜거렸다.

그사이, 다른 한 명은 허리춤에서 무전기를 꺼내, 어딘가로 무전을 보내기 시작했다.

"여기는 본관! 여기는 본관! 수가 너무 많아요, 지원이 필요합니다! 가까이에 누구 없습니까?"

남자의 무전에도, 무전기에서는 아무런 응답이 없이 그저 지지직거리는 잡음만 들려올 뿐이었다.

무전을 시도했던 남자는, 총을 장전하고 있던 남자를 보며 고개를 내저었다.

퇴마 인테리어

"아까부터 아무도 대답이 없어……. 여기는 본관! 누구라도 좋으니까 응답하세요!"

"……강당 쪽에 간 퇴마사는 뭐하는 놈이야? 온갖 똥폼은 다 잡더니 무전 하나 제대로 못 받는 건가?"

"형, 어떻게 하지? 우리라도 일단 철수할까?"

무전기를 든 남자가 자신의 형에게 물었다.

형은 겁에 질린 동생을 바라보며, 인상을 찌푸리고 한 손으로 머리를 쓸어 넘겼다.

"아오, X발! 무슨 퇴마하는 인테리어 업체? 그쪽 팀 한 명은 밖에서 대기 중인 거 아니었어? 그쪽에 무전 때려봐."

"무전 채널 다 똑같아, 그쪽도 지금 대답이 없는 거야."

"그러면 일단 여기서 나가자, 나가서 상황보고 다른 팀 지원을 가든지, 아니면 우리만 일단 여길 뜨든지 하자."

형의 제안에 동생은 고개를 끄덕이며 동의했다.

그 순간, 위층에서 또다시 짐승의 포효하는 소리가 들려왔고, 형제는 천장을 한 번 쳐다보고는 재빨리 본관 현관 쪽으로 달리기 시작했다.

조용했던 복도에 두 남성의 달리는 발소리와 거친 숨소리가 울려 퍼지고, 두 남성이 지나간 곳에서는 얼마 안 되어 짐승의 울음소리가 들려오기 시작했다.

형제는 뒤도 돌아보지 않고 달린 끝에 본관 1층 대합실로 들어섰다.

대합실은 언제라도 정상영업을 할 수 있을 것처럼, 의자며 장식품이며 활기찼던 예전 모습 그대로 방치되어 있었다.

형제는 대합실에 놓인 대기석 의자들을 빙 돌아가, 현관으로 향했는데, 갑자기 현관 방범 셔터가 요란한 쇳소리와 함께 내려오며 형제의 탈출을 저지했다.

갑작스러운 사태에 동생은 고함을 치며 절규했다.

"뭐야, 뭐냐고! 이건?!"

"온다!!!"

형이 현관을 뒤로 등지고, 대합실 쪽을 바라보며 총을 겨누었다.

절규하던 동생도 형의 외침에 당황하지 않고, 곧바로 사격자세를 취했다.

두 사람 모두 이런 일을 해온 게 처음이 아니었다.

다만, 이렇게까지 두 사람이 궁지로 몰렸던 적은 지금까지 한 번도 없었다.

형제는 서로 말 한마디 나누지 않고도, 짠 것처럼 머릿속으로 각자가 가진 암염탄의 개수를 세기 시작했다.

[아아아아아!]

고함소리가 들려오며, 형제가 뛰어왔던 복도에서 조금 전과 같은 모습의 노인이 세 명 나타났다.

어두운 대합실에서, 형제는 작은 손전등 불빛에만 의지해 노인들의 움직임을 놓치지 않으려 애쓰며, 사격을 가했다.

쾅-! 쾅-!

두 번의 격발이 있고, 노인 중 하나만이 사라졌다.

철컥!

형제가 산탄총의 탄을 장전하는 사이, 나머지 노인들과의 거리는 급속도로 좁혀졌다.

동생이 쏜 총탄이 빗나갔다는 사실을 알아채자마자, 형은 총을 장전한 뒤 총구를 돌려 동생을 먼저 지원했다.

쾅-!

동생에게 접근하던 노인은 사라졌지만, 정작 형에게 접근 중이던 노인은 그대로 달려오고 있었다.

[우어어어어!]

노인이 악어처럼 입을 벌리자, 입가의 피부가 찢어지며 짐승의 날카로운 치아들이 모습을 드러냈다.

노인이 두 팔을 벌려, 형의 어깨를 먼저 붙잡았다.

형이 두 팔로 밀어내려 했지만, 노인의 힘은 인간의 것이 아니었다.

노인이 괴기스럽게 치아를 드러내 보이며, 형의 목덜미를 물어뜯으려는 그때. 뒤늦게 장전을 마친 동생이 노인의 머리에 총구를 대고 방아쇠를 당겼다.

콰앙-!

노인이 사라지며, 붙잡혔던 형의 어깨도 풀렸다.

"크윽!"

하지만 형은 바닥에 쓰러져, 자신의 두 귀를 손으로 가리며 고통에 잠시 신음해야 했다.

근거리에서 큰 소음과 함께 사격이 이뤄지며 귀에 상당한 충격이 간 탓이었다.

동생이 급히 형에게 다가가, 다친 곳을 살피려는 그때.

쫘악!

무언가 날카로운 흉기에 찔리는 통증이 동생의 왼쪽 발목에서 올라왔다.

고개를 돌려보니, 형제가 등지고 있던 현관 방범 셔터 사이로 날카롭고 긴 손톱을 가진 손 하나가 들어와, 동생의 발목을 쫘악 움켜쥐고 있었다.

"이런 씨X!"

동생은 곧바로 산탄총을 서둘러 장전한 뒤, 자신의 발목을 움켜잡고 있는 손의 손목 부분을 겨누고 쐈다.

쾅!

손이 연기가 되어 사라지고, 동생은 서둘러 형을 부축해서 일어설 수 있게 도왔다.

형이 짜증을 내며 동생에게 한소리 했다.

"멍청아, 그러니까 내가 사격 연습 좀 열심히 하라고 했지?"

형은 아직도 고통이 다 가시지 않아 비틀거리면서도, 힘을 짜내어 두 발로 버티고 제자리에 섰다.

그 순간, 형제 등 뒤로 있던 방범 셔터가 출렁였다.

형제가 뒤돌아보니, 방범 셔터 너머에 사람의 형체로 보이는 검은 실루엣이 하나 서있었다.

형제가 급히 총을 겨누고, 손전등을 비추었다.

형제는 둘 다 속으로, 누군가가 자신들을 도와주러 온 것이기를 바라고 있었다.

하지만 상대의 옷차림이 이상했다.

검은 바지에 상반신은 아무것도 입지 않은 남성의 모습이 손전등 빛에 제일 먼저 비쳤다.

남성은 손으로 방범 셔터를 붙잡고 있었는데, 얼굴을 보려고 손전등 불빛을 위로 올리자, 보여야 할 얼굴은 안 보이고 목만 계속 위로 위로 향하고 있었다.

손전등 불빛은 목을 따라가다 방범 셔터 윗부분까지 향했는데, 그곳에는 돌처럼 무표정한 얼굴을 한 남성이 셔터 틈새로 빠끔히 고개를 내밀고는 형제를 내려다보고 있었다.

"이건 또 뭐야?"

동생의 당황해하는 물음에도, 형은 동요하지 않고 제일 먼저 반응했다.

"뭘 멍하니 보고 있어, 쏴!"

쾅-!

형이 먼저 격발하고, 그 뒤 동생도 사격을 시작했다.

그런데 총을 맞은 상대의 머리는 이전 노인들처럼 사라지지 않고, 그저 달팽이의 눈이 무언가 닿으면 쪼그라들듯이, 잠시 머리가 목과 함께 조금 움츠렸다가 다시 원상 복구되었다.

무표정한 머리는 형제의 사격에도 표정에 미동 하나 없이 굳은 얼굴로 점점 형제 쪽으로 다가오기 시작했다.

"……하! 이런 건 처음인데!"

형이 짜증을 내는 사이, 동생이 한 발 더 사격을 가했다.

쾅-!

하지만 이번에도 머리는 사라지지 않았다.

"젠장! 튀어!"

형의 고함소리를 시작으로 형제는 다시 대합실을 뒤로 하고 달리기 시작했다.

[우어어어어!]

저 멀리 형제들이 달려왔던 복도 쪽에서 다시 짐승의 괴성이 들려왔고, 형제들은 반사적으로 반대쪽 사무실 복도로 달리기 시작했다.

동생은 탈출구인 현관을 뒤로하고 다른 곳으로 간다는 사실에 미련이 남아, 힐끗 대합실 쪽을 바라봤다.

뱀처럼 남자의 머리가 S자로 꾸물거리면서 허공을 헤엄쳐 형제들을 쫓아오고 있었다.

동생은 급히 바지 주머니에서 소금 한 주먹 분량이 들어있는 작은 비닐을 꺼내, 사무실 복도와 대합실 사이 경계에 쏟아부어, 경계선을 하나 만들었다.

형제들이 있는 사무실 복도의 반대쪽 복도에서 다가오던 세 명의 노인들은 소금을 발견하자마자 몸을 돌려 왔던 곳으로 되돌아갔다.

하지만 목이 긴 머리는 무표정한 얼굴로 가만히 공중에 떠서, 소금 경계선 너머에 서있는 동생을 지그시 쳐다보고만 있었다.

마치 너는 반드시 죽이고 말겠다는 의지 하나만이 남은 존재가 눈앞에 있는 것 같았기에, 동생은 공포에 질려, 제자리에 몸이 굳어버렸다.

그 몇 초도 안 된 시간이 몇십 분처럼 느껴지던 순간, 겁에 질린 동생을 도와준 건 형이었다.

형은 동생의 어깨를 붙잡고 소리치며 정신을 차리게 만들었다.

"야, 정신 안 차릴래?! 저걸 왜 쳐다보고 있어!"

형의 외침에 정신을 차린 동생은 잠긴 목소리로

"형, 1층 창문 하나 깨서 밖으로 나가자. 나가야 해, 우리."

라고 입을 열었다.

이에 형은 고개를 내저었다.

"내가 방금 여기 옆 사무실 창문 확인했어, 전부 창살로 막혀 있어. 아마 다른 곳도 마찬가지일 거야."

형의 말에 동생은 사전답사 때 외부와 연결된 창문의 창살 설치 여부를 전혀 살펴보지 않았던 걸 떠올리고 후회했다.

형제는 자신들이 이렇게 쫓기게 될 거라는 건 전혀 예상하지 못했다.

물론 이곳 시설의 규모가 워낙 크기 때문에 자신들이 상대하게 될 귀신들의 숫자도 엄청 많을 거라고는 지레짐작하고 있었지만, 형제 말고도 이곳에 함께 온 다른 사람들이 있었기에 크게 걱정하지 않았었다.

소위 이쪽 방면에 전문가라 자청하는 인물들이 이번 일에 대거 참여했다.

"다른 쪽에서 우릴 도우러 못 오는 상황이라면, 우리가 그쪽으로 가는 수밖에 없어. 여기서 제일 가까운 곳에 들어간 인간 누구였어?"

"우측 제2병동, 무속인 한 명 들어가 있어."

"그 아기동자 데리고 왔다던 무당? 하아, 내가 제일 싫은 타입인데……. 어쩔 수 없다. 일단 그쪽으로 가자. 우리만 있는 것보단 나을 거야."

형은 혀를 한 번 찬 뒤, 아직도 공중에 떠서 자신들을 노려보고 있는 머리를 힐끗 쳐다보고는, 먼저 움직였다.

동생도 곧바로 형을 따라 본관 옆 제2병동을 향해, 복도를 달리기 시작했다.

형제는 달리면서 과거를 떠올렸다.

목숨의 위기가 찾아와서 주마등이 스멀스멀 기어 올라오는 것인지, 형제 모두 생각하지 않으려 애를 써도, 달리는 동안 예전 일이 계속 떠올라 정신이 산만해지고 있었다.

학창시절, 막 고등학생이 된 동생이 친구들과 흉가 탐방을 하다가, 친구들의 장난에 속아 흉가 지하창고에 혼자 갇히게 된 적이 있었다.

동생이 가지고 있던 휴대전화로 부모님께 이 사실을 알렸고, 부모님이 두 시간 정도 걸려 동생을 흉가에서 데리고 나왔다.

동생은 그날 많은 꾸지람을 받았는데, 나중에 형에게만 자신이 겪은 놀라운 일을 알려주었다.

부모님이 구하러 오기 전에, 창고에 동생 말고도 다른 존재, '귀신'이 함께 있었다는 얘기였다.

그 당시 창고에 있던 하얀 소복을 입은 귀신은 동생을 죽이려는 거였는지, 아니면 단순히 괴롭히려는 거였는지, 동생의 목을 아주 천천히 조르기 시작했다.

이때, 가족이 다니던 교회에서 해준 얘기가 생각나 동생은 신께 이 상황을 이길 힘을 달라 기도하면서, 주먹으로 그 귀신의 얼굴을 때렸는데, 정확히 가격이 되어 조르던 손아귀에서 벗어날 수 있었고, 상황이 역전되어 오히려 그 존재를 한참 동안 창고에서 구타했다고 말했다.

부모님이 와서 창고를 열기 직전이 되어, 그 존재는 벽 속으로 도망가 버렸다고…….

그게 시작이었다.

동생이 자신이 경험한 걸 입증하겠다고 그 흉가에 형을 데리고 다시 들어갔고, 형은 그곳에서 놀랍게도 동생의 말이 사실이라는 걸 두 눈으로 보고 알게 되었다.

동생이 하얀 소복을 입은 귀신을 때리며 쫓고 있었고, 귀신이 동생을 피해 도망가고 있었던 것이다.

며칠 뒤부터는 아예 그 흉가에서 귀신이 나오지 않게 되었고, 나중에 보니 흉가는 허물어져, 빈 공터가 되어있었다.

어찌 됐든 그 일을 계기로 형제는 성인이 되어 부모와 독립하자마자 퇴마를 하러 다니기 시작했다.

자신들은 재능이 있다고 생각했던 것이다.

그리고 현재까지 이른 것인데, 보통은 암염탄, 일명 소금탄에 맞으면 지금까지 형제가 만났던 귀신들은 그대로 사라지고 퇴치되어 왔다.

그런데 이 망할 병원은 도저히 그런 기미가 없었다.

퇴치를 했다고 생각했는데, 다시 나타나고, 다시 나타나고를 반복하며 오히려 더 강해지는 느낌마저 들었다.

무엇보다 나타나는 귀신의 숫자와 종류가 생전 처음 겪어보는 양이었다.

"망할 놈들! 그만 좀 쫓아와!"

형이 천장을 바라보며 짜증 섞인 고함을 쳤다.

형제들이 1층 사무실 복도를 달리는 동안, 2층에서 들려오는 짐승의 포효소리가, 똑같이 형제와 같은 방향으로 이동하며 계속 들려왔기 때문이었다.

동생의 머릿속에 자기들 바로 위층에서 똑같이 따라오고 있는, 귀신들의 소름 돋는 모습이 떠올랐다.

동생은 자기도 모르게 복도 창문 쪽으로 고개를 돌리게 되었다.

창문 너머로 천둥 불빛 아래에 정글처럼 변해버린 정원이 보였고, 창문 위쪽으로 무언가 사람 손 같은 게 지나가는 것 역시 보였다.

그 순간, 동생은 바로 알아차렸다.

"형! 위가 아니야! 옆이야!"

"뭐?"

"옆이라고! 창문 뚫고 온다!"

동생이 고함을 치며 형에게 전달했고, 그 순간, 창문이 박살나며 노인 귀신 하나가 복도 쪽으로 들어왔다.

창문에는 분명 창살이 쳐져 있었지만, 이 존재들에겐 의미가 없는 물건이었다.

귀신은 엿가락처럼 창살을 휘며, 스윽 그대로 몸을 밀고 들어왔다.

쾅-!

동생이 산탄총으로 암염탄을 발사했다.

제대로 명중하여 들어온 노인 귀신 하나를 바로 없앴지만, 곧바로 다른 두 귀신이 연달아 복도로 들어왔다.

형제는 체력이 점점 떨어지는 반면, 귀신들에게 체력의 한계따위는 없었다.

장기전으로 갈수록 형제들은 불리했다.

"나, 장전해야 돼!"

동생이 외치며, 재킷 주머니에서 암염탄을 세 개 꺼냈다.

이에 앞서 달리던 형이 발을 멈추고, 뒤를 돌아서서 동생을 엄호했다.

쾅-!

"계속 뛰어!"

철컥!

산탄총의 장전 손잡이를 잡고 뒤로 당기자, 노리쇠가 후퇴하고, 약실에 있던 빈 탄환이 연기를 내뿜으며 나와, 바닥에 통통소리를 내며 떨어졌다.

그사이 남은 노인 귀신 하나가 형에게 달려들었지만, 형이 든총의 장전 손잡이가 밀리며 노리쇠가 전진했고, 약실에 탄이 장전되었다.

산탄총의 총구가 귀신의 입에 정확히 맞닿았다.

쾅-!

산탄총이 불을 내뿜고, 마지막으로 남아있던 노인 귀신은 사라졌다.

하지만 형이 겨냥했던 총을 내리자마자 바로 위층에서 또다시 짐승 울음소리가 들려왔다.

도저히 끝날 것 같지 않았다.

형은 서둘러 동생을 따라 달리기 시작했다.

쾅-! 쾅-!

형이 보니, 이미 앞에서 달려가던 동생은 걸음을 멈추고 복도 전방을 향해 사격을 가하고 있었다.

가까이 다가가 보니 전방에 또 다른 노인 귀신 셋이 다가오고 있었다.

'저런 게 더 있단 말이야?'

형이 고개를 돌려 뒤를 보니, 창문을 깨고 노인 귀신 세 명이 이제 막 복도로 들어오고 있었다.

포위당했다는 사실에 초조해진 찰나, 동생 옆에 있는, 2층으로 올라가는 계단이 형의 눈에 들어왔다.

"야, 위로! 위로 가자!"

"다시 2층으로 가자고?"

"빨리!"

형제가 다시 계단을 오르고, 노인 귀신 여섯이 괴성을 지르며 그 뒤를 맹렬하게 쫓아갔다.

"너, 몇 발 남았어?"

퇴마 인테리어

"일곱에서 아홉?"

"정확하게!"

"일곱!"

동생의 대답을 들은 형은 달리기를 멈추고, 2층 계단 입구에 섰다.

"여기서 일단 한번 쓸어!"

형의 외침에 동생도 달리기를 멈추고, 자리를 잡은 다음 계단 아래를 향해 총을 겨누었다.

형제가 비추는 손전등에 계단을 올라오는 여섯의 귀신이 보였다.

그간 퇴마를 업으로 삼으며, 제거해 왔던 귀신의 숫자에 비하며 터무니없이 적은 숫자였지만, 지금 이곳에선 겨우 여섯이라 평가하기에는 그 숫자의 압박이 형제에게 너무나 크게 다가왔다.

[우어어어어---!]

쾅! 쾅!

형제가 손에 든 산탄총이 불을 내뿜으며, 순식간에 여섯의 귀신 중 둘이 사라졌다.

하지만 산탄총의 특성상 수동으로 총 안에 들어있는 탄을 장전해 줘야 격발이 가능하므로, 사격 후 다음 사격까지의 공백이 있었고, 귀신들과 형제의 거리는 급속도로 좁혀지고 있었다.

형제는 당황하지 않고 침착하게 뒷걸음질로 물러나며, 총을 장전하고 다음 사격을 진행했다.

쾅! 쾅!

귀신 둘이 사라지고, 귀신 둘이 남았지만, 형제는 아무런 피해 없이 같은 방법으로 남은 둘도 마저 처리했다.

귀신들이 사라지자, 복도는 방금 떨어진 탄피가 구르는 소리만 들릴 뿐, 금세 고요해졌다.

안도의 한숨을 내쉰 동생은, 자신의 총에 가지고 있는 남은 암염탄을 다 채워 넣으며 입을 열었다.

"형, 이제 어디로……."

하지만 그 목소리는 2층 복도 저 멀리서 들려오는 짐승들의 울부짖음에 멈출 수밖에 없었다.

[우어어어어---!]

"지친다, 지쳐, X발."

형이 욕설을 내뱉었다.

이젠 암염탄이 거의 다 떨어지고 없었다.

이놈들은 창살도 간단히 부숴버리는 물리적 힘까지 보유한 존재들이었다.

근접전은 자살행위나 다름없었고, 유일한 원거리 무기인 산탄총의 탄환이 떨어진다는 건 곧, 형제의 목도 떨어진다는 뜻이었다.

"야, 이제 다시 내려가면 돼, 거의 다 왔지?"

"내려가서 바로 옆 복도 돌면 바로 제2병동이야."

형의 물음에 동생은 작게 대답했고, 둘은 동시에 서둘러 계단을 다시 내려가, 본관 사무실 복도를 지나, 제2병동을 잇는 복도로 진입했다.

중간에 차단문이 하나 있었지만, 누군가가 이미 부순 상태였고, 덕분에 형제는 멈추지 않고 계속 달릴 수 있었다.

복도는 곧바로 ㄱ자로 꺾이면서 제2병동의 건물로 이어졌고, 형제는 제2병동 1층으로 돌입했다.

이곳도 마찬가지로 암흑천지였고, 움직이는 거라곤 공기 중에 있는 먼지만이 떠다닐 뿐, 인기척은 전혀 느껴지지 않는 공간으로 변모해 있어서, 일반인들은 두려움에 젖어 함부로 발도 내딛을 수 없는 공간이었다.

그런 분위기를 형제는 신경 쓰지 않았다.

신경 쓸 겨를이 없었다.

[우어어어어---!]

……아직도 쫓아오고 있었다.

형제는 달리면서, 1층에서 무속인을 곧바로 만날 수 있기를 바라고 있었지만, 무속인이 행하는 퇴마 행위, 일종의 굿판이 무척 시끄럽다는 걸 알고 있는 그들은, 주변이 무척 고요한 시점에서 이미 그 희망은 이뤄질 수 없다는 걸 알고 있었다.

형제는 다시 선택해야만 했다.

이대로 무속인을 찾아 제2병동의 2층으로 올라갈지, 아니면 그대로 제2병동과 이어진 격리병동으로 가야 할지를.

"올라가자!"

결단을 내린 건 형이었다.

동생은 반박하지 않고, 그대로 그 말을 따라 계단으로 향했다.

형제의 생각은 일치하고 있었다.

격리병동은 이 병원 제일 안쪽에 있는 건물이었다.

그곳으로 간다는 건, 이곳에 머무는 시간이 길어질수록 불리한 형제에겐 절대 해선 안 되는 행동이었다.

남은 희망은 무속인과 합류하여 함께 탈출할 방도를 찾는 것뿐이었다.

일반적으로 한 곳에 머무는 지박령은 침입자를 내쫓기 위해서 위협을 가한다. 그렇기에 보통은 침입자들이 지박령의 영역 안에서 밖으로 나가는 도망행위 자체를 막지는 않는다.

그것이 형제가 그간 퇴마업을 해오면서 익힌 지식이었다.

그런데 조금 전, 형제가 보았던 본관의 방범 셔터는 인간이 내린 것이 아니었다.

이곳의 존재들은 침입자들을 내쫓을 생각이 없었다.

정확하게는 밖으로 보내지 않으려 하고 있었다.

굳이 확인해보지 않아도, 이곳 제2병동 출입구 역시도 셔터가 내려가 있을 게 훤했다.

처음 겪는 현상에 형제는 이제껏 퇴마를 하며 단 한 번도 내려본 적 없던 결론에 이르렀다.

이곳은 퇴마할 곳이 아니다.

이곳은 도망쳐야 할 곳이다.

지금 당장 형제는 탈출할 방법이 없었지만, 선신을 몸속에 빙의시킨다고 주장하는 무속인이라면, 형제가 모르는 어떤 기막힌 방법이 있을 거라는 희망을 걸고 있었다.

물론 왜 계속 무전을 받지 않는지, 어째서 무속인이 들어간 제

2병동이 이렇게나 조용한지에 대해서는 절대 생각하지 않았다.

생각할까 두려워, 형제는 무속인이 위에 있을 거라는 막무가내 전제로 모든 의문을 통치고 있었다.

그것보다 지금 당장 급한 건 따로 있었다.

[우어어어어어---!]

놈들도, 2층으로 올라오는 계단까지 따라왔다.

"몇 발 남았다고 했었지?"

"일곱이니까, 지금은 넷!"

"젠장, 여기서 일단 한번 또 쓸어!"

형과 동생은 2층 계단 앞에 서서, 아래를 바라보며 총구를 겨누었다.

이번에 나타난 노인 귀신들의 숫자는 넷이었다.

이젠 형 자신도 암염탄이 다섯 발밖에 남지 않은 상황이라 지금 당장 탄을 소모한다는 건 무척 위험한 행동이었지만, 선택의 여지가 없었다.

이곳에서 한번 추격자들을 떼어내야만 했다.

쾅-! 쾅-!

총구가 연신 불을 내뿜고, 추격자들은 연기가 되어 사라졌다.

산탄총에서 탄피가 밖으로 사출되며, 연기를 피우고 바닥에 떨어졌다.

괴성을 지르며 쫓아오던 추격자들이 사라지자, 주변은 순식간에 조용해졌다. 2층 병실 복도 전체가 '통통-데구르르'하며 탄피 떨어지는 소리로만 가득 울릴 정도였다.

서막. 비와 어둠

"하아, 하아, 크흡, 하아."

"우웩, 하아, 토할 것 같다."

형제가 거친 숨을 여러 차례 내쉬며, 숨을 골랐다.

숨이 찼던 게 많이 진정되자 형제는 주변을 둘러봤다.

2층에서도 무당의 굿 소리는 전혀 들리지 않았다.

"이봐요!"

동생이 깜깜한 복도 저 멀리를 향해 외쳤지만, 돌아오는 대답은 없었다.

처음 이곳에 올 때 각자 맡을 구역을 나눴고, 그곳에서 각자가 자신들만의 방식으로, 해당 구역의 퇴마를 진행하기로 한 상태였는데, 이렇게 남이 맡은 구역에 와서 총을 쾅쾅 쏴대는 상황인데도 전혀 모습을 보이지 않고 있다는 건, 그리 좋은 징조는 아니었다.

"이미 당한 거 아니야?"

형제는 총이라도 들고 있어서 저 귀신들과 싸우면서 도망을 칠 수 있었다.

그런데 무속인은 어떻게 대처했을까?

형제는 알 수 없었다.

그 무속인이 내내 다른 사람들에게 말했던 건, 자신이 신통한 아기동자를 데려왔다는 것뿐이었다.

형제는 제2병동이 아닌 제1병동 건물로 갔었어야 하나 후회를 하고 있었는데, 그때 쿵, 쿵 무언가 부딪히는 소리가 형제에게 들려왔다.

소리가 난 곳은 형제가 있는 2층 병실 복도.

그것도 본관 건물 쪽으로 뻗어있는 복도에서 저 멀리였다.

1층을 제외하고 다른 층 복도는 벽으로 차단되어 있어, 왕래할 수 없으나, 소리는 분명 복도 끝에서 들려오고 있었다.

'무속인인가?'

혹시 그 사람이 드디어 모습을 나타낸 건가 싶어서, 형제는 살짝 그쪽 방향으로 조금 걸어갔다가 손전등을 비춰보고는 걸음을 멈추었다.

저 복도 끝에 사람이 보이기는 했다.

그런데 모습이 너무나도 기괴했다.

창백한 얼굴의 여성 한 명이 속옷 차림으로 누워서 형제 쪽으로 기어오고 있었는데, 이 여성의 체형 비율은 평범한 인간과 비슷했지만, 그 몸의 크기가 너무 커서, 복도 천장과 바닥과 벽까지 꽉 끼어있었고, 여성은 비좁은 공간에서 형제에게 다가가려고 애쓰는 형태가 되어, 손을 뻗어 복도 바닥을 짚을 때마다 쿵, 쿵 큰 소리가 나고 있었다.

여성의 표정은 비좁은 곳에서 움직이려 끙끙대는 것 같으면서도 그 눈동자는 형제만을 똑바로 응시하고 있었다.

어떻게 해서든 너희는 죽이고 말겠다는 의사가 뚜렷해 보였다.

처음 보는 거대한 귀신을 향해, 동생은 입을 헤벌리고 저도 모르게 총을 겨누었다.

그러자 형이 바로 손을 뻗어 동생의 총구를 내렸다.

"아껴."

암연탄이 통할 것 같지 않았다.

저 귀신은 기어오는 속도가 느린 것 같으면서도, 체격이 큰 만큼 한 팔을 뻗어 몸을 당겨 나올 때마다, 입원병실 두 개를 한 번에 지나치며 다가오고 있었다.

형제는 복도 반대로 다시 달리기 시작했다.

이젠 3층으로 가야 할지, 다시 본관으로 돌아간 다음 제1병동으로 가봐야 할지, 결단을 내려야 했다.

어쩌면 옥상에 완강기 같은 화재 비상탈출 장비가 있을 수도 있었다. 그런 게 있다면 그걸로 도망칠 수도 있을 것이다.

달리는 동안, 동생의 시선이 복도 우측으로 나란히 있는 병실들 쪽으로 향했다.

어떤 병실은 문이 닫혀있고, 어떤 병실은 문이 열려있었다.

하지만 확실한 건, 그 어떤 병실도 비어있지 않았다.

병실 문에는 창문이 하나 있는데, 그 너머로 얼굴을 내밀고 형제를 바라보는 환자가 있었다.

열려있는 병실 안에도, 침대마다 옆에 환자복을 입은 노인들이 가만히 서서 형제를 바라보고 있었다.

그들은 입꼬리가 귀에 걸린다는 게 저런 거구나 싶을 정도로 기괴하게 웃음을 짓고 있었다.

그들은 딱히 형제들을 향해 괴성을 지르며 쫓아온다거나 하는 기색은 없었으나, 형제의 끝이 어떻게 될지 이미 알고 있는 것처럼 보였다.

동생은 달리면서, 보이는 병실마다 가득가득 있는 귀신들을 바라보며, 자신들이 이곳에서 퇴마를 하겠다고 한 것이 얼마나 어리석은 행동이었는지를 후회하고 또 후회했다.

"……허억, 허억."

육체도 정신도 끝을 맞이해 가고 있었다.

콰악-!

그때, 동생의 왼쪽 발목에서 살이 찢기는 고통이 느껴졌다.

그와 동시에 동생은 철푸덕 복도 바닥에 쓰러졌다.

동생이 차가운 복도 바닥에 쓰러지며 팔과 얼굴, 온몸에 충격을 받아, 고통에 신음했다. 힘겹게 고개를 들어 앞을 보니, 형은 아직 동생이 쓰러졌다는 걸 눈치채지 못하고 계속 달려가고 있었다.

동생이 상체를 가까스로 일으켜 자신의 발목을 확인했다.

본관에서 보았던 그 손과 같은 손이었다.

날카롭고 긴 손톱을 가진 손이 복도 바닥에서 튀어나와, 동생의 왼쪽 발목을 꽈악 움켜잡고 있었다.

총을 쏴서 없애려고 했지만, 손에 들려있던 산탄총은 조금 전에 넘어지면서, 쓰러져 있는 곳에서 좀 먼 곳에 떨어지고 말았다.

동생이 산탄총을 집으려고 손을 뻗어보았지만, 거리가 너무 멀었다.

뒤를 돌아보니, 큰 여자 귀신은 조금 더 빨라진 동작으로 쿵, 쿵, 손바닥으로 복도를 강하게 내려치며 다가오고 있었다.

거리는 아직 멀었지만, 죽음의 위기로는 가까웠다.

"혀엉!!!"

다급해진 동생은 저 멀리 혼자 달려가고 있던 형을 부르면서, 어찌해야 될지 갈피를 못 잡고 있었다.

그렇게 멀리 떨어진 총과 자신을 향해 다가오는 귀신을 번갈아 쳐다보다가, 뒤늦게 자신의 두 손을 보고 뭔가를 깨달았다.

동생은 두 손을 주먹 쥐고, 자신의 발목을 잡고 있는 귀신의 손을 마구 내려치기 시작했다.

"놔, 놔, 놓으라고!"

보통 사람이었으면, 당장 손을 놓았을 정도의 구타 행위가 이어지고 있었지만, 귀신의 손은 그 손아귀의 힘이 풀릴 기색이 없었고, 아직도 발목을 단단히 붙잡고 있었다.

동생은 초조한 얼굴로 사색이 되어, 몇 초 있으면 자신에게 닥칠 일을 두려워하며, 점점 다가오는 귀신을 바라봤다.

거리가 상당히 가까워져 있었다.

"야! 일어나, 뭐해!!!"

멀리서 형이 동생을 향해 외쳤다.

거리가 떨어져 있어서, 형은 동생이 왜 일어나지 않고 있는지 영문을 알 수 없었다.

일분일초가 급박해진 상황에 동생은 눈동자를 이리저리 굴리다, 급히 상의 재킷 주머니에 손을 넣었다.

찰그락 하는 소리와 함께, 동생은 주머니에서 집 열쇠를 꺼내 들었다.

"놓으라고!"

빈손으로는 귀신의 손목을 붙잡고, 열쇠를 쥔 손으로는 뾰족

한 부분이 튀어나오게 해서, 사정없이 귀신의 손을 내리찍기 시작했다.

살아있는 육체를 가진 존재와 달라서인지, 귀신의 손은 열쇠에 찍힐 때마다 돌에 부딪히는 소리가 났다.

그래도 열쇠의 뾰족한 부분으로 같은 곳을 계속 내리찍는 건 분명 효과가 있었다. 수차례 찍어대다 보니, 어느 순간, 동생의 발목을 붙잡고 있던 귀신의 손이 연기처럼 홀연히 사라졌다.

이어 동생의 머리 위로 어두운 그림자가 드리워졌다.

동생은 급히 몸을 옆으로 날려, 손을 피했다.

눈이 마주쳤다.

귀신은 자신의 손 옆에 쓰러져 있는 동생을 노려보았다.

얼굴은 무표정했지만, 눈에서 나오는 살기에 '감히.'라는 분노도 섞여 나오고 있는 게 느껴졌다.

동생은 사색이 되어 서둘러 일어서려고 했지만, 귀신이 더 빨랐다.

바닥을 내려쳤던 한 손으로, 동생의 두 다리를 한 번에 움켜쥐듯이 잡아서 공중에 들어올렸다.

만약 귀신이 저 거대한 손을 휘둘러 아무렇게나 동생을 내동댕이친다면, 동생은 무조건 즉사할 상황이었다.

쾅-! 쾅-!

총성이 두 번 들리고, 귀신의 손아귀 힘이 풀리면서, 동생은 다시 복도 바닥에 떨어졌다.

"일어서!!!"

형이 얼마 없는 암염탄을 전부 쏴가며 동생을 구해주려 하고 있었다.

쾅-!

동생은 바닥에 떨어질 때 입은 충격을 무시하고, 이를 악물고 일어섰다.

그리고는 바닥에 떨어뜨린 총을 줍고, 형이 있는 복도 저쪽으로 달리기 시작했다.

차가운 바람이 동생의 뒤통수를 간질이며 지나갔다.

귀신의 커다란 손이 아슬아슬하게 빗겨나간 것이다.

저 커다란 귀신이 쫓아오는 속도 자체는 그렇게 위협적이지 않았다.

동생은 살았다는 안도감과 함께, 결국엔 살아서 나갈 수 있을 거라는 희망을 보았다.

"3층으로 가자!"

형은 3층으로 올라가는 계단 앞에 서서, 동생을 향해 외쳤다.

그러다 문득, 형은 3층으로 올라가는 계단에서 인기척을 느꼈다.

고개를 돌려보니, 2층과 3층 중간, 계단의 방향이 꺾이는 위치에, 까만 천을 발끝부터 머리까지 둘러쓰고 서있는 사람이 있었다.

순간적으로 자신들이 찾던 무속인인가 했지만, 그 존재는 모습이 수축되었다가 팽창되기를 반복하며, 그 체격이 계속 변하고 있었다.

퇴마 인테리어

사람이 아니라는 확신이 들자마자, 형은 해당 존재를 향해 손전등의 불빛과 함께 총을 겨누었다.

"……???!!!"

손전등을 비추고 나서야 형은 자신이 당했다는 걸 깨달았다.

그 존재가 체격을 수축시켰다 팽창시켰다 하는 움직임은 원근감을 못 느끼게 하려는 눈속임.

즉, 착시효과 동작이었다.

실제론 계속 접근해 오고 있었음에도, 그 존재는 멀리서 바라볼 때의 시각적 비율을 일정하게 유지하기 위해, 일부러 그 몸의 수축과 팽창을 반복하며 이를 속였던 거였다.

뒤늦게 형이 눈치채고 방아쇠를 당기려 했을 땐, 이미 놈에게 몸을 잡힌 후였다.

철컥.

설상가상으로 방아쇠를 당겼음에도, 격발은 없었다.

조금 전 동생을 구하려고 총을 쏠 때, 형은 이미 자신이 가진 모든 암염탄을 소모해 버렸다.

찰나의 순간.

형은 자신을 향해 달려오고 있던 동생 쪽으로 잠깐 고개를 돌렸다.

콰장창!

그리고 검은 천을 뒤집어쓴 귀신의 품에 안겨, 그대로 끌려가, 복도 쇠창살 창문을 얇은 창호지 찢듯이 뚫고, 요양병원 중앙에 있는 정원으로 사라졌다.

"……형!!!"

창문이 박살 나며 눈 깜짝할 사이에 형이 귀신에게 끌려가 버리자, 동생은 조금 전까지 느끼던 안도감의 곱절은 되는 공포에 휩싸였다.

그럼에도 동생은 단 일 초의 망설임도 없이, 곧바로 형을 쫓아 깨진 창문 쪽으로 달려갔고, 창가에 깨진 유리 파편이 남아있음에도 개의치 않고, 맨손으로 창가를 집고 넘었다.

2층 높이에서 뛰어내려야 했고, 병원 내부 정원이 어둠에 묻혀버린 상태라 바닥도 전혀 안 보이는 상황이었지만, 그런 걸 신경 쓸 겨를이 동생에겐 없었다.

형이 끌려간 마당에 지체할 수 없었다.

동생은 2층에서 뛰어내렸다.

풀썩—

1층 창가 옆에 화단이 있었던 탓인지, 뛰어내리자마자 관리되지 않은 수풀이 곧바로 동생을 덮쳤다.

수풀 덕택에 바닥에 떨어질 때 충격은 덜했지만, 수풀의 잔가지들이 채찍처럼 동생의 팔과 다리 옷 부분을 찢고, 살에 얕은 상처를 남겼다.

뒤척이며 제대로 일어선 동생은 계속해서 잔가지 때문에 얼굴과 온몸에 상처를 입었고, 펑펑 내리는 빗물이 상처를 계속 건드려서, 그때마다 느껴지는 쓰라림에 옅게 신음했다.

하지만 그런 상황에서도 형이 먼저였다.

수풀을 빠져나오자마자, 동생은 손전등과 산탄총을 전방에 겨누고, 주변을 다급히 둘러봤다.

콰아아아아--!

시끄러운 빗소리 속에서 동생은 형의 소리를 찾으려고 애를 썼지만 쉽지 않았고, 비가 너무 많이 내려와서 시야도 좁아졌을 뿐만 아니라, 아예 눈을 뜨고 있는 것 자체가 쉽지 않은 상황이었다.

손전등 불빛에 보이는 거라고는, 관리되지 않아 잡초가 무성한 산책로와 이끼가 잔뜩 자란 벤치 의자, 그리고 정원을 숲처럼 만들어 버린 나무와 넝쿨들뿐이었다.

가끔씩 천둥이 우르릉 콰광 내리치며, 정원을 잠시 비췄지만, 비 때문에 제대로 주변 지리를 파악하기 쉽지 않았다.

"젠장!"

동생은 욕지거리를 내뱉으며, 손으로 눈가에 묻은 빗물들을 훔쳐내고, 다시 눈을 떴다.

동생은 산책로를 따라 정원 가운데로 걸어가며 계속해서 주변을 둘러봤다.

형의 흔적이 도저히 보이지 않아, 동생은 시간이 갈수록 초조해졌다.

"형!"

동생은 위험하다는 걸 알면서도 주변을 향해 외쳤다.

귀신이 쫓아온다면 동생 자신도 이제 끝이라는 사실을 알고 있었지만, 그딴 건 알 바가 아니었다. 형을 먼저 찾아야만 했다.

"형! 어디 있어!"

바보 같은 질문이지만, 방도가 없었다.

"어디 있냐고!"

동생은 다시 한번 눈가에 묻은 빗물을 훔치고, 방금 떠오른 생각을 서둘러 입 밖으로 꺼냈다.

"손전등! 손전등 불 켜! 손전등 불 켜라고!"

이렇게 칠흑같이 어두운 곳에서 손전등 불빛이라면, 아무리 멀리 있더라도 곧바로 표시가 날 것이라고 믿었다.

동생은 계속해서 주변을 경계하며 외쳤다.

"손전등 빨리 켜, 이 멍청아!"

목이 쉬어라 외치고 있었지만, 형이 반응을 보이지를 않아 동생은 더욱 불안해졌다.

최악의 경우, 귀신이 끌고 가서 바로 죽인 건 아닐까 하는 생각이 떠올랐지만, 그런 일은 절대 없을 거라고 멋대로 부정했다.

"불 켜라고! 제바알!!!"

동생은 이제 외치는 게 아니라 부르짖고 있었다.

마음이 꺾이고, 육체도 빗물에 체온을 계속해서 뺏겨 차갑게 얼어갈 때 즈음.

갑자기 동생의 주변이 확 밝아졌다.

천둥이 친 건 아니었다.

동생은 자신의 주변이 밝아졌다는 걸 깨닫고, 좌우를 살피며 손전등 불빛과 총구를 이리저리 겨누었다.

"형, 제발, 제발!"

앞뒤 좌우 어디에서도 불빛은 보이지 않았다.

동생은 추위 때문인지, 공포 때문인지 입술과 손을 벌벌 떨다, 마지막으로 확인하지 않은 방향이 남아있다는 걸 깨달았다.

위쪽.

나무 한 그루가 옆에 있었는데, 그 나무의 가지가 자신의 머리 위까지 무성하게 자라있었다.

분명 거기에 무언가 있었다.

거기를 확인해야만 했다.

하지만 동시에 그래선 안 된다고 외치는 자신도 있었다.

확인하는 순간, 너는 죽는다고 외치는 자신도 있었다.

하지만 봐야만 했다.

자신을 향한 손전등 불빛은 그쪽에서 오고 있었으니까.

그러니 볼 수밖에 없었다.

"허억, 허억, 허억……."

동생은 숨을 가쁘게 몰아쉬며, 천천히 고개를 들었다.

"……형?"

솨아아아아-!!!!!

비와 바람이 쉴 새 없이 몰아치고, 천둥이 다시 한번 내리쳤다.

오래된 폐병원 중심지에서 새어 나오던 옅은 빛 두 가닥은 더는 버티지 못하고 서서히 꺼져가, 이내 암흑 속에서 그 자취를 잃어버렸다.

"……."

격리병동 옥상에서 그 모습을 내려다보는 인영이 하나 있었다.

비가 내리고 어둠이 깔려있음에도 그 인영은 흔들림 없었고,

평온한 듯 여유롭게 서서 병원 전체를 둘러보고 있었다.

멀리서 천둥이 번쩍이며, 잠시 그 인영을 비추었다.

동양인 남성이었다.

그는 마치 특공대대원처럼 검은색 전투복에 조끼를 입고 있었으며, 손에는 손가락 부분이 잘려있는 검은색 면장갑을 꼈고, 검은색 가죽 군화를 신고 있었다.

누가 보면 그가 군인이라고 착각할 만한 옷차림이었다.

그가 입은 조끼에 걸쳐진 무전기에, 붉은빛이 점등되며 여러 곳에서 다급히 보내는 교신이 차례차례 들려왔다.

["1병동 영매사팀입니다. 도와주세요! 빨리! 저 혼자 남고 언니들 다 끌려갔어요, 제발 나 좀 살려주세요! 어? 어어? 꺄아악!"]

["여기는 강당! 여기는 강당! 나 퇴마사 이태환입니다, 누가 좀 와줘요! 나 혼자서 안 돼, 다 죽게 됐으니까 빨리! 아무나! 여기서 나갈 수가 없어어!"]

["저기요……. 저 유튜버팀 카메라맨인데요……. 전부 갑자기 없어졌어요. 저 혼자 여기 격리병동 복도에 있는데요. 누가 좀 데리러 와주시면 안 될까요? 흐흑, 제발……. 대답 좀 해주세요."]

처절하고 다급한 외침들.

하지만 그 외침들도 얼마 안 가 이내 잠잠해졌다.

고요한 가운데 무전이 한 통 또 왔다.

이번에는 젊은 여성의 목소리였다.

["여기는 퇴마 인테리어, 저희 분명 1시간마다 교신하기로 했었는데, 아무도 무전을 안 하시네요. 무전 확인 좀 해주세요."]

하지만 그 무전에 답신하는 사람들은 아무도 없었고, 여성은 다시 무전을 보내왔다.

["여기는 퇴마 인테리어, 1시간마다 교신하기로 했었는데요. 무전 안 들리시나요? 무전 들리는 팀은 답신하세요."]

빗속에서 무전을 가만히 듣고만 있던 남자는 이내 손을 들어, 무전기에 입을 가까이하고는 답신을 보냈다.

"수연아, 나는 다른 팀 무전 들리는데, 너는 안 들려?"

["안 들려, 지금 오빠만 답신한 거야."]

"그러면 너랑 다른 팀이랑 거리가 좀 있나 보다, 나는 들리거든? 혹시 모르니까 내가 다른 팀보고 무전 채널 바꿔보라고 할게. 채널 13번으로 해 놔."

["알았어."]

남자는 무전기에서 입을 떼어냈다.

그리고는 무전기의 교신 채널번호를 13번으로 바꾸고는 다시 무전기에 입을 갖다 댔다.

잠시 입술을 덜덜 떨며 시간을 끌던 남자는, 무전기의 송신 버튼을 누르고는 입을 열었다.

"1병동에 영매사팀입니다. 이상 없습니다~."

["1병동, 확인."]

남자의 목에서 조금 전 비명을 지르던 여성의 목소리가 자연스럽게 흘러나왔다.

그 목소리는 밝고 평온해서 무전기 너머의 사람은 별다른 이상을 느낄 수 없었다.

이어 남자는 송신 버튼에서 손을 뗐다가, 다시 누르며 이번에는 다른 사람의 목소리를 냈다.

"여기는 본청 맡은 형제입니다. 이상 무."

["본청, 확인."]

송신 버튼에서 손가락을 뗐다가, 다시 눌렀다.

"2병동 맡은 명길신녀예요, 이상 없어요."

["2병동, 확인."]

여러 사람의 목소리가 계속해서 남자의 목에서 흘러나오고 있었지만, 남자의 눈동자는 흔들림 없이 차분하기만 했다.

이윽고 모든 사람의 목소리를 낸 남성은, 마지막으로 자신의 본래 목소리로 무전을 보냈다.

"수연아, 다들 별일 없는 것 같으니까 나도 잠깐만 더 둘러보다가 복귀할게."

["어, 알았어."]

"……."

무전을 마친 남자는 옥상에서 병원 전체의 전경을 지그시 내려보다가, 무전기에 손을 대고 음량 조절 스위치를 완전히 돌려 꺼버렸다.

X

땅-!

알람과 함께 안전벨트를 하라는 경고등의 불이 꺼졌다.

"이제 자리에서 일어나셔서 화장실에 가셔도 됩니다."

여객기 승무원이 대기실에서 나와, 비즈니스 좌석에 앉아있던 승객들에게 안내하고, 뒤에 이코노미 좌석 승객들이 있는 구역으로 향했다.

그사이, 창가 쪽 두 좌석에 앉아있던 남성들은 잠시 숨을 돌렸다.

복도 쪽 좌석에 앉아있는 남성은 백인이었으며, 갈색빛이 살짝 도는 검은 머리를 가지고 있었고, 상의로는 흰색 정장 셔츠 위에 연한 황토색 카디건을 입었으며, 하의로는 검은색 정장 바지에 검은색 구두를 신고 있었다.

안쪽 좌석에 앉아있는 남성은 검은 머리의 동양인이었는데, 회색 후드티에 검은색 정장 바지와 구두를 신고 있었다.

철컥.

안전벨트가 풀리는 작은 쇳소리와 함께, 동양인 옆에 앉아있던 백인 남성이 어깨근육을 풀더니 자리에서 일어났다.

"사무엘 사제, 나 먼저 화장실 좀 갔다 올게요."

가볍게 웃으며 능숙한 한국말로 말하는 백인 남성에게, 창가 쪽 자리에 앉아있던 사무엘이라 불린 동양인 신부는 가볍게 고개를 끄덕여 보였다.

"네, 그러세요."

사무엘은 동료 신부가 화장실로 간 사이, 자기 가방에서 노트북을 하나 꺼냈다.

그리고는 비즈니스 좌석에 마련된 접이식 탁자 위에 노트북을 올려놓고, 전원을 켰다.

노트북 전원이 켜지고, 사무엘은 가방에서 추가로 USB 이동식 디스크와 이어폰을 하나씩 꺼내 노트북에 연결했다. 이어 손가락으로 마우스 커서를 움직여, USB 안에 있는 동영상 파일을 재생하고, 귀에 이어폰을 꽂았다.

노트북 모니터에 나오는 동영상은 짧은 광고 영상이었다.

영상 초반에는 어두운 배경에 나무의자 하나만 덩그러니 있는 모습만 나왔고, 몇 초 지나, 배경만 변해서 낡은 창고 내부가 되었다.

그 후 검은색 상하의 옷을 입은 젊은 동양인 남자가 나와 나무의자에 앉았다.

나무의자에 앉은 남성은 한참 동안 무언가를 설명하다가 일어서더니, 화면 밖으로 걸어나갔다.

이어 남성은 흰옷에 청바지를 입고 돌아오더니, 작업도구를 가지고 갑자기 창고의 수리를 하기 시작했다.

창고 수리 장면이 배속으로 진행되고, 중간에 남성과 똑같은 옷차림의 여성이 나타나, 옆에서 함께 작업을 진행했다.

몇 초 만에 깔끔하게 수리된 창고의 모습이 나오고, 나무의자에 다시 남자가 앉는다.

화면은 남성을 클로즈업하고, 함께 수리작업을 했던 여성이 슬그머니 다가와 남자의 어깨에 손을 올린다.

화면은 의자에 앉아있는 남성을 클로즈업해서만 보여주므로, 남성 옆에 서있는 여성의 얼굴은 보이지 않는다.

하지만 사무엘은 둘이 연인 사이라는 걸 단번에 알아차렸다.

여성의 손이 남성의 어깨 위에 올려질 때, 남성의 얼굴에 그려진 미소 때문이었다.

사무엘 신부는 그 모습을 일시 정지로 해놓고 유심히 지켜보다가, 가방에서 작은 수첩을 꺼내 거기에 적힌 무언가를 읽어 내려갔다.

그사이, 화장실에 갔던 동료 신부가 돌아왔다.

"화장실 안 갈 겁니까?"

사무엘은 수첩을 닫고, 대답했다.

"네, 괜찮아요."

"그래도 가는 게 안 낫겠어요?"

"예?"

동료는 복도 쪽 본인 좌석에 앉으며 장난기 가득한 미소를 지었다.

"나 이제 잘 건데, 나중에 화장실 가다가 내 무릎 건드릴까 봐요."

사무엘은 웃으며 고개를 내젓고, 노트북 화면을 동료 신부에게도 보여줬다.

"자기 전에 이것 좀 보고 자요. 다니엘."

"이 사람인가요?"

노트북 모니터 속 남자를 가리키며 다니엘 신부는 사무엘에게 물었다.

이에 사무엘은 고개를 끄덕이며 말을 하려 입을 열었지만, 다니엘이 아차! 하는 표정으로 손을 들고는 제지했다.

"아! 일단 나는 잠 좀 잘게요."

다니엘이 자신의 손목시계를 보면서 말을 이었다.

"한국은 밤이죠? 지금 좀 잠을 자둬야 한국 시차에 적응할 것 같아요. 그러니까 일 얘기는 나중에 합시다. 비행기 시간은 어차피 기니까요."

이어 다니엘은 이코노미석 구역에서 돌아오는 승무원을 불러 세워, 담요를 요구했다.

승무원은 고개를 끄덕이고 돌아갔고, 곧바로 담요를 가지고 돌아와, 다니엘에게 주었다.

"담요?"

손에 들린 담요를, 다니엘이 사무엘에게 살짝 들어 보였다.

사무엘은 웃으며 고개를 내저었다.

"저는 아직 안 잘 겁니다."

"괜찮겠어요?"

"네."

사무엘의 대답에 다니엘은 고개를 끄덕이곤, 의자를 뒤로 젖힌 뒤, 눈을 감고 담요를 어깨까지 덮었다.

세례명 사무엘, 최도경.

세례명 다니엘, 크리스 린데만.

두 신부는 로마에서 출발하는 비행기를 타고 한국으로 가고 있었다.

한국에 있는 추기경으로부터 구마, 즉 퇴마 행위와 관련하여 도움이 필요하다는 내용의 보고가 로마 바티칸 교황청에 도착했기 때문이었다.

세부내용 자체는 그리 중요한 일이 아니었다.

하지만 교황청의 판단은 그렇다고 아주 개의치 않아도 될 일 또한 아닌 것 같으니, 확인 차 해당 분야의 지식이 어느 정도 있는 이들을 보내기로 결정했다.

원래 천주교에서는 현대에 이르러 공식적으로 퇴마, 엑소시즘과 관련된 행위는 일절 하지 않고 있었다.

그래도 선과 악, 빛과 어둠, 대립하는 두 세력의 존재가 뚜렷한 종교관이 있는지라, 이번 경우처럼 어쩔 수 없이 비공식적으로 관여해야 될 일은 항상 있기 마련이었다.

그 때문에 천주교는 이런 일이 있을 때마다 최근엔 퇴마가 아닌 조사 차원에서 신부를 보내왔다.

사무엘과 다니엘 두 신부 역시 정식 구마(퇴마)사제가 아니었고, 실제로 본인들이 단독으로 직접 구마를 행한 적은 한 번도 없었다.

그들에게 주어진 공식적인 임무는 한국 추기경단을 방문하여 자세한 내용을 듣고, 정말로 구마 행위가 필요한지, 단순히 정신적, 육체적 질병으로 인한 문제가 아닌지 확인하는 것이었다.

사무엘은 담요를 덮고 잠들 준비를 마친 다니엘의 옆에서, 조용히 노트북으로 같은 영상을 열 번 정도 반복해서 보았다.

보다가 눈이 좀 피곤해진 사무엘은 영상 속 남자가 클로즈업된 장면에서 일시 정지를 한 뒤, 잠시 눈을 감고, 한 손으로 눈

47

서막. 비와 어둠

을 부드럽게 마사지해 주었다.

잠시 그렇게 눈의 피로를 풀던 사무엘은, 마사지를 멈추고 또다시 수첩에 적힌 내용을 확인했다.

사무엘의 수첩에는

[악마소환 강령술사(Necromancer)로 추정, 조사 후 이를 입증하는 증거 확보되면 처리할 것.]

이라는 문장이 적혀있었다.

사무엘은 굳은 얼굴로 그 문장과 화면 속 남자를 비교하듯이 함께 천천히 바라보았다.

주속대표 주택 견적

♟

"여기 의자가 하나 있습니다."

젊은 남성의 목소리가 들리고, 어둠으로 가득 찬 공간에 한 줄기 빛과 함께 나무의자 하나가 보인다.

"이 나무의자는 공장에서 바로 출고된 새 상품입니다. 당연히 누군가에게 사용된 적도 없고, 잔 흠집도 없습니다. 이 의자에 담긴 역사도 전혀 없죠."

어둡기만 했던 공간이 손가락 튕기는 소리와 함께 낡은 창고로 변했다.

의자는 그대로 화면 가운데에 놓여있지만, 배경만 낡고 더럽고, 오래 방치된 창고의 내부로 바뀐 상태였다.

창고바닥에는 쓰레기들이 여기저기 굴러다니고 있었는데, 창고 안으로 바람이 새어 들어오는지 가끔씩 쓰레기들이 멋대로 굴러다니며 움직여댔다.

"하지만 이 의자를 이런 으스스한 곳에 갖다 두고, 이 의자를 처음 본 사람에게 다음과 같은 설명을 하면 어떻게 될까요?"

남자의 목소리 톤이 갑자기 바뀌어, 무거운 중저음이 되었고, 스산한 음악이 배경으로 깔려 작게 들려온다.

"이 창고는 예전에 잘 나가던 사업가의 개인 창고였는데, 사업에 실패한 그 사업가는 결국 자기 가족들을 전부 살해하고, 이 창고에 있던 저 의자 위에서 목을 매달고 죽었다고 합니다. 그리고 매일, 그 사업가가 자살했던 새벽 1시가 되면, 사업가의 귀신이 이 창고, 이 의자에 홀로 앉은 채로 나타나 자신을 쳐다보는 사람을 원망스럽게 바라보며 죽이려고 한다고 합니다."

남자의 말이 멈추자, 배경음악 역시 뚝 그친다.

"물론 거짓말입니다. 우리는 알고 있죠. 이 의자는 그런 이야기를 담은 물건이 아니라는 것을요. 이 창고 역시도 마찬가지입니다. 그냥 주인이 관리를 안 해서 이 지경이 되었을 뿐입니다. 자살이니 뭐니 하는 무서운 일이 일어난 적은 전혀 없는 곳입니다."

남자는 다시 원래 목소리로 편하게 설명하기 시작했다.

"그런데 말이죠. 그걸 모르는 사람들 중 일부는 앞선 설명만 듣고도 그 말을 믿는 수가 있습니다. 그 사람들에게만큼은 저 의자와 이 창고는 정말로 어떤 사업가의 자살과 관련된 물건이란 말이죠. 그런 상태에서 정말 매일 새벽 1시에 누군가가 저 의자에 앉아있는 걸 보게 된다면 어떻게 될까요?"

화면 밖에서 검은색 긴팔 티셔츠와 검은색 면바지를 입은 동양인 남성이 걸어오더니, 의자에 털썩 앉았다.

"저는 그 이야기 속 주인공이 아닙니다만, 매일 새벽 1시에 제가 대신 이렇게 앉아있으면, 그걸 목격한 사람은 분명 저를 그 이야기 속 자살한 사업가의 귀신이라고 착각할 겁니다. 그 사람에겐 제가 그 귀신이라는 일종의 믿음이 생기는 거죠."

남자는 팔짱을 끼고는 상체를 살짝 숙이더니, 더욱 강조하며 말을 이었다.

"기독교에서 귀신을 바라보는 시각이 바로 이렇습니다."

남자는 상체를 다시 펴고 설명한다.

"기독교에서는 귀신을 사람의 원혼, 또는 현세에 남은 사람의 혼으로 보지 않습니다. 악마의 하수인인 귀신이 죽은 사람의 모습을 흉내 내어 사람들을 현혹시키고 혼란시킨다고 보죠. 그래서 한국의 여타 다른 종교와 달리 귀신을 달래거나, 협상해야 할 대상으로 보지 않고, 오직 퇴치해야 할 대상으로만 간주하고 있습니다."

이어 남자는 손으로 주변을 가리키며 설명을 이어갔다.

"보시는 것처럼 소유주가 이런 곳을 장기간 방치하다 이상한 소문이 붙게 되면, 귀신이 슬그머니 그 소문의 내용을 따라 하며 그 소문이 사실인 양 연기를 하기 시작합니다. 사람들은 그걸 믿게 되고, 그 믿음이 그 존재가 실존한다는 일종의 섬김과 숭배가 되어버립니다. 거기서 더 오래 방치하게 되면, 귀신은 사람들이 퍼뜨린 소문의 내용 안에서 묘사되는 능력을 실제로 부릴 수 있는 단계까지 이르게 됩니다. 소문이 많아질수록 점점 행할 수 있는 능력의 범위가 강해지고, 일종의 명예가 되어, 귀신의 존재는 더욱 뚜렷해지는 거죠. 귀신들은 그걸 노리는 거고요."

남자는 손을 깍지 끼고, 가볍게 어깨를 으쓱이며 한번 웃어 보였다.

"따라서 멀쩡한 건물이나 물건에 이상한 소문이 들러붙기 시작하면, 그때 바로바로 반박하시고 소문이 퍼지지 않도록 대처를 하시는 게 가장 좋습니다……. 하지만 많은 소유주께서 알아서 없어질 근거 없는 소문이라고 하찮게 여기시다 문제를 키우시게 됩니다. 나중에 가서는 소문을 없애기 위해 굿도 벌이시고, 퇴마사들도 부르시게 되지만, 그런 행위들은 결국 그간의 소문이 사실이라는 걸 주변 사람들에게 보여주는 광고가 될 뿐입니다. 그때 가서는 정말로 돌이킬 수가 없죠."

남자가 자신의 무릎을 탁 치더니, 자신감 넘치는 어조로 말을 이었다.

"그렇지만 저희 퇴마 인테리어는 다릅니다. 저희는 그 소문의 원인부터 소문 자체, 그리고 소문에 빌붙은 귀신들까지 모두 한번에 싹 처리해 드립니다."

남자는 자리에서 일어나, 화면 밖으로 나갔다.

중간에 편집이 가해졌는지 남자는 화면 밖으로 사라진 지 몇 초 안 되어, 흰색 반팔 티와 청바지를 입고 돌아왔다.

양손에는 여러 공구가 들린 공구함이 들려있었다.

덩달아 밝고 희망찬 노래가 배경으로 깔리기 시작했다.

노래가 나옴과 동시에 남성의 움직이는 속도가 빨라지더니, 뚝딱뚝딱 창고에 일부 벽을 부수기도 하고, 삭은 부분을 새로 붙여서 멀쩡하게 만들기도 하면서, 수리하기 시작했다.

　수리가 진행될수록, 어두컴컴했던 창고 내부 조명도 환하게 밝아져 갔고, 중간에 남자와 똑같이 흰 티와 청바지를 입은 여성이 나타나 남자 옆에서 함께 작업을 돕기 시작했다.

　두 사람은 나무 합판 벽을 함께 새로 세우기도 하고, 마무리로 페인트 붓질 작업부터 청소까지 사이좋게 진행했다.

　"자, 소문의 원인이었던 낡고 오래된 창고는 더 이상 존재하지 않습니다."

　모든 작업이 끝나고, 남성이 다시 나무의자에 엉덩이를 붙이며 앉았다.

　"이곳과 관련하여 떠돌던 소문 역시도 저희 퇴마 인테리어의 전문가가 진실 또는 소유주가 원하는 새로운 소문으로 완전히 덮어서 사라지게 만들 겁니다. 그렇게 되면 소문에 편승하여 권능을 누리려 했던 귀신은 사람들의 믿음을 잃음과 동시에 힘을 잃게 되고, 퇴마하기 딱 좋은 상태가 되는 거죠."

　화면이 남성의 얼굴을 클로즈업하고, 옆으로 아까 작업을 도왔던 걸로 보이는 여성이 다가왔다.

　화면에 여성의 얼굴은 보이지 않지만, 여성이 손을 들어 차분하게 남자의 어깨에 올린다.

　남자는 입가에 미소를 그리며 잠시 말을 멈추었다가, 다시 말을 이었다.

"시간이 흐를수록 도시로 많은 사람들이 몰리면서, 시 외곽이나 지방에는 이렇게 관리가 미흡하거나 방치되는 건물들이 점점 늘어나고 있습니다. 도시 안에서도 불미스런 사건이나 자연사, 고독사 등으로 거주하던 주민이 돌아가시며 안 좋은 소문에 휩싸이게 되는 건물들이 많이 있습니다."

화면 하단에 메일 주소와 함께 연락처가 떴다.

"이런 곳을 소유하거나 관리, 거주하시는 분들은 더는 고민하지 마시고, 저희에게 연락 주십시오. 해당 건물이 제값을 받을 수 있도록 인테리어 작업은 물론이거니와 안 좋은 소문과 그 원인인 기괴한 현상까지 싸악 해결해 드립니다."

이어 남자가 검지로 화면을 가리키며 자신만만한 얼굴로 말했다.

"망설이지 마시고, 지금 바로 저희 퇴마 인테리어에 맡겨주십시오."

퇴마 인테리어라는 상호명이 화면에 뜨고, 배경은 암전되며 영상은 그렇게 끝이 났다.

X

햇빛 좋은 오후.

부르르릉-끼익.

낡은 밴 차량 한 대가 서울 성북구에 위치한 주택가에 섰다.

해당 주택가는 넓은 마당을 가지고 있는 단독주택들이 즐비한 곳으로 일명 부자동네라 불리는 곳이었다.

밴은 12인승 차량이었지만, 운전석과 보조석이 있는 앞쪽을 제외하고는 창문이 없었다.

밴 측면에는 커다란 스티커로 [퇴마 인테리어]라는 상호명과 연락처, 이메일 주소가 부착되어 있었다.

끼익-.

밴의 뒷문이 열리며, 군화를 신은 동양인 남성이 발을 내밀고, 땅을 내디뎠다.

그는 마치 특공대대원처럼 검은색 전투복에 조끼를 입고 있었으며, 손에는 손가락 부분이 잘려있는 검은색 면장갑을 꼈고, 가죽 다이어리 수첩과 볼펜을 들고 있었다.

차에서 내려 햇빛이 눈부신지, 남자는 다이어리를 가지고 햇빛을 가린 뒤 주변을 둘러봤다.

곧이어 남자의 뒤로 비슷한 옷차림의 남성 한 명과 여성 한 명이 내렸다.

그들도 군화를 신고 있었으며, 같은 전투복 형태의 조끼를 입고 있었다.

다른 점이 있다면, 뒤따라 내린 남성은 목에 검은 두건을 두르고 있었으며, 검은색 가죽장갑을 끼고 있었다.

여성은 긴 머리를 뒤로 묶어 말꼬리처럼 낸 포니테일 머리스타일에 흰색 격투기용 오픈핑거 글러브(손가락 부분이 없는 장갑)를 손에 끼고 있었다.

"여기야?"

여성이 땅을 딛고, 기지개를 켜며 물었다.

그러자 제일 먼저 내렸던 남성이 고개를 끄덕이며 차 바로 앞에 있는 주택을 바라봤다.

"이 집일 거야. 정확한 건 부동산 사장님이 와봐야 알겠지만 말이야."

"야, 여기 맞다, 여기 맞아, 벽 봐봐."

두 번째로 내린 남자가 목의 근육을 풀며, 바로 앞 주택을 두르고 있는 벽을 손으로 가리켰다.

그가 가리킨 벽에는 실종자 전단지가 여러 개 부착되어 있었다.

남자 한 명, 여자 한 명, 어린 남자아이 한 명, 이렇게 세 명의 실종자 전단지가 여러 장씩 벽 여기저기 붙어있었다.

그때, 밴의 보조석 문이 열리며, 하얀 피부의 꽃미남이라 불러도 손색없는 미남이 한 명 내렸다.

그 역시도 다른 세 명처럼 검은색 전투복과 군화에 조끼를 입은 옷차림이었는데, 손에 장갑은 없었고, 대신 은반지 여러 개를 끼고 있었다.

"아, 똥 마렵다!"

꽃미남이 발을 동동 구르며 초조해하고, 그사이, 운전석에서 단발머리의 여성 한 명이 내리며 인상을 찌푸렸다.

"진짜 짜증 나! 다음부턴 옆에 민규 오빠 앉지 마! 오는 내내 똥 얘기야 저 오빠!"

"야, 박수연! 똥이 마려운데 나보고 어쩌라고!"

민규가 운전석에서 내린 수연을 향해 소리쳤다.

수연은 다른 사람들과 달리 전투복을 입고 있지 않았는데, 상의는 체크무늬 남방에 흰 티셔츠, 하의로는 청색 반바지와 흰 양말, 그리고 흰색 운동화를 신고 있었다.

"마려우면 마려운 거지, 입 밖으로 꺼내지 말라고, 듣는 사람 짜증 나니까!"

"야, 박수혁, 네 동생 관리 안 하냐? 하늘 같은 오빠 친구에게 이래도 되는 거야?"

민규에게 불린, 차에서 두 번째로 내렸던 남자, 수혁은 자신의 여동생인 수연을 귀찮다는 얼굴로 쳐다봤다.

"야아."

"뭐어!"

수연이 짝다리를 짚고 서서, 턱을 들며 대답했다.

이에 수혁은 다시 고개를 민규 쪽으로 돌리고, 고개를 절레절레 흔들었다.

"쟤는 내가 컨트롤 못 한다. 그리고 솔직히 정민규, 너 인마, 방금 겁나 짜증 나긴 했어. 똥 마렵다, 똥 마렵다 아주 무슨 노래를 부르고 있냐? 이건 네가 잘못한 게 맞아."

"……내가 노래를 불렀다고? 노래 안 불렀는데? 내가 무슨 노래를 불렀는데? 불러봐, 불러봐, 내가 언제 어떻게 무슨 노래를 불렀는데?"

"아, 쫌, 초딩이냐!"

"초딩 아닌데? 아닌데? 다 큰 어른인데요? 지 친구 나이도 모르나요? 에베베? 에베베?"

"야이씨! ⋯⋯김주영 대표님! 저거 안 자를 거야?"

수혁이 짜증이 난 얼굴로 차에서 먼저 내렸던 남자, 주영을 향해 소리를 질러댔다.

주영은 팔짱을 긴 상태로 허리를 굽혀가며 벽에 붙은 실종자 전단지의 내용을 살펴보고 있었는데, 머리를 뒤로 묶은 여성도 옆으로 와서 전단지 내용을 함께 읽고 있었다.

"하아, 이지혜, 네가 나라면 쟤들보고 뭐라고 할까?"

"다 입 닥치라고 했겠지."

주영은 지혜의 말이 떨어지기 무섭게, 상체를 세우고, 뒤를 돌아 세 명에게 외쳤다.

"야, 다들 입 좀 닥쳐봐!"

주영이 소리치자, 으르렁거리던 세 명 모두 입을 다물고 주영의 눈치를 살폈다.

지혜만이 주영의 뒤에 서서 킥킥거리며 웃음을 참고 있었다.

주영은 한숨을 한 번 내쉬고는 세 사람에게 경고했다.

"조금 있으면 이번 일 의뢰한 부동산 사장님 오실 텐데, 진중한 모습으로 좀 있자. 명색이 이 업계 전문가인데, 애들 놀러 온 것 같은 분위기는 내지 말아야지. 돈 벌러 온 거잖아."

"알겠습니다, 대표님."

"알겠습니다, 대표님."

"알겠습니다, 대표님~."

박수혁과 박수연 남매는 시큰둥한 표정임에도 큰 소리로 대답한 반면, 민규는 뚱한 얼굴로 건성으로 답했다.

"야, 주영아, 근데 나 진짜 급한데? 먼저 들어가서 화장실 좀 쓰면 안 되냐?"

"조금만 참아봐, 부동산 사장님이 열쇠를 갖고 와야 안에 들어가지."

주영이 어린 애 달래듯이 타이르는 말투로 말하자, 민규는 배를 손으로 어루만지며 인상을 찌푸렸다.

"어젯밤에 치킨 먹고 잤는데, 그게 잘못됐나 봐."

"1절만 해라, 진짜……."

전단지 내용을 읽던 지혜마저도 민규의 앓는 소리에 인상을 찌푸리고 이를 악물었다.

"누가 쟤 입 좀 막아봐."

"민규 오빠, 아까 전에 주영 오빠가 입 닥치라고 했잖아. 무슨 기억력이 금붕어야?"

"야, 수연이 너……."

수연의 묵직하게 직구로 들어온 한마디에, 민규는 충격받은 얼굴로 수연을 바라봤다.

"너는 오빠가 아프다는데 괜찮냐고 걱정을 해줘야지, 어떻게 그렇게 말하냐……. 너랑 나랑 알고 지낸 지가 얼만데, 서운하다, 너 진짜."

"아픈 게 아니라 결국 똥 얘기하고 있는 거잖아!"

"아, 일하기도 전인데 벌써 피곤하네."

수혁이 고개를 숙이며, 손으로 머리를 감쌌다.

주영이 쓴웃음을 지으며 허리춤에 손을 얹고, 시선을 주변으

퇴마 인테리어

로 돌렸다.

그러자 주영의 시야에 골목 위에서 내려오는 검은색 고급 승용차 한 대가 들어왔다.

승용차는 천천히 속도를 줄이더니, 주영 일행이 서있는 위치에서 5m 정도 떨어진 곳에 멈춰 섰다.

차의 창문이 전부 진하게 선팅 처리가 되어있어서, 운전석에 앉아있는 사람의 얼굴은 보이질 않았다.

주영은 눈을 가늘게 뜨고 운전석에 앉은 사람을 알아보려고 애를 썼지만 소용없었다.

이윽고 승용차의 시동이 꺼지고, 운전석에서 갈색 양복 정장에 검은색 셔츠를 입은 통통한 체격의 중년 남성이 내렸다.

남자는 상의 슈트의 단추를 하나도 잠그지 않아, 검은색 셔츠가 볼록 튀어나온 뱃살을 감싼 채 보이고 있었다.

"부동산 사장님 오셨다. 다들 조용히 해."

주영이 만나기로 한 부동산 사장을 곧장 알아보고, 조용히 친구들에게 말했다.

그러자 수혁이 다급히 수연에게 뒤로 가라는 수신호를 보내고, 수연은 진지한 얼굴로 고개를 끄덕인 뒤, 밴의 뒤로 가서, 차 안으로 들어갔다.

"전화 주신 부동산 사장님 맞으시죠?"

주영이 먼저 고개를 숙여 인사를 건넸다.

부동산 사장 역시 웃으며 고개를 살짝 끄덕였다.

"네, 퇴마 인테리어에서 오신 거죠? 퇴마도 하고, 인테리어도 한다는 분들, 네 분이서 오셨나 보네요?"

"예, 예, 맞습니다."

주영과 부동산 사장은 서로 가볍게 악수를 나누었고, 부동산 사장은 악수를 마치자, 양복 정장 상의 주머니에서 지갑을 꺼내더니, 명함을 한 장 집어 들고 주영에게 내밀었다.

"한소레 부동산, 방석호입니다, 이런 쪽으로 잘해주신다고 얘기 들었습니다."

"네, 감사합니다."

주영은 방석호 부동산 사장이 건네준 명함을 받아들고, 곧바로 자신도 똑같이 지갑에서 명함을 꺼내, 방 사장에게 내밀었다.

"퇴마 인테리어 대표, 김주영이라고 합니다. 잘 부탁드립니다."

"네, 네, 그 장화 건축사무소 실장 알지요?"

"예?"

"내가 거기 홍 실장이랑 잘 아는데, 그 친구가 나랑 술 먹다가 여길 알려주더라고요."

"아아~! 홍 실장님이요, 안경 쓰시고 머리 붉게 염색하신 여자분⋯⋯."

주영이 건네준 명함을 받고, 방석호 사장은 유심히 명함을 살펴보며 대답했다.

"내가 요 집이 안 팔려서 속 앓고 있다니까, 그 친구가 흉가, 폐가 제값 받고 나가게 해주는 업체라면서 사장님 칭찬을 엄청 하더라고요. 그래서 내가 직원 시켜서 한번 전화를 한 겁니다."

"아, 네."

"뭐, 여기가 그렇다고 흉가나 폐가인 것도 아니고, 유언비어가 퍼져 가지고 그렇지……. 인테리어는 딱히 손댈 건 없을 것 같은데."

방석호 사장이 쓰읍 입으로 숨을 삼키며, 주영이 준 명함을 자신의 지갑에 넣었다.

"일단 안에 한번 보시고 얘기합시다."

"네, 그러시죠."

주영이 길을 비키자, 방석호 사장이 앞장서서 밴이 주차된 곳 옆집의 마당 대문으로 향했다.

주머니에서 열쇠를 절그럭절그럭 소리 내며 찾던 부동산 방 사장은, 힐끔 주영과 다른 직원들을 힐끔 쳐다보더니 작게 감탄했다.

"어이구, 직원들 다 젊으시네요, 이 일 시작한 지 얼마 안 됐나 봐요?"

"아니요, 한 지는 꽤 되었습니다. 대학 다닐 때부터 시작했으니까 엄청 어려서부터 시작한 거죠."

수혁이 목에 두르고 있던 두건으로 코와 입을 가리며 차분히 설명했다.

"어우, 대학 시절부터 했으면 엄청 일찍부터 시작하셨네."

웃긴 요소라고는 하나도 없는 답변이었지만, 사람 좋게 허허 웃던 방석호 사장은 열쇠 찾는 데 한참을 걸리다, 작은 열쇠를 하나 꺼내 들었다.

그리고 마당 대문 열쇠 구멍에 열쇠를 꽂으려고 이리저리 해보다가 안 되자, 작게 욕설을 내뱉었다.

"늬미, 이게 아닌가?"

방석호 사장은 잠시 손에 든 열쇠를 이리저리 살펴보다가, 이 열쇠가 아니라는 걸 알아채고, 다시 정장 상의와 하의 주머니, 이곳저곳에 손을 찔러 넣어가며 열쇠를 찾기 시작했다.

그러다 정장 안주머니를 살펴볼 때, 슬쩍 상의 안감에서 노란 종이에 붉은 글씨가 들어간 부적들이 미싱으로 단단히 꿰매어져 있는 게, 옆에 있던 퇴마 인테리어 직원들 눈에 들어왔다.

부적을 본 직원들은 입술을 삐죽 내밀고, 시선을 잠시 서로 교환하며 미소 지었다.

방석호 사장은 그런 주변 반응은 눈치채지 못하고, 열쇠를 열심히 찾다가 손을 들어 주영과 직원들에게 사과했다.

"미안해요, 내가 열쇠를 차에 뒀나 봐요. 잠깐만 있어요."

"네, 괜찮습니다. 천천히 찾으세요."

방 사장이 차로 돌아가자, 민규가 창백한 얼굴을 하고는, 주영에게 손으로 자기 배를 여러 번 가리키고, 오른손 검지와 왼손 검지를 교차시켜 빙글빙글 제자리에서 돌리며 재촉했다.

하지만 주영은 두 손을 들어 보이며 차분하게 기다리라고 제지했다.

"찾았습니다, 찾았어."

대문 열쇠를 찾은 방 사장이 한숨을 돌리며 돌아왔다.

"여기는 평소에 관리를 잘해놓고 있다 보니까, 특별한 일 없으면 진짜 가끔씩만 오게 돼서 열쇠도 어디다 뒀는지 깜빡깜빡하게 됩니다. 허허."

허허 웃는 박 사장에게 민규를 제외한 나머지 인원들 모두 미소로 대답을 대신했다.

"여기가 3년 동안 안 팔려서 사람 피를 말려요. 원래 이 집 살던 부부가 잘 나가던 양반들인데, 그 양반들이 야반도주하고 나서 이상한 소문 붙더니 이리되어서……."

"저분들인가요?"

주영이 대문 옆 벽에 붙어있는 실종자 전단지들을 가리켰다.

"저기 실종자라고 나와 계신 분들?"

"뭐요?"

부동산 사장이 대문에 열쇠를 꽂으려다, 주영의 말을 듣고는 고개를 쭈욱 내밀어 벽에 붙은 전단지를 바라봤다.

"아니, 이런 XX놈들!"

난데없이 쌍욕을 내뱉는 부동산 사장의 모습에 주영을 비롯한 퇴마 인테리어 직원들 모두 눈을 동그랗게 뜨고, 방 사장을 쳐다봤다.

"내가 이딴 거 붙이지 말라고 계속 말했는데, 이미 여기 뜬 인간들을 왜 여기서 찾는 건지 진짜!"

"아, 전단지 붙인 분들을 아세요?"

"여기 예전에 살던 사람들한테 돈 떼먹힌 인간들이 이렇게 해놓고 가요."

방 사장은 씩씩거리며 전단지들이 붙은 벽으로 가서, 하나하나 실종자 전단지를 다 떼어냈다.

"상식적으로 생각해서, 이미 여길 뜨고 도망간 인간들을 갖다가 여기다 전단지 붙여놓고 목격자 찾는다고 그러면 누가 어디에 있는지 어떻게 알고 봤다고 알려주겠어요? 괜히 이래서 이상한 소문만 더 늘지!"

"그 전단지 속 세 사람이 여기 살던 분들이 맞나 봐요?"

주영이 팔짱을 끼고 묻자, 방 사장이 고개를 끄덕이며 한숨을 내쉬고는, 마당 대문 옆 바닥에 쭈그리고 앉아, 떼어낸 전단지들을 차곡차곡 잘 접어서 놓기 시작했다.

"여기 원래 살았던 사장 내외가……. 한번 들어봤을 겁니다, 지금은 없어진 주옥 패션이라고 유명한 의류 업체 공동대표였거든요, 그런데 이 인간들이 조금씩 야금야금 회사 자금을 빼돌리고 있었는지 어느 날 야반도주를 해버렸어요. 물건 대주던 업자들이랑, 믿고 투자했던 사람들이랑 전부 이 사람들 찾겠다고 예전에 이 동네 와서 난리, 난리 생난리를 치다 갔어요."

방석호 사장은 허리를 펴고 일어나, 대문에 열쇠를 꽂고 문을 열었다.

철커덕.

묵직한 쇳소리와 함께, 대문이 끼이익 소리를 내며 열렸다.

"나중에 이 집이 경매로 나와서, 볼 때 물건이 좋다 싶어서 50억에 샀어요. 인테리어만 살짝 손봐주고, 관리만 잘해주면 못해도 80억은 받겠다 싶어서."

방 사장이 대문 안으로 먼저 한 걸음 내디뎌 들어갔다.

그 뒤를 주영과 지혜, 수혁과 민규가 차례대로 따라 들어갔다.

"그런데 갑자기 이게 이상한 소문이 나더니 3년 내내 안 나가고, 가격만 몇억씩 계속 떨어지니까, 아~사람 환장하지요."

대문을 열고 안으로 들어가자, 제일 먼저 몇 칸 안 되는 콘크리트 계단이 나왔고, 계단을 오르자 곧바로 2층짜리 주택 건물이 눈에 들어왔다.

대문 계단과 이어지는 돌길이 주택 현관문 앞까지 이어져 있었고, 바로 옆으로 고개를 돌리니 넓은 마당 겸 정원이 눈에 들어왔다.

주택 자체는 겉으로 봤을 때, 으스스하거나 불길한 느낌은 전혀 없었다.

다만, 관리를 잘해줬다던 방석호 사장의 말과는 달리, 관리가 전혀 안 되는 모습 몇 군데가 주영의 눈에 들어왔다.

"2층 창문이 몇 개 깨져있네요?"

주영이 창문 깨진 곳을 손으로 가리켰다.

그걸 본 방 사장은 곧바로 혀를 끌끌 차며 착잡한 표정을 지었다.

"소문 때문에 저럽니다, 소문 때문에."

"네?"

"내가 관리를 한다고 하면 뭐합니까? 미친놈들이 오밤중에 공포체험이니, 담력시험이니, 뭐니 하면서 몰래 들어와서 저러고 가요. 지들 꺼 아니라고."

방 사장이 깨진 창문을 향해 삿대질까지 해가며 성토했다.

"어떤 놈인지 몰라도, 그 주옥 패션 남자 사장이 자기 아내랑 아들 다 죽이고, 암매장한 다음에 도망간 거라는 소문을 퍼뜨렸어요."

"아~, 그래서 이 집에 죽은 아내랑 아이 귀신이 나온다. 그러는 거군요?"

"그렇죠, 야반도주해서 멀쩡히 잘 먹고 잘 살고 있을 인간들이 무슨 죽었다고……."

"소문이 사실일 수도 있는 거 아닌가요?"

수혁이 팔짱을 끼고 묻자, 부동산 사장의 얼굴이 일그러졌다.

"모르는 소리 말아요, 이 집이 당시 정식 매매가가 65억이에요. 내가 경매로 싸게 산 거고, 그런데 65억짜리를 갖다가 그대로 내버리고 야반도주를 했어요, 그러면 대체 회삿돈을 얼마나 빼돌렸다는 소리겠어요? 그런 인간들이 갑자기 살인이랑 암매장을 왜 해요? 경찰들도 헛소문이라고 결론지은 얘깁니다."

"그러면 그런 걸 모르는 사람들이 저렇게 해놓고 가는 건가요?"

수혁이 마당 정원 한쪽 구석을 손으로 가리켰다.

마당 정원 한쪽 구석에는 작고 파란 돗자리가 하나 펼쳐져 있었고, 그 위로 제사상이 차려져 있었다.

"아이고, 저건 또 뭐야."

방 사장이 한탄과 한숨을 섞어가며 말했다.

주영과 모두 제사상 근처로 가서 보니, 제사상에 음식으로는 값싼 떡과 나물 반찬 몇 가지가 있을 뿐이었고, 상 위에 실종자 전단지에서 봤던 세 사람의 사진이 향 옆에 올라가 있었다.

향은 피운 지 오래되어 거의 재만 남은 상태였다.

그리고 그 제사상이 바라보고 있는 마당 담벼락엔 붉은색 래 커 스프레이로

[귀신이 주인으로 사는 집이다, 나가라.]

라고 적혀있었다.

"기가 막혀서 말이 다 안 나오네. 진짜."

"흉가나 폐가에 가끔씩 무속인들이 와서 이런 짓을 하고 가는 경우가 있다지만, 이런 집에 이러는 건 또 처음 보네요."

속상해하는 부동산 사장에게 주영이 씁쓸해하며 말했다.

"여기 담벼락 엄청 높던데, 그걸 넘어와서 이러는 건가 봐요? 앞에 있는 CCTV에 찍히지 않았을까요?"

"이런 게 한두 번이 아니에요. CCTV에 찍혔다고 신고해도 아 무 소용없어요, 이거 사유지 불법침입이라고 벌금 얼마 나오는 지 압니까? 달랑 10만 원이에요, 10만 원. 이거랑 저런 유리 깨 고 가는 것도, 그렇고 집 안에 들어가서 술 먹고 가는 인간들도 전부 그냥 벌금만 내고 끝나니까, 이제는 자포자기하게 됩디다."

"그렇군요."

"솔직히 저거 깨진 유리도 내가 저번에 와서 봤어요, 봤는데, 그냥 놔두고 있어요. 교체해봐야 또 어떤 놈이 와서 깨니까, 이 집 사겠다는 사람 나올 때까지는 놔두고 있어요. 사겠다는 사람 나오면 그때 고쳐줘야지. 미리미리 해놔서는 내 돈만 계속 나가 더라고요."

"으음, 그러면 그것도 저희 의뢰 내용 중에 포함해서 앞으로 그런 일 없도록 해드리겠습니다."

주영이 팔짱을 끼고 잠시 고민하다가, 고개를 끄덕이며 진지한 목소리로 답했다.

그에 방석호 사장은 깜짝 놀란 얼굴로 주영을 쳐다봤다.

"어떻게요?"

"그거는 나중에 정식으로 저희에게 의뢰를 주시면 답해드리겠습니다, 이제 집 안을 좀 볼까요?"

방 사장이 먼저 앞장서서 주택으로 갈 수 있도록, 주영이 옆으로 비켜섰다.

방 사장은 아차 하는 표정으로 알겠다며 앞장서 주택으로 향했다.

걷는 동안, 방 사장은 주머니에서 또 다른 열쇠를 꺼내 들고, 주택의 현관문으로 향했다.

그때, 옆으로 민규가 두 손을 공손히 모으고 다가가, 끙끙대며 물었다.

"사장님, 여기 수돗물 나오죠?"

"예? 직수는 잠가놨는데, 그거 틀면 나오긴 나오죠."

"그러면 화장실 좀 쓸 수 있을까요?"

"아, 뭐, 그러세요."

처음 보는 인간상에 방 사장은 이게 뭐하는 인간인가 싶어, 위아래로 민규를 훑어보며 떫은 표정으로 답했다.

그러다 민규가 입고 있는 조끼에 새겨진 명찰 부분에 적힌 소개 문구가 방 사장 눈에 들어왔다.

[대표 얼굴마담, 귀요미, 미인계 전문 미남 - 정민규용둥이]

라고 적혀있었다.

방 사장이 인상을 구기며 자신의 가슴팍을 쳐다보고 있다는 걸 눈치챈 민규는 식은땀을 흘리며 억지로 웃어 보였다.

"하하, 이거요? 무미건조한 명찰을 좀 싫어해서, 좀 색다르게 해봤습니다."

"……다른 사람들도?"

방 사장이 뒤를 돌아 주영을 쳐다봤다.

[대표이사, 사장, 회장, 주인, 좋은 호칭 전부 – 악덕 집게사장]

점잖은 줄 알았던 주영의 명찰에도 장난스러운 문구가 적혀있는 걸 본 부동산 방 사장은 고개를 살짝 흔들었다.

방 사장이 직원들 조끼에 적힌 명찰의 문구를 보고 안 좋은 반응을 보이자, 직원들은 고개를 숙이고 각자의 명찰에 적힌 문구를 새삼 확인했다.

수혁의 조끼 명찰에는 다음과 같은 소개 문구가 적혀있었다.

[귀신 보고 놀란 적 없지만, 거울 보고 놀란 남자 – 가을㈜남자(남)]

마지막으로 지혜의 조끼 명찰에도 그다지 정상적이지 않은 소개 문구가 적혀있었다.

[어릴 때부터 야경을 안주 삼아 맥주를 즐겨온 – 귀신 보는 미친년]

각자 자신의 명찰 상태를 확인한 세 사람은 뭐가 잘못된 건 없는데? 하는 눈치로 방 사장을 바라봤다.

하지만 방 사장이 볼 때, 저런 장난스러운 명찰은 나이트클럽

날라리 웨이터들이나 할 것 같은 저질스러운 행동으로 보일 뿐이라, 맘에 들지 않았다.

명찰 하나 때문에 방 사장 마음속에서 '이 사람들, 일을 대충하는 건 아닌가?' 하는 의심이 생겼지만, 지금 당장은 견적이라도 우선 받아 봐야 하는 상황이었다.

어찌 됐든 급한 건, 여기 불려온 퇴마 인테리어 업체가 아니라, 이 골칫거리 매물을 소유하고 있는 한소레 부동산 사장 자신이었다.

방 사장은 한숨을 내쉬며 집의 현관문을 열었는데, 문이 열리자마자, 옆에 서있던 민규가 방 사장을 옆으로 살짝 밀치며 갑자기 불쑥 먼저 안으로 들어갔다.

"화, 화장실이 어디, 죠?"

"저기 1층 복도 안쪽에 주방 있고, 주방 바로 앞에 문 하나 있습니다. 거기가 화장실입니다."

"가암사하압니다, 사자앙님."

민규가 방 사장은 쳐다보지도 않은 채 시름시름 앓는 목소리로 대답하고는, 복도에 불도 켜지 않고 쏜살같이 안으로 들어갔다.

"어우, 낮인데도 안이 되게 깜깜하네요."

곧이어 방 사장을 따라 들어온 주영이 현관문 안쪽으로 들어와, 내부를 둘러보며 첫인상을 내뱉었다.

방 사장은 민규에 행동에 황당해하면서도, 애써 불쾌한 내색 없이 주영에게 침착하게 설명했다.

"뭐, 여기랑 1층 복도, 2층 복도는 좀 어두워요."

방 사장이 현관 안쪽 우측 벽에서 더듬더듬 전등 스위치를 찾았고, 이내 딸깍하는 소리와 함께 현관과 1층 복도의 불이 들어왔다.

1층 현관문 안쪽 신발 벗는 곳을 기준으로 바로 좌측에는 신발장이 벽에 매입된 벽장 형태로 있었고, 그 옆으로 2층으로 올라가는 계단이 있었다.

신발 벗는 곳과 마주 보는 곳에는 다용도 벽장이 있었으며, 벽장 옆으로 거실과 주방 등으로 갈 수 있는 복도가 있었다.

신발 벗는 곳 우측에는 여유 공간이 어느 정도 있었는데, 지금은 아무것도 없는 텅 빈 화분 하나가 덩그러니 있을 뿐이었고, 그 화분 너머로 방이 하나 있었다.

2층으로 올라가는 계단은 ㄷ자로 꺾이면서, 1층 벽장 위로 사람이 지나가며 2층 복도로 가게 되어있었다.

신발 벗는 곳의 천장은 2층 천장에 맞춰 높게 설계되어 있었다.

전체적으로 어질러진 물건 없이 깔끔한 인상을 주는 입구 풍경이었지만, 조명은 좋지 않았다.

현관 안쪽을 비추는 조명은 주황색, 일명 전구색이라 불리는 색의 전등 하나만 있었는데, 그마저도 2층 천장 높이에 있다 보니 1층 현관 안쪽 전체 풍경이 살짝 어두웠고, 1층 복도에는 작은 전등이 두 개 있었는데, 그쪽도 마찬가지로 전구색 전등으로만 설치되어 있었다.

현관과 복도 모두 깔끔한 내부와 주황색 빛이 옅게 은은하게 비추는 광경이 되니, 어떻게 보면 잔잔한 밤에 어울리는 낭만 있는 풍경이 되었지만, 문제는 현재 시간대가 햇빛이 쨍쨍한 대낮이라는 점이었다.

주영은 잠시 현관 안쪽에 서서 내부를 둘러보다가, 다시 현관 밖으로 고개를 내밀고 밖을 둘러봤다.

바깥은 햇빛이 강하게 내리비치는 대낮인데, 문 안으로 시선을 돌리면 밤이라고 생각될 정도의 풍경이었다. 그만큼 내부로 외부의 빛이 거의 들어가지 못하고 있었고, 내부에서도 바깥의 상황이나 날씨를 볼 수 있는 곳이 없었다.

"일단 여기만 봐서는 굉장히 폐쇄적인 인테리어 구조네요."

"폐쇄적인 게 아니라, 저기 거실로 나가면 시야가 탁 트입니다."

방 사장이 주영의 얘기에 욱했는지, 곧장 1층 복도에서 거실 미닫이문이 있는 곳으로 걸어갔다.

이어 양 미닫이문을 손으로 힘껏 밀어 활짝 열었다.

확실히 거실은 공간 자체가 넓었다.

성인 세 명이 앉을 수 있는 소파가, 거실 중앙에 ㄷ자로 세 개 놓여있었고, 소파들 사이 중앙에 놓인 탁자도 그 너비가 꽤 넓었다.

소파 너머, 거실 미닫이문과 마주 보는 벽 쪽은 전부 커다란 유리창 네 개로 되어있어 마당과 정원 풍경 전체가 훤히 보였다.

그 유리창 중 두 개는 고정창이고, 두 개는 미닫이창으로 되어있었는데, 고정창 하나에는 누군가 보드마커 같은 걸로 [죽기 싫으면 나가]라고 적어놓은 상태였다.

"그나마 유리는 안 깨서 다행이네."

방 사장이 낙서를 보며 헛웃음을 지었다.

방 사장이 거실로 들어가 안을 좀 정리하는 동안, 주영과 수혁은 전반적인 인테리어상의 문제를 다시 확인했다.

"거실 미닫이문을 여니까 시야가 탁 트이기는 하는데……."

"문제는 저거 열어도 바깥에서 빛 자체가 여기 복도까지 들어오질 않네. 창문이 저리 큰데도 각도가 절묘해."

"그러게. 보니까 대낮에도 현관이랑 복도는 계속 불을 켜야겠어."

사람과 사람의 첫인상이 중요하듯, 건물이나 집도 마찬가지였다.

현관문을 열고 안에 들어서자마자 눈에 들어오는 집 안 풍경의 인상 역시도, 처음 보는 사람의 첫인상이 편견으로 자리 잡는 것처럼, 집에 들어온 사람의 뇌리에 일종의 편견처럼 자리 잡는다.

작고 허름한 집이라도 사람이 받은 첫인상이 아기자기하고 따뜻한 고향집의 인상이라면, 그 집의 전기가 나가는 일이 있어도 낯설거나 무섭다고 느끼기 어렵다.

반면, 디자인 예쁘고, 시설이 좋은 집이라도 첫인상이 차갑고 음습하다면, 그곳은 해만 져도 무섭다고 느낄 수 있다.

애당초 좋은 집이라면 이렇게 낮에도 전등을 켤 필요도 없이, 자연광만으로 주거지 내부가 어느 정도 훤히 비추어져야 했다.

주영은 자신이 가져온 수첩에 1층에 문제점을 적어 내려갔다.

방 사장이 거실에서 나와, 주영에게 물었다.

"이렇게 탁 트이고, 시설 좋은 곳을 갖다가 무슨 귀신이 나오네 어쩌네 하고 말이야. 에휴. 실제로 보니까 이런 낙서만 없으면 그런 느낌 전혀 안 들죠?"

주영은 많은 경험에 따라 괴담과 귀신이 출몰하는 건 시설이 좋고 나쁨에 없다는 걸 알고 있었지만, 질문을 하는 사람이 듣고자 하는 대답은 이미 정해져 있었다.

그렇기에 주영은 작게 고개를 끄덕이며 동의하는 척했다.

"네, 확실히 저희에게 들어오는 의뢰들 가운데서는 여기는 상당히 좋은 곳입니다."

"그렇지, 그렇지."

방 사장이 웃으며 어깨를 으쓱였다.

"사실 소문 때문에 우리 직원들도 여길 안 오려고 해서, 내가 직접 와서 소개를 해주게 된 거예요. 요새 사람들~ 참 겁도 많아요."

"이 집과 관련해서 정확히 어떤 소문이 났나요?"

"……이 집에 들어온 사람은 일주일 안에 귀신을 만나게 된다나?"

잠시 뜸을 들이다, 방 사장이 설명했다.

"그러니까 현관 너머로 발만 들여도 들어온 사람은 귀신에 씐다. 뭐 그런 겁디다, 정확한 건 나도 모르겠어요. 나는 한 번도 귀신을 본 적이 없어서."

"사장님은 그런 거 안 믿으시나 보네요?"

"내가 여기 소개한다고 손님들이랑 여길 몇 번이나 왔다 갔다

한 줄 압니까? 일주일 안에 귀신을 만나요? 하! 말도 안 되죠. 내가 이렇게 멀쩡하게 살아있다는 게 귀신이 없다는 증겁니다. 그러니까 겁을 먹을 리가 없죠."

직원들 머릿속에 조금 전에 보았던 방 사장의 부적들이 떠올랐지만, 굳이 입 밖으로 꺼내는 사람은 없었다.

"현관이랑 복도, 거실은 봤고, 이제 주방을 한번 봅시다."

방 사장이 1층 복도를 따라, 안쪽에 주방으로 앞장서서 들어갔다.

그 뒤를 따라 주영과 수혁, 지혜가 걸어갔고, 수혁이 잠깐 걸음을 멈추고, 중간에 있는 화장실 문을 두드렸다.

"민규야, 안에 있냐?"

"어!"

"휴지는 있어?"

"없어……. 차에서 좀 갖다 줘."

화장실 문 너머로 칭얼거리는 민규의 목소리에 수혁은 한숨을 내쉬었다.

"야, 물은 나와?"

"안 나오지……. 직수 밸브 찾아서 좀 열어줘."

"알았어, 휴지는 바로 챙겨줄 테니까 기다리고 있어."

"……웅."

그렇게 수혁은 밴에 휴지를 가지러 돌아가고, 주영은 그대로 화장실 문을 지나, 방 사장이 있는 주방으로 들어갔다.

주방은 최신 설비가 다 갖춰진 상태였고, 조리하는 곳과 식사하는 곳 두 곳으로 공간이 분리되어 있었다.

식사하는 곳은 단순한 반복 무늬가 새겨진 직사각형 형태의 긴 목제 식탁이 중앙에 놓여있었고, 그와 똑같은 무늬가 들어간 나무의자가 여덟 개 놓여있었다. 의자들은 엉덩이 받침 부분과 등받이 부분에 가죽 쿠션이 들어가 있어서, 장시간 편안하게 앉을 수 있게 되어있었다.

구석에는 현관처럼 텅 빈 화분이 놓여있었고, 한쪽 벽에는 거실보단 크기가 작지만 미닫이 창문이 세 개나 있어서, 주방 식탁 위로 세 줄기의 햇살이 비추고 있었다.

또한 식사하는 공간 바로 옆이 거실이라 그런지, 거실과 맞닿은 벽 쪽에는 복도와 똑같이 커다란 미닫이문이 있었다. 해당 미닫이문을 열어 재끼면 식사자리에서 그대로 거실 전체를 볼 수 있었다.

주방은 최신 냉장고 두 대가 구비되어 있었고, 식기세척기부터 김치냉장고, 와인냉장고, 커피머신, 오븐, 전자레인지, 인덕션까지 전부 입주 기본 옵션으로 있었다.

주방 기기들 상태를 살펴보고 있던 방 사장은 주영 일행이 다가가자, 몸을 돌리더니 기대에 찬 얼굴로 주영을 바라봤다.

"어때요? 뭔가 보입니까?"

"네?"

대뜸 뭔가 보이냐고 물어오는 방 사장에게 주영은 아리송해하는 얼굴로 되물었다.

"무슨 말씀이신지?"

"아니, 그러니까 원혼 비스름한 그런 게 보이거나, 기운이 느껴지거나 해요?"

"예? 아아! 아니요, 저희는 그런 무당이나 퇴마사 같은 사람들이 아닙니다."

"아니, 분명 퇴마도 한다면서요."

"예, 예, 퇴마를 하긴 하죠. 귀신을 보는 건 맞는데, 기운을 딱히 느낀다거나 하진 않고요."

"……어찌 됐든 보긴 본다는 거 아닙니까?"

"으음, 그러니까 정확한 표현을 하자면, 저희가 놈들을 본다기보다는, 놈들이 모습을 저희에게 보인다고 표현하는 게 옳지 않을까 싶네요."

"……결론은 지금 당장 뭐가 보이는 건 없다, 그 말인가요?"

"네."

주영이 멋쩍게 빙긋 웃으며 답하자, 방 사장은 미심쩍어하는 얼굴로 주영을 쳐다보며 팔짱을 꼈다.

"아니, 그러면 지금 여기 집을 딱히 둘러볼 필요는 없는 거 아닙니까?"

"아니죠, 인테리어도 하셔야 하니까, 견적 내기 위해서라도 봐야죠."

"아니, 할 게 뭐가 있다고요. 유리 깨진 거야 이걸 사겠다는 사람 나오면 그때 고쳐주고 팔아버리면 그만인데……. 유리 빼면 시설 다 멀쩡하니까 고칠 거 없잖아요."

처음과 달리 퉁명스러운 태도로 변한 방 사장의 언행에, 얘기를 옆에서 듣던 지혜의 표정이 딱딱하게 굳어졌다.

하지만 정작 얘기를 들은 주영은 상쾌하게 웃으며 고개를 끄덕였다.

"일반적으로는 그게 맞죠, 하지만 여긴 귀신이 나온다는 소문에 휩싸인 건축물입니다. 외관 또는 내부 구조상, 사람으로 하여금 음습하다고 느끼게 하는 요소가 있거나, 무서운 소문을 더욱 키울만한 점이 있다면 당연히 고쳐야 되겠죠?"

"그러니까 유리창 말고는 뭐…… 불길한 거 없잖아요."

주영의 세세한 설명에 방 사장은 살짝 기세가 누그러든 모양새였다.

"뭔가 고칠 게 있습니까?"

"예, 일단 간단하게 1층은 현관과 거실 사이를 가로막고 있는 방과 미닫이문을 철거해야 할 것 같고요, 그러면 현관으로 들어왔을 때 시야가 탁 트이거든요. 그다음으로 현관 신발 벗는 곳 저쪽에도 창문을 한 개에서 두 개 정도 추가로 만들고……."

"잠깐만, 잠깐만."

방 사장이 주영의 설명을 듣고는, 인상을 찌푸리며 말을 막았다.

"방을 철거한다고요? 아니, 멀쩡한 방을 왜?"

"현관 들어서면 일단 내부에서 바깥 풍경이 전혀 안 보여요. 완전히 바깥과 차단되고 분리된 상태가 되죠. 자연광은커녕 시간이 몇 시인지 감도 안 잡힐 정도로 단절되어 있습니다. 햇빛 쨍쨍한 대낮에 복도에 불을 켜야 생활할 수 있다는 게, 여기 설계가 좀 잘못된 겁니다. 거기에 거실 미닫이문마저 닫아버리면, 좁고 폐쇄된 공간에 있다는 느낌이 더욱 강해지고요."

"아니, 아파트나 오피스텔 안 가봤어요? 현관문 열고 들어가면 내부 깜깜하고 좁고 폐쇄된 느낌이 나는 건 흔하디흔한 거죠."

"설계나 인테리어가 잘된 곳은 현관문 들어서면, 내부 공간이 탁 트이면서 자연광이 잘 들어옵니다. 지금 예시를 드신 곳은 여기처럼 내부 구조가 안 좋은 예이고요."

"아니, 그런 논리면 그런 아파트나 오피스텔들은 전부 다 귀신 나온다는 소문 돌고 있어야 되겠네?"

"소문이 돌아야 되는 게 아니라, 그런 곳이 소문 한번 붙으면 떨쳐내기가 힘들다는 거죠."

주영은 여유 있게 방 사장의 말을 받아쳤다.

"실제로 사장님께서도 잘 아실 거 아닙니까, 이상한 소문이 한번 붙어버리니 떼어내기 참 힘들다는 것을요."

"……그러니까, 소문을 떼어내기 위해서 고쳐야 한다?"

"그렇죠."

방 사장은 어두운 낯빛으로 잠시 고민했다.

"그런 건 내가 아는 인테리어 업체도 있는데……."

혼잣말로 중얼거리듯이 말했지만, 주변에 다 들리도록 크게 말하는 방 사장.

일종의 기 싸움이었다.

방석호 사장이 처음부터 원했던 건, 귀신이 나온다는 소문이 해결되는 것뿐이었지. 추가적으로 돈을 내가며 인테리어 공사를 할 생각은 없었다.

그래서 아는 지인을 통해 알게 된 퇴마 인테리어에 의뢰를 하면서도, 인테리어 업체에 의뢰한다는 생각으로 연락한 게 아니었다.

방 사장은 너희 말고도 인테리어 하는 곳은 많다는 식으로 압박을 해서, 인테리어 공사 없이 소문만 없애고 싶다는 자신의 요구에 맞춰서 주영도 그렇게 하겠다는 답변을 받고자 했다.

하지만 주영은 퇴마와 인테리어가 밀접한 관계에 있다는 걸 이미 오래전부터 알고 있었다.

퇴마 자체를 위해서라도 잘못된 설계는 바꿔야 했다.

그러니 인테리어 공사를 빼고, 퇴마만 할 수는 없었다.

"여기 소유주는 사장님이십니다, 견적 보시고 어디에 의뢰하실지는 사장님이 결정하시는 거니까요. 다른 업체에 더 좋은 곳이 있으면 거기에 의뢰하셔야죠."

주영은 무덤덤하게 방 사장의 압박을 회피했다.

"이 집 때문에 계속 손해를 보고 계신 분은 사장님이시고, 아는 지인에게 소개를 받아 저희에게 연락을 주신 분도 사장님이십니다. 저흰 사장님께서 일단 한번 봐달라고 하셔서, 그저 견적 보러왔을 뿐이고요."

이 일을 맡지 않아도 우린 손해 보는 게 없다.

반면에 당신은 다르다.

급한 건 우리가 아니다.

이런 식의 답변은 사람에 따라서는 '그러면 다른 업체에 맡기겠습니다.' 하고 가버리는 사람들도 있었다.

하지만, 그런 사람들은 결국 소문을 떼어내는 데 실패하고, 울며 겨자 먹기로 헐값에 팔아, 지속적인 손해를 끊는 선에서 만족해야 한다.

하지만 퇴마 인테리어에 의뢰한다면?

주영은 자부하고 있었다.

물건을 완전히 정상 가격으로 되돌릴 수 있다는 자신감과 그만한 경력이 있었다.

주영이 자신의 압박에도 숙이고 들어오지 않고 나오자, 박 사장은 혀를 짧게 차고는 고개를 끄덕였다.

"그러면 일단은 견적을 마저 봅시다. 가격에 따라서 공사 부분은 나랑 조율을 하고요."

"그러시죠."

주영은 진지한 얼굴로 고개를 끄덕였다.

방 사장은 견적을 일단 보자고 답했을 뿐이었지만, 공사 부분에 들어가는 비용을 조율하자는 말은 일단 의뢰를 유지할 거라는 얘기였다.

최소한 오늘 주영이 친구들과 이곳에 온 게 헛걸음은 되지 않을 수 있었다.

"그러면 다음은 어디를 볼 겁니까? 2층? 아니면 지하?"

방 사장의 물음에 주영은 무심코 아무 데나 상관없다고 어차피 다 봐야 한다고 답하려 했는데, 뒤에 서있던 지혜가

"화장실에 민규……."

라고 중얼거렸다.

주영은 민규를 잊고 있었다는 게 떠올랐고, 어색하게 웃으며 방 사장에게 물었다.

"사장님, 여기 수도 밸브가 어디 있을까요?"

X

주영이 방 사장을 따라 수도 밸브가 있는 건물 뒤쪽으로 향하고, 그 사이, 지혜는 홀로 2층을 살펴보러 향했다.

2층으로 올라가는 방법은 현관 쪽에 있는 계단뿐이었다.

지혜는 계단을 오르고, 2층 복도 앞에 서서 복도 안쪽을 잠시 바라봤다.

2층 복도는 1층에 비해서 길이가 짧았지만, 복도 좌우편으로 문이 세 개씩 있어서, 1층에 비해 구조는 더 복잡한 느낌이 들었다.

지혜는 잠시 고개를 돌려, 2층 계단 쪽을 바라봤다.

2층 계단은 현관 천장에 있는 전등 덕분에 어느 정도 불빛이 비치고 있었지만, 2층 복도는 그 빛이 도달하지 못해 깜깜한 상태였다.

이내 지혜가 복도와 계단 사이 벽면에서 전등 스위치를 발견했다.

불이 켜면, 아마 1층 복도와 비슷한 수준으로 밝아질 것이다.

하지만 지혜는 전등 스위치에서 눈을 뗐다.

불을 켜지 않고, 그대로 복도로 걸음을 옮긴 지혜는 양쪽에 있는 문들 가운데 어디를 먼저 열고 들어가 살펴볼지 잠시 고민했다.

그런데 지혜가 고민하는 사이, 오른편 제일 안쪽 끝에 있는 방의 문이 철커덕 소리와 함께 손잡이가 돌아가더니, 끼이이익 소리를 내며 천천히 열렸다.

어두컴컴한 복도와 달리 그 방 안쪽에는 자연광이 들어오는지, 살짝 열린 문틈으로 빛이 옅게 들어와, 어두운 복도에 선을 만들었다.

지혜는 갑자기 몸을 감도는 한기를 느끼고, 굳은 얼굴로 그 방을 향해 천천히 한 걸음씩 나아갔다.

문을 조심스럽게 손으로 밀자, 끼이익 소리와 함께 안쪽 방의 내부가 천천히 모습을 드러냈다.

아무것도 없는 방.

벽과 바닥에 깔린 나무문양의 고급 타일이 문 맞은편에 있는 발코니 창문을 통해 들어오는 햇살을 받아 광택이 나고 있었다.

그러나 지혜의 시선을 사로잡은 건, 방 안쪽 벽에 만들어져 있는 하얀 옷장이었다.

옷장은 1층 벽장처럼, 벽 한쪽에 천장보다 작은 높이의 공간이 있는 걸 그대로 활용해서, 앞에만 별도로 문을 설치하여 공간을 분리한 뒤, 옷장으로 만든 것이었다.

문은 하얀색 접이식 양문으로, 살짝 열려있었는데…….

촤락!!!

……안에서 누군가 서둘러 문을 닫았다.

옷장의 문 사이로 하얀 손 같은 것이 보였었고, 옷장의 접이식

85

문이 확 당겨지면서 문이 파도처럼 출렁거렸다.

곧이어 양쪽 문손잡이에 붙어있는 자석끼리 끌어당겨 붙으며, 문의 출렁거림이 점점 잠잠해지더니 이내 멈췄다.

방문의 손잡이를 잡은 상태로 지혜는 그 자리에 가만히 서서, 옷장을 잠시 뚫어져라 쳐다봤다.

그러다 한숨을 한 번 내쉬고, 두 손으로 자신의 상·하의를 정돈한 뒤, 천천히 옷장 쪽으로 다가갔다.

피부를 감도는 공기의 서늘함은 더욱 짙어졌다.

창문을 통해 환한 햇살이 들어오고 있었지만, 이 방에서는 햇살의 따스함 따윈 전혀 느낄 수 없었다.

"아직 작업 승인도 안 떨어졌는데……."

옷장 접이식 문 앞에 선 지혜는 귀찮아하는 얼굴로 입술을 비쭉 내밀었다.

"하나 정도는 미리 처리해야 편할까?"

목과 팔의 근육을 잠시 푼 지혜는 천천히 손을 뻗어, 옷장의 손잡이를 두 손으로 잡았다.

자석의 자력이 강해서 단단하게 닫혀있다는 게 손끝에서부터 느껴졌다.

"흠."

갑작스런 기습 공격에 놀라지 않도록 마음의 준비를 한 뒤, 지혜는 손에 힘을 주고, 접이식 문을 확 열었다.

촤아악-!

하얀 타일로 도배된 벽장 내부가 제일 먼저 눈에 들어왔다. 곧이어 시야 정면에서 위, 벽장 천장의 타일 덮개가 지금껏 열려 있었는지 덜컥하며 닫혔다.

그와 동시에 두두두 짐승이 뛰는 것 같은 발소리와 함께 방의 천장이 흔들리며, 그 진원이 지혜의 머리 위를 지나쳐 옆방으로 이동했다.

소리를 따라 지혜의 시선이 움직이고, 열려있는 방문을 통해 복도 전등불이 달칵 소리와 함께 켜지는 게 보였다.

"여기는 불을 켜도 되고, 아니면 이렇게 방의 문을 열어두면 복도도 환합니다."

방석호 사장이 주영에게 설명하며 2층 복도로 들어서고 있었다.

지혜는 천장을 잠시 쳐다보곤 혼잣말로

"나중에 보자."

라고 중얼거리며, 방 밖으로 나왔다.

지혜가 복도에 들어서니, 방석호 부동산 사장과 주영은 복도 앞부분을 기준으로 오른쪽 첫 번째 방에 들어가고 있었다.

휴지를 민규에게 전해주고 왔는지, 수혁도 마침 2층으로 이제 막 올라온 참이었다.

지혜도 수혁과 함께 주영을 따라 첫 번째 방으로 들어갔다.

첫 번째 방은 문과 마주 보는 정면에 창문이 있었고, 바닥은 다른 방의 바닥 타일과 같았지만, 벽의 타일은 나무 타일로 붙여놓은 상태였다.

다른 방에 비해 크기도 작은 편이라, 아이들 방으로 이용하기 좋아보였다.

다만, 방구석 바닥에 동그랗고 검은 얼룩이 있었는데, 방 사장이 이를 발견하고 발로 지워보려고 몇 차례 문질러 보았지만 전혀 지워지지 않았다.

"사람들이 이런 거 보면 안 좋아할 텐데, 저런 게 왜 생긴 거지?"

방 사장이 고개를 갸웃거리며 방을 나갔고, 주영과 지혜, 수혁은 잠시 팔짱을 끼고 무덤덤한 얼굴로 얼룩을 쳐다보다가, 방 사장이 부르는 소리에 따라 나갔다.

그렇게 2층 나머지 방들도 다 둘러봤는데, 특이한 점은 방마다 바닥이나 벽, 천장, 구석진 자리에 동그랗고 검은 얼룩이 하나쯤은 꼭 있었다는 거였다.

그걸 본 방 사장은 아무래도 빈집에 불법으로 들어온 인간들이 불로 그을리게 했거나, 뭘 흘려서 그렇게 된 걸 거라고 추측했다.

주영을 비롯한 퇴마 인테리어 직원들 모두 이를 긍정했다.

그렇게 주택의 설비와 내부 구조 소개를 마친 방 사장은 향후 다른 스케줄이 있다며 서둘러 집 밖으로 나갔고, 뒤따라 주영과 지혜, 수혁도 방 사장을 따라 집을 나왔다.

X

쿠르릉-
쏴아아아!

변기의 물이 내려가는 소리가 들리고, 1층 화장실의 문이 열렸다.

민규가 한 손에는 두루마리 휴지를 든 상태로 나오며, 이마에 생긴 땀을 닦아냈다.

"휴우, 진짜 식겁했다. 식겁했어."

안도의 한숨을 내쉰 민규는 웃으며 주변을 둘러봤다.

주택은 방 사장과 주영, 지혜와 수혁이 나가면서 소등을 한 탓에 복도는 불이 꺼진 어두컴컴한 상태였고, 실내는 적막이 흐르고 있었다.

"······하하, 하. 흐음."

웃고 있던 민규는 주변에 막상 아무도 없으니, 무안함에 입맛을 다시며 미소를 지웠다.

"다들 나갔나 보네."

옷매무시를 가다듬고, 민규는 다른 인원들과 합류하기 위해 몸을 돌리곤, 집 밖으로 나가기 위해 걷기 시작했다.

그때였다.

민규의 등 뒤, 주방 쪽에서 어린아이의 웃음소리와 함께 강아지 같은 짐승이 네 발로 뛰는 발소리가 들렸다.

멈칫.

민규는 걷는 동작을 멈추고, 눈썹을 씰룩이며 뒤를 돌아보았다.

뒤에는 아무도 없었고, 복도 저 안쪽에 있는 주방 쪽에도 사람이 있다는 느낌은 전혀 들지 않았다.

여전히 주변은 깜깜했고, 이 집은 방음이 이렇게 잘되나 싶을 정도로 고요했다.

하지만 민규는 자신이 헛것을 들은 거라고는 생각하지 않았다.

민규의 인상이 일그러졌다.

민규는 천천히 걸음을 주방 쪽으로 옮겼다.

한 걸음, 두 걸음, 왔던 길을 되돌아가는 민규는 손을 천천히 들어 올리고, 방금 나온 화장실의 문손잡이를 붙잡고 돌렸다.

신호가 다시 온 거였다.

"어흐, 나 죽네."

복통에 신음하며, 민규는 다시 화장실 내 불을 켜고, 서둘러 바지를 내리고 양변기에 엉덩이를 붙이고 앉았다.

"아무리 생각해도, 어제 치킨 먹은 게 잘못된 것 같은데."

팔짱을 낀 상태로 몸을 웅크리고, 생리현상과 힘겨운 사투를 벌이고 있던 민규는, 한고비를 힘겹게 넘기고 숨을 크게 내쉬었다.

화장실 내부는 양변기와 세면대 등이 있는 일반적인 화장실 구역과 별도로 불투명한 유리벽으로 욕실 구역이 따로 만들어져 있었다.

성인이 세 명 정도 들어갈 수 있는 고급 욕조, 욕조와 별도로 샤워만 하는 샤워 공간, 탈의 공간 등이 만들어져 있었고, 화장실과 욕실을 구분 지은 유리벽은 모자이크라도 한 듯이 뿌옇게 벽 너머가 보이도록 되어있었다.

손에 들린 두루마리 휴지를 떼어내어, 이마에 맺힌 땀을 닦아내던 민규는 무심코 옆에 있는 커다란 욕실을 바라봤다.

욕조 안에 누군가 앉아있었다.

뿌연 유리벽 너머로 환한 빛을 받고 있는 욕조가 보이고, 그 안에서 누군가가 욕조 벽에 등을 기대고 앉아 고개를 숙인 채로 있었다.

유리벽이 불투명해서 모습이나 형체가 또렷하지는 않았지만, 검고 짙은 긴 머리카락이 나있어서, 누가 보더라도 사람, 그것도 여성의 머리라는 걸 인식할 수 있었다.

민규는 코를 한 번 훌쩍이고는 그 머리를 바라보며, 다시 배에 힘을 줬다.

"어으으으."

민규가 신음하자, 그에 반응이라도 한 건지 고개를 숙이고 있던 머리가 천천히 고개를 들었다.

[우우우우……!]

약한 괴성을 지르며, 머리는 천장을 바라보더니 점점 욕조 안으로 가라앉듯이 들어가, 양변기에 앉아있는 민규 쪽에서는 보이지 않게 되었다.

그 모습을 보고, 민규는 이내 허공에 이리저리 코를 대고 몇 번 쿵쿵거리고는 입술을 비틀었다.

"그렇게 괴로워할 정도는 아니지 않아?"

X

"으아아!!!"

방석호 사장은 비명을 질렀다.

"처언이백?"

주택을 둘러보고 나온 방석호 사장과 주영 일행은 앞에서 이후 공사와 관련된 견적과 일정에 대해 상의했고, 주영이 제시한 작업비용을 들은 방 사장은 경악을 금치 못한 상황이었다.

자신이 생각했던 비용의 네 배는 비쌌다.

방 사장은 아무리 비싸도 300만 원 내에서 해결될 거라고 생각하고 퇴마 인테리어에 연락했던 거라, 주영이 제시한 금액은 그저 터무니없는 금액으로만 느껴졌다.

너무 놀란 나머지, 방 사장은 주영에게 형식적으로나마 하던 존댓말도 잊고 반말로 금액에 의문을 표했다.

"아니, 뭐가 그렇게 나와, 너무 비싸네."

"세금계산서 발급하실 테니 부가세 10% 포함하면 1,320만 원입니다. 저와 저희 직원들 합해서 네 명이 일주일은 여기 붙어 있어야 하니, 인건비만 해도 오백이고요. 1층과 2층 복도에 자연광이 안 들어오는 문제를 해결하려면 창문도 현관 쪽에 두 개는 새로 만들어 줘야 하고, 거실이랑 복도 사이를 나눈 벽과 작은 방도 철거해야 하고요. 2층 올라가는 계단도 1층 벽장 없애고 시야가 탁 트이도록 철제 난간 계단으로 바꿔야 합니다."

"아니, 그건 좀 이해가 안 되네? 계단이랑 벽장 멀쩡하니 고장난 것도 아니고, 복도에 자연광 안 들어오는 건 전등불 켜면 되는 부분이잖아. 그런데 굳이 창문을 만든다고?"

"안에서도 말씀드렸지만 기능을 하느냐, 못하냐에 문제가 아니라 사람으로 하여금 불안함과 공포감을 느끼게 하는 요소를 없애려고 하는 겁니다."

"아니, 안에서 얘기한 건 일단 나랑 공사 관련된 건 조율을 하자고 그런 거지. 내 입장에서는 일부러 공사 규모를 크게 키우려고 한다는 느낌만 드는데."

"퇴마를 하려면 기본적으로 소문의 원흉이라 할 수 있는 근본적인 원인부터 바뀌어야 합니다. 예를 들어서 덩치 좀 있는 사람이 검은 양복 정장 좀 입고 다녔더니 조폭이나 깡패라는 오해를 받게 되었습니다. 그러면 그 오해를 풀기 위해서는 그 사람이 뭐부터 제일 바꾸는 게 낫겠습니까? 옷이겠죠? 양복 정장이 어디 못 쓰게 되어서 바꾸는 게 아니라 사람들의 오해를 풀려고 바꾸는 겁니다. 이해되시죠?"

"아니, 무슨 말인지는 알겠는데, 내 입장도 들어봐요, 솔직히 귀신들린 집이라는 오해 풀려면 어디서 무슨 무당 하나 데리고 와서 굿판을 벌려도 한 400~500만 원 내에서 끝날 일이잖아요, 그런데 누가 천 단위로 들여서 공사를 해요? 차라리 무당 하나 데려다 굿을 하고 말지. 사장님이 내 입장에서도 무조건 그렇게 하자고 하기엔 좀 그렇잖아요?"

"무당 데려와서 굿을 하시면, 동네방네에 [저 집은 귀신이 나오는 집이라, 무당 데리고 와서 굿도 한 집이다.]라고 소문이 나게 될 겁니다. 사장님 스스로 이 집엔 귀신이 나온다고 인정한 셈이 되는 거죠. 이 집은 사실상 흉가로 인식되어 소문 해결은 안 되고 집값만 계속 떨어질 겁니다."

"……공사 안 하고, 그냥 퇴마인지 뭔지만 하면 안 됩니까?"

"인테리어 공사가 그 퇴마의 일부분입니다, 저희 방식에서 인테리어 변경은 필수입니다, 인테리어 변경 작업이 없으면, 저희도 퇴마 작업 못합니다."

대놓고 공사 거부 의사를 밝혀봤으나, 주영이 계속 단호하게 나오자 방 사장은 표정이 일그러졌다.

그는 주영에게서 몸을 돌리고, 잠시 자신의 차 쪽으로 두세 걸음 걸어가다가 허리춤에 손을 올리고는, 잠시 화를 삭이는 모습을 보였다.

주영을 제외한 나머지 직원들은 밴 쪽으로 가서 두 사람을 지켜봤고, 주영은 가만히 서서 방 사장이 결론을 내는 걸 기다리고 있었다.

방 사장은 잠시 중얼중얼 짜증 섞인 말투로 혼자 투덜거리다가, 다시 주영이 있는 쪽으로 몸을 돌리고 다가왔다.

"그러면 공사했는데, 귀신 나온다는 소문이 안 사라지면?"

방 사장이 부글부글 끓는 속을 참으며 주영에게 트집 잡듯이 물었다.

"책임은 집니까?"

"나중에 정식으로 발급해드릴 견적서에 보시면 1년 보증 A/S 된다고 명시되어 있습니다."

"1년? 1년 뒤에 소문 다시 나면, 아무것도 안 해요?"

"사장님, 저희 작업 후 1년간 소문 안 나다가 1년 뒤에 다시 소문이 난다고 그러면, 그건 저희가 맡았던 문제가 아닌 다른 별개의 문제라고 보는 게 옳지 않겠습니까?"

"허어, 참."

기가 막혀 하며 방 사장이 다시 몸을 돌리고 섰다.

주영은 이런 유형의 고객을 이미 많이 만났기에 딱히 화가 나거나 하진 않았다.

비용이 적은 게 아니라는 걸 주영도 잘 알고 있었다.

하지만 주영도 자신과 직원들의 하루 수당을 17만 원으로 잡고, 그 외 나머지는 자재비 외 폐기물 수거비, 퇴마비에 회사 이익 5%로 잡고 계산하여 천이백을 요구했을 뿐이다.

적지 않지만 과하게 부르는 건 아니었다.

결국 작업을 퇴마 인테리어에 의뢰하느냐, 다른 업체에게 하느냐는 결국 고객의 선택이었다.

주영은 잠시 뒤를 돌아, 밴 근처에 서있는 직원들을 바라보다가 다시 방 사장의 뒷모습을 바라보며, 마지막 승부수를 두기로 했다.

퇴마 인테리어와 한소레 부동산 사장은 갑과 을의 관계가 아니었다.

엄연히 퇴마 인테리어 입장에서는 방 사장도 자신들을 찾는 고객 중 한 명일 뿐이었다. 이 사람에게만 붙들려 있을 필요가 없었다.

"장화 건축사무소에 홍 실장님께 저희 들으셨다고 하셨죠?"

주영이 방 사장의 답답해하는 뒷모습을 보며 말했다.

주영의 목소릴 들었지만, 방 사장은 뒤를 돌아보지 않고 있었다.

"홍 실장님이 이미 저희에게 의뢰하셔서서 작업을 한 적이 있으시니까, 그러면 홍 실장님께 비용 얼마 줬는지, 결과는 맘에 드는지, 여러 가지 여쭤보시고 나중에 저희에게 작업을 맡기실 건지 아닌지 다시 연락을 주십시오."

주영이 자신들을 추천해 준 사람의 얘기를 확인해 보라고 하자, 방 사장이 고개를 돌려 주영을 바라봤다.

자신들을 다른 이에게 추천해 주면서, 비용은 얼마 들었는지, 효과는 어땠는지 설명을 안 해줬을 리가 없을 거라고 주영은 예상했고, 그 예상은 정확했다.

방 사장은 홍 실장에게 전화를 걸어 물어본다든지 하는 별도의 확인 없이, 주영을 바라보며 마지못한 얼굴로 고개를 끄덕였다.

"그러면 작업 일단 오늘부터 시작하시고, 저녁때까지 계산서 사무실로 보내주면, 사업자 등록증 보내줄 테니까 세금계산서 발급해 줘요."

"오늘부터요?"

조금 전까지 공사는 안 하려고 했던 모습은 온데간데없이, 결단을 내린 표정으로 방 사장은 주영에게 말했다.

"네, 시간 끌 거 없으니까 바로 시작하세요. 기본적인 거지만, 지금 공사하겠다고 한 부분 외에 다른 부분 추가로 더 건드리시면 안 됩니다. 아시겠죠?"

"네, 당연히 그렇게 할 겁니다."

"됐네요, 그러면."

서로 합의를 마친 방 사장과 주영은 각자 인사를 하고 뒤로 돌아서서, 자신들이 타고 차량이 있는 곳으로 향했다.

그때, 수혁이 방 사장을 향해 손을 들고 큰소리로 외쳤다.

"사장님, 벽이랑 유리창에 있는 낙서도 지워드릴까 하는데, 괜찮으시죠?"

방 사장은 덤덤한 얼굴로 고개를 끄덕여, 대신 답하고는 자신이 타고 왔던 승용차 운전석에 몸을 실었다.

시동이 걸린 고급 승용차는 얼마 안 있어, 회사 밴 옆에 서있는 퇴마 인테리어 직원들을 지나 마을 밑으로 내려가고, 짙은 선팅 때문에 운전석이 보이지도 않지만, 직원들은 방 사장을 향해 한 번 더 고개 숙여 인사했다.

그렇게 의뢰인의 작업 승인을 받은 퇴마 인테리어 직원들은 곧바로 밴 뒤로 돌아가, 뒷문을 열었다.

직원들이 타고 온 밴 뒤쪽 공간은 따로 개조를 하여, 사람들이 앉는 좌석 외에도 내부에 책상과 서랍, 소형 캐비닛 등이 들어가 있었다.

책상 위에는 노트북 컴퓨터와 함께 소형 모니터가 두 대 놓여 있었으며, 책상 아래로는 기본적인 공구들이 들어간 공구함이 두 개 있었고, 서랍과 소형 캐비닛에는 작업복이나 무전기, 카메라 외 전자파 탐지기 등 다수의 장비들이 가득 차있었다.

공구함을 제외하고는 대부분이 퇴마에 쓰이는 장비들이었고, 퇴마 인테리어를 다른 인테리어 업체들과 구분 지어주는 귀중한 자원이기도 했다.

"작업 승인 받았어?"

밴 뒤쪽 공간 책상의자에 앉아있던 수연이 자리에서 일어서며, 밖에 있는 동료들에게 물었다.

주영이 고개를 끄덕이자, 수연은 다른 직원들이 현장을 의뢰인과 함께 확인하는 동안, 인터넷으로 알아본 정보를 정리하여 A4용지로 인쇄한 걸 직원들에게 1부씩 나눠줬다.

"여기에 도는 괴담들 내용을 정리해 봤어. 알아둬야 할 건 여기가 꽤 유명하다는 거야."

"유명하면 위험도도 크겠네?"

주영이 받아든 서류를 대충 훑어보며, 수연에게 물었다.

"어느 정도로 유명해?"

주영의 물음에 수연이 잠시 머뭇거리다 입을 열었다.

"지혜 언니."

"어, 왜?"

수연이 자신을 부르자, 주영과 함께 서류를 살피던 지혜가 고개를 돌려 수연을 바라봤다.

그리고 이어지는 수연의 침묵과 함께, 모두가 주영의 눈치를 살피기 시작했다.

주영은 수연에게 눈길도 주지 않고, 서류를 훑어보며 나지막이

"······긴장해야겠네."

라고 답하고는, 고개를 작게 끄덕여 보였다.

주영의 반응을 살핀 수연은 입술에 잠깐 침을 바르고, 박수를 한 번 친 뒤 진지한 얼굴로 설명을 이어갔다.

"어찌 됐든 이번 의뢰를 받은 건물은 인터넷에 떠도는 [저주받은 부잣집] 괴담으로 주목을 꽤 많이 받았어, 일반적인 대형

커뮤니티에도 유머나 공포글로 많이 떠돌아다녔고, 무서운 이야기를 공유하는 게 핵심인 사이트들은 말할 것도 없이 인기글로 돌아다녔어.”

“부동산 사장은 작게, 동네나 인근 사람들 사이에서나 소문이 떠도는 것처럼 말하던데?”

수혁이 손으로 자기 목 뒤 근육을 풀어주며 인상을 찌푸렸다.

“아직 사태의 심각성을 전혀 몰랐나 보네.”

“인터넷과 담을 쌓은 사람들은 그럴 수도 있지.”

주영이 어깨를 으쓱이며 말했다.

“뭐, 직원 안 보내고 본인이 굳이 직접 와서 안내를 해준 것 보면 사태의 심각성을 모르는 것 같지는 않았지.”

“모를 리가 없어, 몰랐다면 절대 부적 세 개나 몸에 숨기고 오진 않았을 거야.”

지혜가 피식 웃으며 말했다.

“보나 마나 별거 아닌 거 맡긴다는 투로 해야, 퇴마비를 적게 부를 거라고 생각한 거겠지.”

방 사장의 얄팍한 수를 비웃으며 지혜는 고개를 흔들었다.

넘겨받은 서류를 바스락바스락 한 장씩 넘겨보며, 수혁이 기가 찬 얼굴로 말했다.

“야, 박수연, 근데 뭐 집 하나에 괴담이 이렇게 많아.”

이에 수연이 서둘러 말을 덧붙였다.

“인터넷에 떠도는 괴담들이 대부분 그렇지만, 중간중간 이곳에서 저곳으로 이야기가 옮겨지며 살이 붙거나 변경된 내용들

이 있었어. 근데 그 미세한 차이들이 내가 볼 때 중요한 부분이
라 다 가지고 왔어."

"미세한 차이?"

지혜가 눈썹을 찌푸리며 물었다.

계속해서 심각한 얼굴로 수연이 설명했다.

"괴담들의 공통된 내용은 다음과 같아. [회사를 운영하던 부자
아빠가 사업에 실패하고, 아내와 자녀를 살해하고, 자살을 했다.
그리고 그 원혼들이 이 집에 남아있어서 나타난다.] 문제는 여기
에 덧붙여진 얘기들인데, 인터넷에 떠돌 때마다 조금씩 변형이
되어있어. 어떤 곳에서는 [이 집에 한 발자국이라도 발을 들이
면, 일주일 뒤 원혼에게 살해당한다.]고 하고, 어떤 곳에서는 [이
집에 들어가면 3일 뒤 원혼에게 살해당한다.]고 하고, 어떤 곳에
는 [이 집에 들어가면 다신 나오지 못하고 실종된다.]고 해."

"맥락은 같은데, 귀신이 사람에게 영향을 미치는 시기가 다른
거네?"

주영이 말하자, 수연은 정확히 짚었다며 손으로 주영에게 엄
지를 척 보이고는 고개를 끄덕였다.

"그거지. 이거 퇴마를 하는데 최소 일주일은 걸린다고 보고해
야 될 수도 있을 것 같아."

무거운 수연의 말에 수혁과 지혜 역시 심각한 얼굴로 고개를
끄덕이며 동의했다.

그 와중에 주영은 혼자 안도의 한숨을 내쉬며, 웃어댔다.

"하하, 건물주가 결국 작업을 승인해서 다행이지, 잘못했으면

우리도 살기 위해서 공짜로 작업해 줄 뻔했네. 그렇지?"

"······그러고 보니······그렇긴 하네."

수혁은 주영의 이야기를 듣고 찜찜한 기분이 들어 인상을 찌푸렸다.

그러다 이내 미심쩍어하는 얼굴로 주영을 추궁하기 시작했다.

"야, 주영이 너, 아까 전에 얘기하는 거 얼핏 들으니까, 이 내용 사전에 알고 있었던 것 같던데?"

"응? 뭐가?"

"뭐가가 아니라, 너 방금 부동산 사장님한테 작업 기간 말할 때, 일주일로 단정 짓고 견적 냈지?"

"내가 그랬나?"

"그랬나라니."

"그랬나보다, 하하."

주영이 하하 어색하게 웃으며 뺨을 긁적였다.

"어떻게 날짜가 잘 맞아떨어지네. 내가 그런 쪽으로 촉이 좋다, 그렇지?"

"야, 너! 처음부터 알고 온 거 맞구나. 그러면서······."

수혁이 기가 찬 얼굴로 바라보자, 주영은 살짝 시선을 회피하며 답했다.

"아니, 기본적으로 의뢰가 들어오면 어떤 내용인지 전화로는 들으니까, 당연히 어느 정도는 사전에 알아보고, 들어오게 된다고, 볼 수도 있지, 않을까?"

횡설수설하며 주영이 변명하자, 수혁이 화를 냈다.

"야, 만약에 내가 일주일 안에 다른 볼일 있어서 다른 데 중간에 가봐야 한다거나, 집에 뭔 일이 생겨서 급하게 이거 작업 함께 못하게 됐으면, 난 아무것도 모르고 있다가 이 집에 들어갔었다는 달랑 그 이유 하나만으로, 내 집 한복판에서 귀신이랑 맞짱떴을 거 아니야."

"그러니까 내 말이!"

주영이 능청스럽게 진지한 얼굴로 수혁의 말에 동의하며, 수혁의 양어깨를 두 손으로 붙잡았다.

"일주일간 네가 다른 일정이나 약속이 없는 게 어얼~마나 다행이냐, 만약에 있었으면 퇴마는 커녕 귀신도 생전 본 적 없는 사람을 갖다가 임시로 구해야 하는데, 그런 사람이랑 어떻게 이 일을 일주일이나 하겠어. 진짜 다행이다. 그렇지?"

"너……!"

수혁이 손으로 뒷목을 잡는 시늉을 하며 감탄사를 내질렀다.

"우와아! 그래서 사전에 말 안 한 거야? 다른 사람이랑 일하기 싫어서?"

"직원이 버젓이 있는데, 대타를 왜 쓰냐?"

"왜 쓰냐니, 손이 없으면 쓰는 거지."

미안해하는 기색 없이 의기양양하게 말하는 주영의 모습에 수혁은 혀를 내두르며 자기 동생인 수연을 쳐다봤다.

수연은 한심해하는 얼굴로 두 사람을 쳐다볼 뿐 아무 말도 하지 않았다.

정확하게 말하면, 수연은 두 사람의 저런 대화에 이미 질릴 대로 질려서 끼고 싶지도 않았다.

수연이 딱히 자기편을 들어줄 생각이 없어 보이자, 수혁은 허리춤에 손을 올리고 주영에게 말했다.

"어이, 김 대표님, 진짜 이거 친구 아니었으면 고소감인 거 알죠?"

"너랑 친구여서 너~무 기쁘다, 박수혁 부장아."

"하, 악덕 사장도 이런 악덕 사장이 없다, 진짜."

"여기 적혀있는데, 그걸 이제 알면 어떻게 해."

주영이 배시시 새침하게 웃으며 자신의 가슴 근처에 부착된 명찰에 적힌 [악덕 집게사장]을 오른손 검지로 툭툭 건드렸다.

어쩔 수 없다는 얼굴로 결국 수혁은 한숨을 한 번 짧게 내쉬고는 다시 손에 든 서류로 시선을 돌렸다.

"에휴, 씹X끼."

"에이~, 난 아직 그 경지까지 가려면 한참 멀었다."

주영은 말 한마디를 지지 않고 받아치고는, 수혁처럼 다시 서류 쪽으로 시선을 돌렸다.

옆에 서있던 지혜는 그런 둘의 모습을 보고는 고개를 절레절레 흔들었다.

그때, 저택의 마당 대문이 끼익 열리며, 한 손에 두루마리 휴지를 든 민규가 순진무구한 얼굴로 웃으며 나왔다.

대문 앞에 선 민규를 발견한 주영이 작게 옆에 들릴까 말까한 목소리로 수혁에게 말했다.

"진짜 씹X끼 나왔다."

"아, 그래?"

수혁은 곧바로 누구를 지칭하는 말인지 알아듣고 고개를 끄덕였다.

"저 녀석이 씹X끼의 기준이면, 확실히 넌 한참 부족하긴 하다. 인정."

"부동산 사장님은 갔나 보네?"

민규가 주변을 두리번거리며 밴 쪽으로 설렁설렁 걸어왔다.

"작업은 어떻게 됐어? 땄어?"

"어, 하기로 했어."

주영이 대답하자, 민규는 고개를 끄덕이며 두루마리 휴지를 밴 뒤쪽 칸 바닥에 턱하고 놔두고는, 밝은 표정으로 친구들을 둘러보며 태연하게 말했다.

"나 작업 내용 못 들었으니까, 처음부터 다시 설명해봐."

주변에 있던 동료들 모두 경악을 금치 못해 저마다 입을 벌리고 감탄사를 내질렀다.

"와, 역시 너는 달라도 뭐가 다르다."

"너의 당당함에 이렇게 또 배운다. 배워."

주영과 수혁이 기가 차서 한마디씩 하고, 보다 못한 지혜까지 속 터져 하는 얼굴로 민규를 쳐다보며 화를 냈다.

"네가 사장이야 뭐야, 그냥 나중에 애들이 이거 해라 그러면 가서 이거 하고, 저거 해라 그러면 가서 저거 하면 되지, 뭘 또 설명을 다시 하래."

그 모습을 보며 수연은 먼 곳을 쳐다보고 나지막하게

"아······. 여기 그만두고 싶다."

라고 중얼거렸다.

그런 주변 사람들의 반응을, 민규는 전혀 예상하지 못했는지 충격받은 얼굴로 가슴에 손을 얹고 한 걸음 뒤로 물러났다.

"뭐야? 이 반응은? 난 그저 화장실에 계속 있었을 뿐인 데······. 좀 상처다?"

"일하러 와서 왜 내내 화장실에 가있냐, 그게 자랑이야?"

수혁이 한심하다는 듯이 민규를 쳐다보며 말하자, 민규는 가슴에 얹은 손 위에 다른 손을 추가로 포개며 한 걸음 뒤로 더 물러났다.

"허어얼, 내가 가고 싶어서 갔냐? 갑자기 배탈이 난 걸 어쩌라고."

과장되게 울먹이는 표정을 지은 민규는 주영의 어깨 위로 손을 올리고는 속삭였다.

"내가 어젯밤에 치킨 먹어서 배탈 난 거잖아? 근데 그 치킨, 민규가 법카 가지고 산 거다?"

"야, 이 개XX야. 같이 처먹어 놓고!"

민규의 갑작스러운 폭로에 수혁이 당황해 얼굴이 빨개져 욕설을 내뱉었다.

그런 수혁의 반응을 보며, 민규는 계획대로 된 것에 만족하며 음흉한 미소를 지어 보였다.

"아니, 그, 내가 요새 생활비가 좀 빡빡해서, 치킨 그런 거는 나중에 내 월급에서 채우려고 했어······."

수혁이 무척 당황한 나머지 횡설수설하며 주영에게 변명하려는 순간, 주영이 웃으며 수혁의 어깨를 툭 쳤다.

"알아, 알아. 법인카드 쓰면 그거 내 폰에 썼다고 문자 오잖아."

"……아, 그래?"

"네가 법인카드를 써도 회사에 영향 줄 정도로 돈을 쓸 사람이 아니라는 걸 알고 있으니까, 지혜가 가지고 있던 거 너한테 맡긴 거야."

주영이 웃으며 수혁에게 말하고는, 고개를 돌려 정색하며 민규를 바라봤다.

"야, 너는 뭐 이런 걸 가지고 장난치듯이 수혁이 보는 앞에서 꼰지르고 있냐? 너 그러다 수혁이가 진짜 정색하고 절교할 수도 있어, 장난도 적당한 수준에서 해. 적당한 수준에서."

"맞아, 수혁이 당황해서 얼굴 빨개진 거 봐."

지혜가 주영의 의견에 동의하며, 수혁을 안쓰럽다는 듯이 바라봤다.

"아, 음, 내가 좀 지나쳤다. 미안."

질타를 들은 민규는 뒷목을 왼손으로 문지르며, 어색한 말투로 수혁에게 사과했다.

수혁은 고개를 끄덕이며 알겠다고 답한 뒤, 손으로 살짝 주영의 팔을 툭 치고는 쭈뼛거리며 사과했다.

"미리 말했어야 했는데, 말 안 하고 개인용도로 쓴 거……. 나도 미안해."

수혁의 사과를 들은 주영은 고개를 끄덕이며, 자신도 숙연한 얼굴로 수혁과 민규에게 사과했다.

"나도 이게 일주일 작업이라는 걸 알면서도 미리 얘기 안 했던 거……. 미안하다."

주영이 사과하자, 수혁과 민규 역시 장난기 없는 얼굴로 고개를 끄덕였다.

잠시 세 사람 사이에 침묵이 흐르고, 어느 순간, 세 사람 중 누구 하나가 먼저 이렇게 하자고 제안하지 않았음에도, 세 사람은 약속이라도 한 듯이 번갈아 가며 포옹을 나누기 시작했다.

"미안해, 그래도 내 맘 알지? 나 너 진짜 좋아한다."

민규가 수혁과 포옹을 하며 등을 손으로 토닥이고, 수혁도 그 맘 알고 있다며, 민규의 등을 토닥였다.

이어 주영과 수혁이 포옹을 나누고, 마지막으로 주영과 민규가 포옹을 나누었다.

"민규야! 내 맘 알지?"

"그래, 주영아! ……근데 일주일 작업은 무슨 얘기냐?"

그런 세 남자의 모습을 보다 못한 수연이, 더러운 오물이라도 보듯이 눈살을 찌푸리며 투덜거리기 시작했다.

"맨날 작업만 나오면 저래, 아우, 진짜 꼴 보기 싫어."

"그렇지, 나도 그렇게 생각해."

지혜가 격하게 동의하며 고개를 끄덕였다.

"얘들아, 일 좀 시작하자, 일 좀 시작해."

"거기 남자들, 나 그냥 갈까?"

수연이 자동차 운전석을 손으로 가리키며 말하자, 주영이 민규를 떼어내고는 무슨 일이 있었냐는 듯, 아무렇지 않은 얼굴로 손에 들린 서류를 살펴봤고, 뒤를 이어 수혁도 서류를 살펴보기 시작했다.

민규는 자기 몫의 서류는 없나 찾아보다가, 민망한 얼굴로 주영과 수혁의 사이에 서서 기웃거리며 서류 내용을 힐끔힐끔 쳐다봤다.

"그래서……."

남자들이 이번엔 제대로 집중하는 것 같으니, 수연이 다시 설명을 시작했다.

"……일단 장기전을 바라봐야 할 것 같은데, 기본적으로 우리가 탐지해야 할 범위는 저 집 내부 한정으로 보는 게 옳을 거야. 모든 괴담의 공통점은 집 안을 기준으로 얘기가 시작되고 있으니까 집 밖인 마당 쪽은 신경 쓰지 않아도 될 거야. 다만, 괴담들 대부분 정확하게 집 안 어디어디서 귀신이 나온다는 구체적인 설명이나 언급은 전혀 없어. 따라서 집 안에서는 언제 어디서든 나올 수 있다고 간주하고 임해야 할 거야. 그러니 우리가 보통 주간에는 모든 인원이 함께 인테리어 작업을 하고, 야간에는 다 같이 퇴마를 해왔지만, 이번에는 특별히 일부는 인테리어 작업을 하고, 일부는 그 작업하는 인원을 보호하는 방식으로 역할을 분담해야 할 거야. 작업 속도가 많이 더뎌지겠지."

수연에 설명에 모두 고개를 끄덕이며 납득했다.

이어 주영이 손에 들린 서류를 위로 살짝 들어 올리며 이목을 끈 다음, 친구들에게 부가 설명을 덧붙였다.

"오늘은 철거구역 표시 및 비닐 씌우기를 할 거고, 내일부터 본격적으로 철거작업 들어가고, 계단 설치작업하고, 창문틀 만들어서 집어넣고, 마지막에 마감하고, 폐기물 수거하면 끝이야."

"간단하네."

"4일이면 충분하지. 근데 일주일은 무슨 얘기냐?"

수혁과 민규가 작업 내용을 듣고는 저마다 가볍게 긍정하며 중얼거렸다.

그때, 수연이 주영에게 진열대에 놓인 퇴마용 전자장비들을 가리키며 물어왔다.

"원래 하던 방식대로라면, 일단 당장은 카메라와 감지센서, 조명등을 각 구역마다 설치해야 되는데?"

"조명은 설치하되, 카메라와 감지센서는 달 필요 없을 거야."

주영이 심각한 표정으로 고개를 살짝 내저었다.

"여기 있는 놈들처럼 공격성이 강한 놈들은 처음 보는 것 같아, 부동산 사장하고 둘러보는데, 들어간 지 얼마 되지도 않았는데 자기들이 이곳에 존재하고 있다는 걸 보여주려고 계속 흔적을 남겨놨더라. 따로 우리가 놈들을 찾으려고 하지 않아도 놈들이 우리에게 모습을 보일 거야."

"맞아, 나도 봤어. 바닥에 거뭇거뭇한 자국들이 있었지, 그건 물리적으로 생긴 게 아니야."

수혁이 손으로 자신의 입가를 매만지며 자신이 본 걸 말했다.

"이건 무슨 신기가 있다거나, 영력이 있어서 보인다 안 보인

다가 아니라 그냥 대놓고 뚜렷하게 자기들 흔적을 내보이는데, 그걸 부동산 사장이 아무렇지 않게 보는 게 신기할 정도더라."

"나는 흔적이 아니라 2층 안쪽 방에서 다락으로 도망치는 녀석을 하나 봤어."

수혁이 자신이 본 걸 말하자, 덩달아 지혜도 손을 들고, 자기 목격담을 설명했다.

"자세히는 못 봤고, 체격이 왜소한 모습이었는데, 아마 저 전단지 속 어린아이의 모습으로 분한 걸 거야."

"으음."

주영이 얘기를 듣고는 잠시 생각에 잠겨있다가 말했다.

"아무래도 괴담들 중 일부는 저 집에 들어가자마자, 들어온 사람에게 모습을 보이거나 해코지를 하는 얘기가 있다 보니까 저렇게 처음부터 적극적으로 나오는 것 같아."

"그런데 그런 것 치고는 의외로 얌전하던데?"

민규가 주영의 추론에 의문을 제시했다.

"나도 아까 전에 화장실에 있을 때, 둘을 봤거든? 하나는 어린애 모습을 한 녀석이었고, 하나는 성인 여자 모습이었는데, 위협을 가해오기는커녕 알아서 자취를 감추더라고."

"그러게, 내가 본 녀석도 어떻게 보면 도망치는 거였으니까."

눈을 감고, 회상하며 지혜가 맞장구를 쳤다.

"사람을 보면 도망친다는 괴담은 없잖아, 괴담 내용에 맞춰서 행동해야 하는 녀석들치곤 좀 특이한 행동이긴 하지?"

"굳이 이유를 찾자면, 부동산 방석호 사장이 가지고 온 부적 때문일 거야. 그 사람은 돌아다니면서 아예 녀석들이 남긴 흔적에서 공포감이나 기시감을 전혀 느끼지 못하는 것처럼 보였거든."

"단순히 '어떻게 하면 돈 적게 쓸까?'에만 정신 팔린 건 아니고?"

"괴담이나 귀신 얘기는 전혀 안 믿는 것처럼 구는 사람이 한 장도 아니고 세 장이나 가지고 있었으니까, 분명 꽤 유명한 무당에게서 강력한 걸로 주문해서 받은 거겠지. 그중 하나는 자기 보신, 그중 하나는 자기 주변, 이런 식으로 행사하는 효과가 달랐을 테고……. 부적은 보편적으로 그 속에 담을 수 있는 효과가 한 장당 하나니까."

주영이 오른손 엄지와 검지로 턱을 괴고는 자신의 추론을 설명했다.

"그렇다면 방석호 부동산 사장님이 돌아간 지금은 녀석들이 공격적으로 나올 가능성이 높다는 거지."

"그렇게 나와 주면 우리야 일일이 찾아다닐 필요가 없으니까 땡큐지."

수혁이 뚜둑뚜둑 목과 어깨의 근육을 풀면서 의기양양한 목소리로 말했다.

그 말에 모두 미소를 지으며 고개를 끄덕였다.

"수연아, 네가 좀 바쁘겠다?"

서류를 돌려주며 주영이 수연에게 농담하듯이 말했다.

이에 수연은 작게 한숨을 내쉬며 고개를 끄덕였다.

"대충 예상은 되지만, 오빠들이 일주일 내내 여기 묶여있을 테니까, 현장업무 제외하고 나머지 일주일 전체 업무를 다 내가 맡아야 하는 거지?"

"그렇다고 볼 수 있지(민규 : "그러니까 일주일 얘기는 뭔데?")."

"주영 오빠, 오늘 둘러보며 작업 내용 적은 수첩 있지? 일단 그거 줘."

"어, 여기."

주영이 방 사장이 의뢰한 집을 둘러보며 공사해야 할 부분을 적은 수첩을 수연에게 넘겨줬다.

수연은 수첩을 받아들고, 한 장 한 장 넘기며 내용을 천천히 훑어봤다.

그 사이, 민규가 수혁에게 대체 왜 자꾸 일주일이 나오는 거냐고 재차 물었고, 수혁은 눈살을 찌푸리며 나중에 작업하면서 알려주겠다고 답했다.

"그러면 일단 당장 제일 급한 건 철판 업체에 계단 부품 주문해 놓는 거고, 그다음 유리창 섀시도 주문해야 하고……폐기물 수거 업체도 알아봐야겠네. 그 외 작업공구들은 사무실 창고에서 챙겨와야 하고. 이렇게 맞아?"

"그래, 오늘 안에 업체들 전화 돌리고, 우리 사무실 캐비닛 뒤에 보면 저번에 야외 캠핑할 때 쓰던 소형 텐트 있거든? 그거랑 담요 챙겨서 갖다 줘. 먹을 거랑 마실 것도 좀 갖다 주고."

"알겠어, 퇴마 장비는?"

"탐색용 장비는 필요 없고, 원격조정 스위치, 스피커랑 조명,

봉인함이 많이 필요해. 그리고 미러볼도 챙겨줘.”

“미러볼도?”

“어, 우리가 분위기에서 완전히 압도해야 해.”

“알았어.”

주영에게서 상세 주문내용을 들은 수연은 고개를 끄덕인 뒤, 밴 내부에서 그대로 운전석 쪽으로 이동했다.

그 모습을 본 주영은 곧바로 나머지 직원들에게 당장 쓸 공구와 퇴마 장비를 밴에서 챙기라고 명령했다.

“자, 어서 일 시작하자!”

주영이 박수를 세 번 치며 기합을 넣었고, 직원들은 장난기 전혀 없는 진지한 모습으로 일사불란하게 움직이기 시작했다.

2막

주촉대표 주택 작섭

퇴마 인테리어가 한소레 부동산 의뢰를 맡은 첫째 날에 성북구, 오후 8시.

해가 완전히 지고 짙은 어둠이 깔릴 시간이지만, 이 동네는 속칭 부자동네답게 골목마다 관리가 잘된 가로등이 일정한 간격으로 사각지대 없이 설치되어 있었기에 그럴 일은 없었다.

거기다 더해 주민들이 각자 장식용으로 자신들의 드넓은 마당을 비추는 가로등과 조명을 추가로 설치해 놓은 덕에 동네 집들은 전부 다 반짝반짝 빛나고 있었다.

딱 한 곳을 제외하고는…….

"배전반에 원격 스위치 설치 완료."

수혁이 지하실 전기 배전반의 문을 닫으며, 한 손에 든 무전기를 통해 보고했다.

　무전기 너머에서 수연이

　["오케이~, 테스트한다."]

　라는 답변을 해오고,

　["하나, 둘, 셋!"]

　하는 신호에 맞춰, 배전반에서 작은 모터 돌아가는 소리가 들렸다. 이내 배전반의 차단 스위치가 달칵 소리를 내며 내려갔고, 저택의 모든 전등이 꺼졌다.

　지하실이 암전되고, 한 치 앞도 안 보이게 된 상황에서도 수혁은 덤덤하게 무전기를 손에 쥐고, 다시 한번 수연에게 무전을 보냈다.

　"지하실 암전."

　수혁의 보고에 맞춰, 이번에는 주영과 민규가 각각 수연에게 무전을 보냈다.

　["1층과 외부 암전."]

　["2층 암전."]

　["확인~."]

　수연이 보고를 받고, 한 번 더 전체 무전을 보내왔다.

　["마지막 세 번 연속 작동~."]

　위잉, 달칵.

　불이 켜졌다.

　위잉, 달칵.

　불이 꺼졌다.

이렇게 불이 켜졌다 꺼지는 사이, 지하실 배전반 앞에 서있던 수혁의 등 뒤로 어린아이의 웃음소리가 들려왔다.

수혁이 고개를 돌려 지하실을 둘러보니, 잠깐 불이 들어온 찰나에 어린 여자아이 하나가 피투성이가 된 채로 서있는 게 보였다.

불이 꺼졌다.

위잉, 달칵.

불이 켜졌다.

여자 아이가 서있던 자리에는 아무 것도 없었다.

불이 꺼졌다.

수혁이 허리춤에서 손전등을 찾아 꺼내, 불을 켰다.

혹시 몰라 이리저리 지하실 내부를 둘러보는 사이, 무전기 너머로 주영의 목소리가 들려왔다.

["수혁아, 보고."]

수혁은 코로 숨을 길게 내뿜고는 무전기에 보고했다.

"아, 쏘리, 지하실 암전했고, 하나 나왔다가 사라졌어."

["1층과 외부 암전."]

["2층 암전 확인했고, 지금 천장 다락에 발소리 많이 들린다."]

주영과 민규가 연달아 보고 후, 수연이 준비 완료로 답신을 보내왔다.

이어 주영이 무전을 통해 저택 현관에 모이라고 지시해왔다.

이에 깜깜한 지하실에서 수혁은 손전등 불에 의지하며, 배전반 문에 십자가를 하나 고정시킨 뒤, 지하실 계단을 올라, 주방으로 나왔다.

집 전체의 전기를 내린 상태라 주방도 어둡기는 마찬가지였는데, 수혁이 무심결에 주방 싱크대 옆으로 손전등을 비춰보니, 어떤 여성이 피 묻은 옷에 앞치마를 두르고 등을 보인 채로, 빈 도마 위에서 뚝, 뚝, 뚝, 칼질을 하며 서있었다.

그 모습을 본 수혁은 귀신의 손에 들린 식칼에 주목하여 잠시 멈춰 서서 경계하다가, 이내 손전등을 돌리고 다시 현관 쪽으로 묵묵히 발걸음을 옮겼다.

당장 귀신이 손에 든 칼을 가지고 달려들 수도 있는 상황이었지만, 놈들도 1:1로는 퇴마 인테리어 직원들과 상대가 되지 않는다는 걸 간파하고 있는지, 지속적으로 으스스한 분위기만 연출하며 계속해서 위협을 할 뿐이었고, 당장 공격적인 태세는 취하지 않고 있었다.

퇴마 인테리어 직원들도 대대적인 퇴마 행위에 앞서서, 만반의 준비를 해두며 일부러 귀신들이 덤비기 좋은 상황으로 살짝살짝 유도만 하고 있을 뿐, 당장 퇴마 행위를 시작하진 않았다.

양쪽 모두 일종의 탐색전으로 기 싸움을 벌이고만 있는 상황이었다.

수혁이 저택 현관 쪽으로 다가가니, 이미 현관에는 수연을 제외한 모든 직원들이 모여있었다.

"현관문 도어 클로저(문 상단에 설치되어, 문이 저절로 닫히도록 하는 도구)의 연결 볼트를 전부 분리해 놨어, 이제 문은 자동으로 닫히진 않을 거야."

민규가 손에 들린 십자드라이버로 현관문 위에 설치된 도어클로저를 툭툭 치며 설명했다.

"그 외 나머지 문이란 문은 기존 켓치(문을 닫았을 때, 문손잡이의 잠금장치가 들어가 맞물리며 문을 고정시켜 주는 구멍의 덮개)를 위아래 방향을 뒤집어서 다시 설치했으니, 문을 닫는다고 해도 잠기는 일은 절대 없을 거고."

"잘했어. 전기나 수도, 가스, 출입문, 집 안에서의 활동을 제한할 수 있거나 힘들게 만들 수 있는 요소들의 통제권은 반드시 우리가 쥐고 있어야 해."

주영이 팔짱을 끼고 고개를 끄덕이며 동료들에게 말했다.

"내가 말한 거 외에 다른 위험요소 발견한 거 있어?"

이에 수혁이 답했다.

"지하실에 와인 진열대가 있더라, 유리로 된 와인병 몇 개밖에 없었지만, 혹시 모르니까 일단 다 꺼내서 테이프로 한곳에 묶어놨어. 그 외에 특별한 건 없었는데, 아까 여기 올 때 주방에서 귀신 하나 봤거든? 손에 식칼 들고 있던데 내가 오늘 확인한 바로는 주방에 칼이나 날붙이 같은 건 없었는데 내가 놓친 건가?"

"나도 못 봤어."

"나도."

주영과 민규가 자신들도 수혁에 말에 동조했고, 지혜는 손으로 머리를 쓸어 넘기며 잠시 기억을 더듬어 본 뒤, 부정하며 가볍게 말했다.

"주방에 칼이나 가위, 그런 걸 내가 봤으면 바로 치웠을 거야."

"그러면 공포 분위기 조성하려고 허상으로 만들어 냈을 가능성이 높겠지."

주영이 양쪽 바지 주머니에 두 손을 각각 하나씩 찔러 넣고, 상황을 분석했다.

"물론 현재 이 집의 주인인 부동산 사장이 원래 있던 짐을 처분하던 중에 집 어딘가에 칼을 흘렸거나, 우리가 모르는 어딘가에 숨겨져 있을 수도 있겠지. 다만, 그걸 귀신이 집어 들고 굳이 주방까지 들고 와서 분위기 조성용으로만 쓰는 건 부자연스럽다고 봐."

"그건…… 그렇지."

"어디 눈에 안 보이는 곳에 있던 걸 챙겨와서 그러기엔, 육체도 없는 존재가 그 짓을 한다는 것 자체가 절대 쉬운 일이 아니니까."

민규와 지혜가 고개를 끄덕이며 주영의 분석에 동의했다.

주영이 계속해서 설명했다.

"그러면 일단 칼이나 흉기에 대한 건 걱정하지 않아도 될 거야. 우리가 걱정해야 될 건 놈들의 숫자가 우리 생각보다 많다는 것뿐이야."

"집은 하난데, 괴담은 여러 개라는 건 알고 있었잖아?"

주영의 우려에 수혁이 반문했다.

그러자 민규가 짧은 한숨을 내쉬고 답했다.

"그 괴담 하나에도 빌붙은 귀신들이 여럿인 거지."

민규에 대답에 이어, 주영이 뒤통수를 긁으며 난감한 표정을 지으면서 수혁에게 말했다.

"그래, 수연이가 조사한 대로라면 이 집과 관련해 퍼진 괴담의 형태는 총 일곱 개라, 못해도 귀신이 21마리 정도는 있겠다고 생각했는데, 아까 민규가 친 무전 들었지?"

"2층 천장 다락에서 발소리 여러 개 들린다고 했던 거?"

"그래. 그건 같은 위치에서, 같은 역할, 같은 행동을 하는 귀신이 여럿 있다는 걸로 봐야 할 거야."

주영의 심각한 설명에 민규가 장난스럽게 덧붙였다.

"아니면 엄마 귀신, 아빠 귀신, 아들 귀신, 셋이서 사이좋게 다락에서 열심히 뛰었거나?"

민규의 농담에 주영과 수혁, 지혜는 각자 살짝 웃으며 고개를 내저었다.

이어 주영이 손뼉을 한 번 가볍게 치고는 얘기를 정리했다.

"일단 오늘은 부동산 사장이 가지고 온 부적 덕분에, 집에 들어오자마자 실종된다는 괴담의 줄거리에서 이미 탈선이 된 상태라, 지금 모습을 보이는 녀석들도 당장 물리적이나 정신적인 공격을 가해오지는 않는 것 같아. 내일부터 해서 모습을 보이는 녀석들이 좀 힘들겠지. 그러니까 그전에 첫째 날 괴담과 관련된 녀석들부터 탈 없게 싹 정리하자. 알았지?"

"알았어."

현 상황 파악을 마친 퇴마 인테리어 직원들 모두 잠시 주택 밖으로 나와, 주택 앞에 세워놓은 수연이 타고 있는 밴으로 갔다.

밴의 뒷문을 열고, 안에서 수연이 사무실에서 추가로 챙겨온 퇴마 용품들을 내렸다.

대부분은 가로세로 50cm 하는 정육면체 형태의 검은색 종이 박스들이었고, 각 박스 안에는 주황색 마대가 네 장씩 들어가 있었다.

이 박스들과 마대들이 퇴마 인테리어의 핵심 퇴마 용품이라고 할 수 있었다.

육이 없는 영의 존재인 귀신들의 완전한 존재 사멸은, 사후세계의 존재와 그곳에서 혼이 누리는 영생을 믿는 기독교에선 불가능한 행위다. 그 때문에 퇴마를 한다고 해도, 본질적으론 귀신이 출몰하여 머물고 있는 자리, 물건, 사람에게서 일종의 쫓아내는 행위만 이루어질 뿐이다.

따라서 기독교에선 귀신을 사멸시키는 건 불가능할지라도, 귀신의 완전한 격리를 위해 인을 쳐서 다른 곳에 가두거나, 다른 곳에 귀신이 들어가게 하는 행위로 퇴마를 이행해 왔다.

예수가 여러 마리의 귀신에게 홀려있던 사람을 구하기 위해, 해당 귀신들을 돼지 떼로 옮겨 넣어 사람을 구한 것이 이러한 기독교 퇴마 행위들의 시초라고 볼 수 있었다.

이와 같은 용도로 퇴마 인테리어는 귀신을 무력화시킨 뒤, 마대에 넣은 뒤, 묶어서 검은 상자에 넣고 인을 쳐서 봉인하여, 인간 사회로부터 귀신들을 완전히 격리시키는 방식으로 퇴마 행위를 보다 확실하게 하고 있었다.

사실 여기에 쓰이는 종이박스와 마대는 일반 시중에서 사용 중인 제품들과 별반 다를 바 없었지만, 퇴마 인테리어 업체가 구입 후 아는 개신교 목사와 천주교 신부에게 전달해서 단체 기도와 안수를 받게 하여, 이 도구들로 귀신을 가둘 수 있다는 믿음이 깃든 물건으로 바꾼 것이다.

사람들의 믿음으로 강해지는 귀신들의 존재 특성상, 믿음이 깃든 물건들의 영향도 피할 수 없다.

이로 인해 일반적인 종이박스와 마대로는 할 수 없는 혼의 존재를 가두고 격리하는 것이 이 물건들로는 가능했다.

귀신들은 보이는 외형과 상관없이 육이 없기 때문에 대체로 마대에 밀어 넣고 조이면, 50cm 정육면체 상자에 4분의 1 정도의 공간을 차지할 정도로 그 크기를 줄일 수 있었다.

육이 없는데도 어떠한 이유로 약간의 공간을 차지하는지, 어떤 원리로 그렇게 되는지, 퇴마 인테리어 직원들도 정확히 이해는 못 했지만, 대략 자신들의 믿음이 영향을 준 것으로 생각했다.

육안으로 볼 때, 마대가 빵빵하게 부풀어 있어야, 안에 무언가를 가둬놨다는 믿음에 확신이 들기도 했고, 혼의 존재라 육이 없다는 것 역시 알고 있기에, 믿음과 믿음 사이에서 절충으로 나온 현상일 거라 퇴마 인테리어 직원들은 추측하고 넘겼다.

어찌 됐든 이번 한소레 부동산 사장이 의뢰한 이 단독주택에는 다수의 귀신이 있을 걸로 보이기에, 사무실에서 상자를 넉넉하게 대량으로 가져온 거였고, 이를 주영과 민규, 수혁은 주택 마당 대문을 지나, 주택 현관 앞까지 열심히 날랐다.

수연은 밴 안에서 노트북을 통해, 여기저기 유명 커뮤니티에 주택에 퍼진 괴담에 관련된 진실이란 글을 써서, 기존에 퍼진 괴담에 대해 조롱과 비판, 유머를 곁들여 글을 퍼뜨리고 있었다.

특히 공포체험이라는 핑계로 사유지 무단침입을 한 뒤, 창문을 깨거나 낙서를 하는 등의 행위로 피해를 본 것에 대한 폭로와 비난여론 형성에도 열심을 다하고 있었다.

그리고 지혜는 그 옆에서 팔짱을 끼고, 수연이 작성한 글을 구경하고 있었다.

"이야, 수연이 너는 언론사 기자 같은 거 했어도 대단했겠다."

지혜가 글을 보며 감탄하는 사이, 주영이 마지막 박스를 내리고, 밴 내부를 향해 외쳤다.

"조금 있다가 시작할 거니까 준비해 놓고 있어!"

"오케이!"

수연과 지혜가 각각 활기차게 대답하고, 수연은 괴담 반박 글 배포를 잠시 멈추고 무전기 하나를 두 손에 꼭 쥐고 곧 있을 퇴마 작전을 대기했다.

그사이, 지혜는 밴에서 내려 주영을 따라 저택으로 올라갔다.

저택 현관 앞에는 검은색 상자들이 열다섯 개 정도 쌓여있었고, 그 옆에 수혁과 민규가 자신만의 퇴마 도구를 들고 서서 기다리고 있었다.

수혁은 건물을 철거할 때 쓰는 오함마 또는 슬레지 해머라고 불리는 길이 80cm의 망치를 두 손에 들고 있었고, 민규는 길이 64cm 호신용 삼단봉 하나를 오른손에 들고 서있었다.

두 사람 앞에 도착한 주영도 허리춤에서 톤파라고 불리는 호신용 타격 무기를 두 개 꺼내 양손에 하나씩 들었다. 'T' 형태로 된 톤파는 경찰들이 호신용으로 자주 쓰는 진압봉의 종류로 길이 60cm에 온통 검은색으로 되어있었다.

지혜는 흰색 격투기용 오픈핑거 글러브(손가락 부분이 없는 장갑)를 손에 낀 상태로 몸을 가볍게 풀었다.

다른 직원들과 달리 별도의 믿음이 깃든 퇴마 도구가 지혜에겐 필요 없었다.

"준비됐어?"

주영이, 먼저 현관에서 대기 중이던 수혁과 민규에게 물었다.

이에 두 사람은 서로를 잠시 바라보고는 진지한 얼굴로 고개를 끄덕였다.

이어 민규가 삼단봉을 어깨에 걸치며 주영에게 물었다.

"난 아까 화장실에서 본 게 있어서, 1층이랑 화장실 맡을 생각인데?"

이에 주영과 수혁은 눈썹을 치켜올리고 눈치게임을 하듯이 서로 눈빛을 주고받았다.

먼저 말을 한 건 수혁이었다.

"나도 지하랑 주방에서 본 게 있으니까, 그러면 나도 1층이랑 지하 이렇게 맡을게."

수혁의 말에 지혜는 팔짱을 끼고 콧방귀를 한 번 뀌고는 입술을 삐죽 내밀었다.

"뭐야, 뭐 본 게 있는 사람은 그거 담당 되는 거야? 그러면 난 아까 2층 안방에서 하나 봤으니까 2층 할게."

"그러면 결정됐네."

주영이 고개를 끄덕이며 정리했다.

"그러면 2층은 걱정 말고, 민규랑 수혁이, 너희 둘이서 함께 1층 처리하고 지하도 좀 맡아줘."

"……그래도 괜찮겠어?"

수혁이 걱정스러운 눈길로 주영을 바라봤다.

주영은 웃으며 고개를 끄덕였다.

"혼자도 아니고 지혜랑 같이 있으니까 괜찮아."

"내가 주영이 수호천사로서 돌봐주는 거 하나는 잘하니까, 걱정 마셔."

지혜가 팔을 들어, 보디빌더가 근육을 자랑하듯이 팔을 구부려 보이며 미소 지었다.

"그렇게 말한다면 할 말은 없다만……."

수혁이 얼굴은 주영을 향한 채로, 눈만 움직여 민규를 힐끗 보고, 민규도 수혁을 힐끗 쳐다봤다.

이어 민규가 장난스럽게 웃으며, 주영의 왼쪽 팔을 오른손으로 가볍게 툭 쳤다.

"나중에 도와달라고 무전 때리지 마라?"

"너희나 잘해, 2층은 별다른 가구가 없어서 괜찮은데, 1층엔 비싼 가전제품들 아직도 남아있으니까 조심하면서 싸워."

"네, 네, 알겠습니다. 사장님."

민규가 귀를 후비며 흘려듣는 태도를 과장되게 취하고, 그걸 본 주영이 입꼬리를 한쪽만 올리며 귀여운 동생 바라보듯이 민규를 쳐다봤다.

그 사이, 수혁이 먼저 몸을 돌리고 집 현관으로 향했다.

"빨리 일이나 하자."

수혁이 자신의 목에 두르고 있던 검은 두건을 치켜올려 코와 입을 가리고는 곧장 어두운 주택 안으로 들어갔고, 뒤이어 민규와 주영, 지혜도 굳은 얼굴을 하고는 순서대로 집 안으로 들어섰다.

집 안은 현재 퇴마 인테리어에서 전기를 모두 내린 상태라, 깜깜한 암흑천지였다.

그나마 거실만이 마당 쪽 창문을 통해 들어오는, 옆집의 환한 조명 불빛 덕분에, 실루엣이나마 거실 물건들이 분간될 정도의 시야는 제공받을 수 있었다.

물론 직원들은 손전등이나 설치된 조명등을 이용해서, 이런 어두운 상황은 언제든지 극복 가능했고, 무엇보다 배전반의 원격조정 스위치만 올리면 전기는 문제없이 공급받을 수 있는 상황이었다.

하지만 일부러 전기를 내리고 있는 것에는 이유가 있었다.

귀신들이 보통 사람을 상대로 분위기에서 압도하려 할 때, 주도권을 쥐고 대상의 심리를 뒤흔들려 할 때는 자주 애용하는 도구들이 몇 가지가 있다.

대표적으로는 전기와 수도, 그리고 문, 어딘가에 올려져 있는 작은 부피의 물건 등이다.

그래서 전등이나 전구 불이 갑자기 깜빡이다 꺼지거나, 수도 꼭지가 갑자기 돌아가며 물이 틀어지거나, 똑똑 물방울 떨어지는 소리가 어디선가 들려오거나, 문이 잠기거나, 문손잡이가 멋대로 돌아가며 천천히 열린다거나, 책상이나 책장 위에 올려져 있던 물건이 갑자기 툭 바닥에 떨어지거나 하는 방식으로 사람에게 두려움을 심어주어, 심리적으로 상대를 굴복시킨 상태로 우위를 점하고 자기 모습을 나타낸다.

하지만 반대로 불이 이미 꺼져있는 상태라면?

어두운 곳에서 갑자기 전등불이 켜지는 행위로는 사람에게 공포를 심어주기란 무척 힘들다. 오히려 공포에 떨게 할 상대에게 안정감을 주는 행위라고 할 수 있다.

그런 우호적인 행위는 귀신 입장에선 할 이유가 없다.

직수 밸브를 미리 잠가, 집에 공급 자체를 막고 있으면 귀신이 물을 틀기 위해선 직수 밸브도 직접 돌려야 하고, 그다음 주방으로 이동해서 싱크대의 수도꼭지도 돌려야 한다. 사람에게 보여주질 못할 행위에 미리 자신의 많은 힘을 소모하게 된다.

문은 아예 잠그질 못하게 구조 자체에 이미 손을 써둔 상태였다. 갑자기 문을 닫는다고 놀랄 일도 없고, 주택 내 출입에 대한 우위를 귀신들이 쥘 수 없게 만들었다.

작은 부피의 물건들은 싹 치워두거나, 미리 바닥에 내려놓고, 여러 개로 뭉친 다음 테이프로 다 같이 묶어버렸다.

귀신들이 주도권을 쥐고 분위기를 조성할 수 있는 카드는 이제 기껏해야 자신들의 변장 능력과 커다란 물건을 힘겹게 미는 행위가 전부다.

그리고 이런 사실을 미리 다 알고 있는 퇴마 인테리어 직원들이 이런 행위에 겁을 먹을 리는 전무했다.

오히려 귀신들보다 퇴마 인테리어에게 분위기를 압도할 수단이 더 많았다.

퇴마 전에 여러 곳에서 이미 준비를 마친 상태였다.

이 덕분에 자신들이 무조건 이긴다는 걸로 알고, 퇴마 인테리어 직원들은 각자가 맡기로 한 구역으로 이동해 자리를 잡았다.

직원들은 어두운 곳에 각자 홀로 섰지만 두려움 따윈 존재하지 않았다.

수혁은 거실 가운데에 서서 몸을 주방 쪽으로 향하고 섰다.

민규는 1층 복도 한가운데에 서서 주방 쪽을 바라보고 섰다.

주영은 계단을 올라 2층 복도로 가서 복도 안쪽을 바라보며 섰고, 지혜는 그 뒤에 섰다.

["준비 완료."]

수혁이 무전으로 보고했다.

이에 민규와 주영도 차례대로 보고했고, 곧이어 수연이 전체 무전으로 답신했다.

["묵도."]

수연에 무전을 듣자마자, 수혁과 민규, 주영은 한쪽 무릎을 꿇고 앉았고, 지혜는 주영의 뒤에서 엄호하듯이 주변경계에 돌입했다.

남자들은 각자 손에 든 무기를 지팡이처럼 사용해 바로 앞에 바닥을 짚고 눈을 감았다.

이어 잠시 침묵하며, 각자가 마음의 잡념을 비우고 오직 하나만을 생각한다.

얼마 뒤, 수연이 다시 전체 무전을 보내왔다.

["고백."]

곧이어 남자들은 서로 자신의 신념을 기도하듯이 고백하기 시작했다.

수혁이 고백했다.

"나는 믿는다, 나의 주군 되신 하나님께서 나와 함께하고 계시다는 것을."

마침 수혁이 바라보는 주방 쪽에서 사람 형상을 한 실루엣 두 개가 나타나 거실 쪽으로 천천히 발소리를 내며 다가오고 있었다.

이어 민규가 고백했다.

"나는 믿는다, 나의 천주께서 저들을 무찌를 힘을 나에게 주셨다는 것을."

끼릭- 하며 1층 복도 화장실의 문의 손잡이가 돌아가며 천천히 열리고 있었다.

이어 하얀 손이 문밖으로 삐져나오고 있었다.

주영이 고백했다.

"나는 믿는다…… 함께하고 있다는 것을."

2층 복도 천장, 다락방 쪽에서 스윽스윽 무언가 기어 다니는 소리가 크게 들려왔다. 그와 함께 2층 안쪽 방부터 각 방의 문이 차례대로 저절로 열리기 시작했다.

그 모습을 본 지혜는 먼저 주영의 옆을 지나쳐, 복도 안쪽에 자리를 잡고 두 주먹을 올려 대련 자세에 들어갔다.

"……."

주영의 고백이 끝나고, 몇 초 안 있어서 수연의 전체 무전이 다시 들려왔다.

["시작, 5초 전."]

무전과 함께 남자 세 명은 모두 눈을 뜨고 일어섰다.

모두 각자의 앞에 나타난, 산 자가 아닌 존재들과 마주했다.

수혁의 앞에는 피투성이가 된 아내와 남편이 거실 창을 통해 들어오는 옅은 빛을 받으며 모습을 드러냈고, 민규의 앞에는 어둠 속에서 성인 여성과 남자, 작은 여자아이가 어렴풋이 손을 함께 잡고 서있는 모습이 보였다.

한편, 주영의 앞에도 그것들은 나타났다.

2층 복도 열린 문들 중 하나에서 어떤 여성이 바닥을 기며 천천히 모습을 드러내고 있었다.

-철퍽, 철퍽.

바닥을 기는 여성이 팔을 뻗을 때마다 피에 젖은 옷의 질척거리는 소리가 귀를 더럽히고 있었다.

그때였다.

주택 전체에 잔잔하게 일렉트로 기타 소리가 깔리기 시작했다.

--징, 지, 지, 지징!

외국의 유명 작곡가 믹 고든의 '그들이 두려워해야 할 건 오직 당신밖에 없다.'의 도입부가 울려 퍼지고 있었다(Mick Gordon

- The Only Thing they Fear is You).

음악은 퇴마 인테리어가 미리 주택 내부 곳곳에 설치해놓은 무선 블루투스 스피커를 통해 흘러나오고 있었다.

주택 앞에 세워진 밴에서 수연이 귀에 이어폰을 꽂고 무전을 통해 말했다.

"시작."

수연이 배전반에 설치된 원격 스위치 제어기의 작동 버튼을 눌렀다.

그와 동시에 주택 지하실 배전반에서 위잉 거리는 소리와 함께, 모터가 돌아가고, 곧이어 달칵이며 전원 스위치가 올라갔다.

팟-!

주택 내부의 전등에 전부 불이 들어오고, 기존에 설치되어 있던 전등 외에도 이번에 퇴마 인테리어가 추가로 설치한 조명, 노래방 천장 등에서 볼 수 있는 미러볼이 작동되기 시작했다.

주택 내부에 사각지대 없이 전부 빛이 비치게 되고, 공포 분위기를 한창 조성하고 있던 귀신들의 기세가 일변했다.

일부 귀신은 모습이 흐릿해지며 옅은 그림자처럼 변했고, 비교적 형체가 뚜렷한 귀신들은 저마다 입을 쩌억 벌리고는 고함을 쳤다.

육이 없는 존재가 내지르는, 숨넘어가는 것 같은 불쾌한 고함 소리는 산 자의 기운을 떨어뜨릴 강한 음의 기운을 내포하고 있었지만, 주택 여기저기 설치된 스피커에서 나오는 요란한 음악 소리에 그대로 파묻혀 그냥 입만 헤벌리고 있는 수준에 지나지 않게 되었다.

먼저 수혁이 오함마를 두 손에 들고, 자신 앞에 서있는 귀신들을 향해 목의 근육을 한 번 풀고 뚜벅뚜벅 걸어갔다.

수혁 앞에 서있던 두 귀신들은 자신들의 고함소리가 효과가 전혀 없었다는 걸 이해하지도 못한 채로 두 팔을 벌리고 수혁에게 달려들기 시작했다.

부웅-!

둘이 동시에 달려들었지만, 수혁이 크게 오함마를 휘두르자 두 귀신들은 차에 치이기라도 한 것처럼 거실 바닥을 뒹굴며 팅겨 나갔다.

이어 주방 쪽에서 또 다른 여자 귀신, 남자 귀신이 나타나 입을 쩍 벌리고 고함을 지르며 수혁에게 달려들었다.

수혁 역시 그들에게 다가가면서 오함마를 든 자세를 고쳐 바로잡았다.

콱!

먼저 달려든 여자 귀신의 머리를 향해, 오함마의 손잡이 부분을 내지르듯이 찔러 제압하고, 연계동작으로 망치 부분을 크게 휘둘러 뒤따라온 남자 귀신의 머리를 냅다 쳐버렸다.

부웅-!

남자 귀신은 일순간 머리 부분이 망치에 반쯤 사라지고, 다른 귀신들처럼 내동댕이쳐지며 거실 벽까지 날아갔다.

그 사이 주방 식탁 밑에서 남자아이 귀신이 기어 나오더니 수혁에게 달려들었다.

수혁은 몸을 돌려 골프를 치듯이, 오함마를 밑에서 위로 쳐들며 남자아이 귀신을 주방 식탁 너머로 넘겨버렸다.

한편, 바로 옆 1층 복도에서는 민규가 온몸에 피를 칠한 여자 귀신, 남자 귀신, 여자아이 귀신과 싸우고 있었다. 민규는 달려드는 귀신들의 사이를 파고들어 돌파하며, 팔을 쉴 새 없이 휘둘러 삼단봉으로 귀신들은 연타했다.

여자 귀신이 먼저 쓰러지고, 남자 귀신이 두 팔을 휘두르며 민규를 잡으려고 했지만, 민규는 재빨리 몸을 숙여 두 팔을 피하고, 삼단봉을 똑바로 치켜세우고 귀신 턱의 아랫부분을 찔렀다. 남자 귀신의 상체가 뒤로 젖혀지고, 상체 부분의 빈틈이 드러났다.

이 틈을 놓치지 않고 민규가 가슴 부분을 빠르게 연타한 뒤, 남자 귀신의 머리를 옆으로 내쳐서, 귀신이 바닥에 나뒹굴게 만들었다.

이어 여자아이 귀신이 민규에게 두 팔을 벌리고 덤벼들었고, 민규는 물러서며 여자아이의 귀신의 머리를 3연격으로 쳐냈다.

"이 집 살던 가족 중에 여자아이는 없다고, 멍청한 놈들아!"

민규가 귀신들의 어리석은 흉내를 비웃었다.

쿵, 쿵, 쿵쿵!

민규 머리 위 천장에서 쿵쿵 울리는 소리가 크게 들려왔다.

1층 복도 위쪽, 2층 복도에서도 피투성이가 된 여자 귀신만 무려 여섯이 튀어나와 주영과 지혜가 격렬한 싸움을 펼치고 있었다.

주영은 2층 복도 안쪽 깊숙이 들어가, 두 톤파를 통해 한 번에 세 마리의 귀신을 상대하고 있었다.

좌측 대각선 방향에 하나, 정면에 하나, 우측 대각선 방향에 하나.

최대한 자신의 전방 부분에 귀신들이 머물게 하며 상대하고 있었다.

우측 대각선 방향에 귀신이 두 팔을 쭉 뻗어 내지르며 달려들었다.

주영은 오른손에 들린 톤파로 자신의 팔을 보호하며 귀신의 두 팔을 막고, 왼손에 든 통파로 달려든 귀신의 옆구리를 가격했다.

귀신의 몸이 뒤틀렸고, 주영이 귀신의 팔을 막을 때 썼던 오른손 톤파로 이어 머리를 내리쳤다.

이어 좌측 대각선 방향의 귀신이 달려들었다.

주영은 뒤로 한 걸음 물러나, 이번에는 왼손 톤파로 팔을 막고, 오른손 톤파로 옆구리를 가격했다.

그때, 이번에는 정면에 위치한 귀신이 달려들었다.

오른손 톤파로 팔을 막고, 제자리에서 뛰어올라 군화를 신은 두 발을 힘껏 들어 올려, 왼발을 왼쪽 귀신의 얼굴, 오른발은 정면에 달려든 귀신의 얼굴을 가격했다.

두 귀신이 쓰러지고, 주영도 복도 바닥에 등 쪽으로 떨어지며 쿵 소리를 냈다.

주영이 두 다리를 재빨리 접었다 펴며 관성을 이용해 벌떡 일어섰다.

"우어어어어!"

복도에 퍼진 음악 속에서 작게라도 들릴 정도로 큰 소리를 내지르며 여자 귀신 하나가 주영의 뒤, 2층 복도 앞쪽 좌측 방에서 나타나, 주영의 목을 두 팔로 움켜쥐려 했다.

쾅!

지혜가 주영의 등 뒤쪽, 복도 우측 방 하나에서 문을 박차고 튀어나와 귀신에게 몸을 날려 달려들었다.

럭비에서 쿼터백에게 수비수들이 달려들듯이, 귀신의 허리를 감싸 잡은 지혜는 좌측 방으로 함께 들어갔다.

귀신과 함께 바닥에 쓰러진 지혜는 귀신보다도 먼저 일어선 다음, 대련 자세를 취했다.

귀신이 뒤늦게 뚜둑뚜둑 소리와 함께 괴상하게 몸을 뒤틀며, 마치 뼈를 재조립하듯이 일어서자마자, 지혜의 오른발이 매섭게 귀신의 왼쪽 다리 하단을 치고 들어왔다.

귀신은 옆으로 고꾸라지며 머리부터 바닥에 떨어졌다.

귀신의 표정은 돌처럼 일그러짐 하나 없이 차가웠으나, 바닥에 누워서 지혜를 올려다보는 그 모양새에서 이미 당황스러움과 치욕스러워한다는 게 느껴졌다.

지혜가 그걸 비웃듯이 입꼬리를 올리자, 귀신이 바닥에 누운 자세 그대로 입을 쩌억 벌리며 포효했다.

저택 내에 퍼지는 음악 소리 때문에 사람에게는 잘 들리지 않지만, 귀신들끼리는 잘 들리는지, 복도 밖에서 여자 귀신 둘이 방 안으로 들어왔는데, 하나는 두 팔을 내밀고 머리를 이리저리 흔들면서 비틀비틀 들어왔고, 다른 하나는 문 위쪽 벽을 손으로 집으며 천장에 붙어 엉금엉금 기어서 방 안으로 들어왔다.

들어오는 귀신들의 뒤로 다른 귀신 하나가 휙 쓰러지며 날아가는 게 지혜에게 살짝 보였는데, 복도에선 주영이 혼자서 무난하게 귀신들을 잘 두들기고 있는 모양이었다.

"나도 질 수 없지."

지혜는 킥복싱 자세로 두 팔로 가드를 올리고, 방에 막 들어온 귀신들을 향해 말했다.

"야, 덤벼."

말이 떨어지자마자 매섭게 귀신들이 고함을 지르며 지혜에게 달려들었다.

하지만 귀신의 동작보다도 지혜가 한 수 더 빨랐다.

지혜는 먼저 앞에 머리를 흔들며 서있던 귀신에게 한발 접근한 뒤 왼손 주먹과 오른손 주먹을 순서대로 휘둘렀다.

쉭-쉭-

바람을 가르며 원투펀치는 그대로 귀신의 안면을 강타했다.

귀신은 팔을 앞으로 벌리고 있었을 뿐, 특별히 가드 자체를 하려는 시도도 없어서 무방비했고, 그대로 두 대를 맞았다.

하지만 지혜의 타격은 멈추지 않았다.

쉬익-!

원투펀치 이후 오른쪽 다리를 쫙 펴서 들어 올리며, 동시에 몸의 중심축인 왼쪽 다리와 함께 허리를 옆으로 돌려, 자세 그대로 밀어서 후려치는 오른발 미들킥이 귀신의 왼쪽 옆구리를 강타했다.

파앙!

강렬한 타격음과 함께 귀신의 상체가 좌측으로 기울어졌고, 이어서 지혜의 오른쪽 어깨가 반원을 그리듯이 앞으로 나가며, 오른손 주먹이 어깨를 따라 크게 돌며 귀신의 머리 왼쪽을 강타했다.

뻐어억!

옆차기를 맞고 좌측으로 기울던 귀신의 상체가, 이번에는 머리에 가해진 충격에 따라 다시 우측으로 움직이며 다시 똑바로 서는 자세가 됐다.

지혜가 상체를 숙여, 오른쪽 다리를 몸쪽으로 끌어올린 뒤, 상체를 뒤로 젖히며 발을 앞으로 내질렀다.

발바닥이 귀신의 명치를 타격하며 밀어냈고, 귀신은 뒤로 3m 가까이 밀려나며 바닥을 나뒹굴었다.

그 사이, 천장을 기어서 지혜에게 접근하던 귀신이, 어느새 지혜의 앞까지 다가와 두 팔을 뻗어 지혜의 머리를 잡으려 했다.

하지만 지혜는 이미 그 동작도 시야에 두고 있었다.

잡는 건 지혜가 더 빨랐다.

지혜가 다리를 구부렸다 제자리에서 뛰어오르며, 두 손을 뻗어 귀신의 양팔을 안쪽에서 먼저 붙잡았다.

"흡!"

기합과 함께 이윽고 팔을 아래로 쭈욱 내리며 귀신을 있는 힘껏 잡아당기는 지혜.

귀신은 속수무책으로 천장에서 밑으로 떨어지게 되었고, 지혜가 팔을 내리는 동작과 더불어, 왼쪽 무릎을 몸쪽으로 당겨 올리고 앞으로 내질렀다.

쿠웅!

떨어지던 귀신의 안면부에 지혜의 무릎이 정확히 타격하며, 귀신은 머리부터 바닥에 충돌했고, 뒤늦게 몸이 떨어지며, 자기 머리를 자기 몸이 덮치는 것처럼 쓰러졌다.

만일 사람이었으면 목이 부러지거나 크게 다쳤을 자세였다.

방 안으로 들어왔던 귀신 두 마리가 모두 쓰러져있는 사이, 지혜에게 하단 로우킥을 맞고 쓰러졌던 귀신이 뚜둑뚜둑 관절 꺾이는 소리를 내며 일어섰다.

지혜가 몸을 돌려보니, 귀신은 단순히 일어서기만 한 게 아니었다.

어느새 팔과 다리 길이가 성인 남성 평균 키만큼 길어져 있었고, 목의 길이마저도 웬만한 사람 팔 길이만큼 길어져 있었다.

같은 시각, 주영, 민규와 수혁이 상대하던 귀신들도 팔다리가 기괴하게 비틀리며 비정상적으로 길어졌다.

모습의 극단적인 변화는, 위기를 느낀 귀신들이 보이는 최후의 발악이었다.

보통 사람들은 이 모습을 보자마자 기가 꺾여서 공포에 질려 굴복하고 말았을 것이다.

하지만 퇴마 인테리어 직원들에겐 별다른 감흥이 없었다.

눈으로 보기에는 팔과 다리가 길어지면서 귀신들이 휘두르는 팔 공격이 훨씬 위협적으로 변한 것 같았지만, 육이 없는 영적 존재들의 힘은 외형에서 오는 게 아니었다.

이 사실만 알고 있으면 겁먹을 게 없었다.

귀신들이 입을 쩍 벌리며 포효했다.

인간이었으면 턱이 빠져야만 가능할 정도로 입이 벌어지고, 귀신들은 또 한 번 고함을 질렀다.

고함에 온 힘을 담았는지, 여기저기 설치된 블루투스 스피커의 소리를 뚫고 직원들의 귀에도 그 더러운 울림이 어렴풋이 들렸다.

아무리 겁먹지 않겠다고 마음먹은 사람이라도 고함을 듣는 것만으로 자연스레 부정적인 기분이 들게 만드는 고함이었다.

이에 주영이 수연에게 곧바로 무전을 보냈다.

["수연아, 지금 2차."]

무전을 받은 수연은 곧바로 밴 안에서 또 다른 스위치를 올렸다.

그러자-

번쩍! 번쩍!

1층 거실, 주방, 복도, 2층 복도, 각 방 안. 지하.

주택 구석구석에 퇴마 인테리어 직원들이 추가로 설치해놓은 LED 섬광등이 번쩍번쩍 밝은 빛을 터뜨리며, 저택 내부에 있던 퇴마 인테리어 직원들의 부정한 감정을 씻어내고 기세를 한껏 더 끌어올려 줬다.

기껏 고함까지 질렀더니, 생각지도 못한 섬광이 여기저기서 터지자, 귀신들의 무표정했던 얼굴에 당혹스러움이 나타났다.

귀신들은 섬광이 터질 때마다 자신들의 앞에 있는 퇴마 인테리어 직원들을 바라보는 게 아니라 LED 섬광등을 쳐다보며 허둥대고 있었다.

그 틈을 직원들은 놓치지 않았다.

-부웅!

수혁이 오함마를 내질러, 귀신의 복부를 가격하고, 이어 연계 동작으로 귀신의 머리를 날려버렸다.

"악!!!"

민규가 기합소리와 함께 삼단봉을 빠르게 휘둘러 귀신의 길어진 두 팔을 쳐내고, 귀신의 목젖을 찔러버렸다.

휙-! 빠악!

주영이 높이 뛰어올라 오른손에 든 톤파로 귀신의 안면부를 강타했다.

긴 팔과 다리, 목 등 외형에 변화를 줬던 귀신들은 죽은 오징어처럼 축 늘어지며 바닥에 쓰러졌다.

지혜는 다른 곳에서 들려오던 우당탕거리던 소리가 멈추고, 잠잠해지는 걸 감지하고 한껏 여유를 부리고 있었다.

"다른 애들은 벌써 마무리 지었나 보네."

복도 쪽을 향해 나지막이 중얼거리던 지혜를 향해, 마지막으로 서있던 귀신이 씩씩거리며 분노하더니, 두 팔을 벌리며 지혜에게 달려들었다.

방심하고 있던 지혜가 고개를 돌려 귀신을 바라봤을 땐 이미 늦은 상황이었다.

이미 귀신이 두 손을 쩌억 벌려, 지혜의 목을 움켜쥐었다.

쫘악-----!

귀신의 붉게 충혈된 눈과 분노어린 표정에서는 죽이고 말겠다는 살해 의지가 분명하게 드러나고 있었다.

지혜는 끅끅 소리를 내며 자신의 두 손으로 귀신의 두 손목을 붙잡았다.

귀신은 당연히 놓아줄 생각이 없었다.

이 집 괴담의 나오는 귀신자리에 앉아, 지금까지 얻은 자신의 명성과 권세를 잃지 않기 위해서 귀신은 손아귀에 힘을 더했다.

"끄……끄윽."

지혜가 신음했다.

쫘아악--!

육이 없는 존재이건만, 육이 있는 존재보다 그 완력은 대단했다.

제발 여기서 죽어, 귀신은 두려워해야 하는 존재라는 걸 더 많은 인간들에게 각인시켜 달라는 더러운 욕망을 담아가며, 지혜의 목을 움켜쥐고 있었다.

"끅……끅……끅……큭."

그런데 뭔가 이상했다.

"큭……큭……큭큭."

시간이 너무 오래 걸리고 있었다.

귀신의 분노어린 얼굴에서 분노가 사라지고 당혹감과 의구심이 나타날 때였다.

지혜의 입꼬리가 올라갔다.

"……큭큭큭."

비웃음과 함께 지혜가 자신의 손에 힘을 살짝 주었다.

그러자 지혜의 목을 움켜쥐고 있던 귀신의 두 손이 맥없이 천천히 떨어져 나왔다.

귀신의 두 손을 가볍게 떼어낸 지혜는, 당황해하는 귀신의 표정을 즐기며, 귀신의 왼손목을 붙잡고 있던 오른손을, 그대로 자신의 왼손 쪽으로 이동시키기 시작했다.

지혜를 상대하던 귀신은 더욱 경악할 수밖에 없었다.

의도는 명백했다.

왼손 하나로 귀신의 두 손을 전부 잡아두려 하고 있었다.

그런 말도 안 되는 행동에 귀신은 긴 두 팔을 이리저리 흔들며 저항했지만 소용없었다.

마치 도망가려 안간힘을 쓰는 작은 강아지와 그 개의 목줄을 꽉 움켜쥐고 있는 사람처럼.

외견만 봐서는 귀신이 압도적으로 우세해야 했겠지만, 현실은 그렇지 않았다.

지혜는 정말로 자신의 왼손 하나로 귀신의 두 팔을 붙드는 데 성공했다.

겉보기엔 금방 귀신의 팔을 놓칠 듯 위태롭게 보였지만, 귀신은 그 손의 힘에서 전혀 벗어나지 못하고 있었다.

"준비됐어?"

지혜는 여유로워진 오른손을 귀신에게 보여주며 웃었다.

"맞을 준비."

지혜가 눈을 부릅뜨고 이를 악물었다.

귀신은 이 순간, 명백히 지혜에게 두려움을 느끼고 있었다.

곧이어 방 안에는 묵직한 타격 소리가 연신 들려왔고, 몇 초가 지나서 지혜가 귀신의 두 팔을 놓아주자, 귀신은 다른 귀신들과 마찬가지로 죽은 오징어처럼 축 팔다리를 늘어뜨리며 쓰러졌다.

쓰러진 귀신들은 점점 그 모습이 희미해져 가고 있었다.

괴담의 주인공 위치에 서있던 존재들이 괴담의 내용과 달리 인간에게 얻어터지자, 괴담과 관련이 없는 이질적인 존재가 되어버리며 힘을 잃고 사라지려 하고 있었다.

하지만 퇴마 인테리어 직원들은 이대로 귀신들이 도망가서 다른 괴담의 자리에 설 수 있도록 놔줄 생각은 없었다.

퇴마 인테리어 직원들은 귀신들이 제압된 걸 확인하자마자, 서둘러 주택 현관 앞에 쌓아둔 상자를 가지러 이동했다.

귀신이 사라지기 전에 귀신들을 모두 마대에 담아, 가둬야만 했다.

지혜가 현관으로 내려가니, 이미 수혁이 상자 하나를 가지고 거실로 가고 있었고, 현관에는 민규와 주영이 차례차례 상자를 집으려 하고 있었다.

그때, 주택 밖 밴에 있던 수연에게서 무전이 왔다.

["어, 오빠들~, 주민 항의신고 접수됐나 보다."]

무전 내용에서 신고라는 단어가 들리자, 주영과 민규의 동작이 멈추었다.

["경찰이랑 동네 주민으로 보이는 사람들 몇 명이 집 앞에 왔어. 난 일단 없는 척하고 있을게."]

수연은 주택가에 세워둔 밴의 불을 전부 꺼버리고, 밴 전방 유리 너머로 보이는 사람들을 주시했다.

무전을 받은 주영은 잠시 고민하다가, 수연에게 무전을 보냈다.

"수연아, 앞에 모인 사람들 남녀비율이랑 연령대가 어떻게 돼?"

["경찰~ 여자 하나, 남자 하나, 주민~ 대부분 여성, 나이는 삼사십 대?"]

"어, 확인."

주영이 심각한 얼굴로 답신을 보내고는, 민규를 바라봤다.

"민규야, 플랜 미스터 앤 미세스 스미스 작전 써야겠다."

"어? 지금?"

떵동-떵동-

집 마당 대문의 초인종이 울리고, 대문을 두들기는 소리가 들려왔다.

대문은 잠겨있지 않아서, 만약 경찰이나 주민이 문을 열고 들어와 야간에 이런 퇴마 작업을 하고 있다는 걸 봐버리면, 이런 건 낮에 하라며 막무가내로 중단을 요구할 수도 있었다.

시간이 없었다.

"민규야, 빨리!"

주영이 재촉하자, 민규는 손에 들고 있던 상자를 내려놓고, 급히 상의와 하의, 신발을 벗어 바닥에 아무렇게 던져놓고, 사각팬

티 한 장만 입은 알몸 상태로 손에 휴대전화 하나 달랑 들고, 다다다 달려서 대문 쪽으로 향했다.

대문 너머에서는 경찰들과 주민들이 웅성거리며 초인종을 연신 눌러대고 있었다.

"예! 나갑니다!"

민규가 대문 너머를 향해 외치고, 그 사이에 주영은 서둘러 무전을 통해 수연에게 상황을 전달했다.

철컥-

민규가 대문을 열자, 지구대 경찰 두 사람과 근처 주민들이 하나같이 화난 얼굴로 서있는 게, 제일 먼저 민규의 눈에 들어왔다.

"무슨 일이시죠?"

민규가 오른손으로 앞머리를 쓸어 올리며 사람들에게 물었다.

그러자 모인 사람들 중 남자 경찰과 흰 양복 정장을 입은 젊은 남성은 눈을 동그랗게 뜨고는 황당해하는 얼굴로 민규를 쳐다봤고, 나머지 여성들은 얼굴을 붉히고 놀란 얼굴로 민규를 위아래로 쳐다봤다.

밴에서 몰래 상황을 지켜보고 있던 수연 역시도, 인정하기 싫지만 저런 여성들의 반응에는 공감할 수밖에 없었다.

이러나저러나 입만 다물고 있으면, 몸매도 좋겠다.

연예인급 꽃미남인 게 민규였다.

"어, 음, 주변에서 시끄럽다고 신고가 들어왔거든요, 그런데 그, 옷차림이 왜 그래요?"

남자 경찰관이 민규의 팬티 차림을 손으로 가리키며 지적하자, 민규가 멋쩍은 미소를 지어 보이며 이번엔 뒷머리를 쓰다듬었다.

"아, 지금 입었던 옷이 집 여기저기에 흩어져 있어가지고요. 찾을 수가 없어서 일단 속옷만 입고 나왔습니다."

"뭔 소리예요, 그게? 됐고, 일단 제대로 옷 입고 나오세요."

"아니, 그게 힘든 게요. 제 여자친구랑 여기저기 돌아다니다가, 정신이 없는 와중에 하나씩 벗어서, 저기 저쪽 어디다 대충 던진 것 같은데, 그래서 어디에 있는지 그게 잘……."

"그게 대체 뭔 말이에요?"

남자 경찰관이 인상을 찌푸리며 반문하자, 옆에 있던 여자 경찰관이 무슨 말인지 곧바로 이해하고, 대화에 끼어들었다.

"안에 여자친구 분 계세요?"

"네, 저랑 단둘이 있습니다."

"그래서 옷이 여기저기에……. 그렇구나."

여자 경찰관이 앞뒤 상황을 이해함과 동시에 다른 여성들 사이에서도 '아!' 하는 감탄사들이 작게 새어 나왔다.

순간 정적이 흘렀지만, 주민들 중 신고자로 보이는 비교적 젊은 여성이 팔짱을 끼고는 퉁명스러운 얼굴로 나서서 민규에게 항의했다.

"아니, 그러거나 말거나, 지금이 낮도 아니고 저녁 넘어가지고 이렇게 음악 크게 광광 틀어 재끼는 건 좀 아니지 않아요?"

"죄송합니다. 저랑 여자친구가 둘 다 목소리가 좀 커서요, 그걸 가리려고 하다 보니까 그리됐네요."

"목소리가 커요? 그게 무슨……."

항의를 하려던 여성이 순간 입을 벌리고 멈칫했다.

이번에도 여자 경찰관이 앞뒤 상황을 제일 먼저 이해하고, 정리했다.

"크흠, 그러니까 두 분이서 내는 소리 때문에 트신 거라고요?"

"네."

민규의 대답을 들은 사람들 사이에 어색함과 민망함이 섞인 침묵이 잠시 흘렀다.

그러다 조금 전 항의를 했던 여성이 마음을 가다듬고, 다시 한번 큰소리로 항의했다.

"아니, 그래도 그렇지. 집 안에서 창문 닫고 있으면 큰 소리날 일도 없을 텐데!"

"밖에 정원이랑 잔디가 좋더라고요."

"……."

"누워서 하기 좋아요."

"그, 그 그러면."

민규의 당돌한 답변에 당황해서, 여성의 말투부터 확 누그러졌다.

"잔디가 좀 찝찝하거나 하지 않아요?"

"풀 내음에 비린내가 가려져서 좋더라고요."

민규의 쓸데없이 구체적인 설명에 일동이 당황할 새, 민규가 들고 있던 휴대전화의 벨이 울리기 시작했다.

민규가 휴대전화 화면을 보니, [수혁이 동생]이라는 글자가 떠있었다.

이에 민규는 곧바로 화면이 사람들에게 안 보이도록 들고, 스피커폰 모드로 통화를 시작했다.

"어, 자기야, 왜?"

민규가 능청스럽게 살짝 애교 섞인 목소리로 입을 열었다.

이에 질세라 전화기 너머로 수연의 색기가 잔뜩 든 목소리가 들려왔다.

["오빠아, 하아-, 하아-."]

약간의 신음과 거친 숨소리가 휴대전화를 통해, 주변 사람들 귀에 또렷하게 쏙쏙 들어왔다.

한편, 수연은 밴의 앞 유리 너머로 사람들의 반응을 조심스럽게 살피며, 영화배우 저리 가라 할 정도의 열연을 펼치고 있었다.

["오빠, 지금 어디야아앙?"]

"어어, 지금 잠깐 밖에 누가 와서 얘기하고 있어."

["빨리 와앙, 하아-, 나 지금 달아올라있단 말이야."]

"알았어, 알았어, 금방 갈게."

민규는 주변 사람들의 눈치를 살피는 척 연기하면서, 미리 사전에 합을 맞춰둔 대사를 했다.

"자기야, 잠깐만 기다리고 있어, 알았지?"

["우웅, 알았어."]

"사랑해~"

["웅, 나도 사랑해, 그러니까 빨리 와~."]

전화를 끊고, 민규는 곤란해하는 얼굴로 사람들에게 양해를 구했다.

"음악 소리 시끄럽게 해서 정말 죄송합니다, 올라가서 소리를 좀 줄일 테니까, 이제 그만 들어가 봐도 될까요?"

"아, 네, 뭐, 주민들께서 신고하신 거니까……."

남자 경찰관이 고개를 한 번 끄덕이고는 주민들을 힐끗 쳐다보며 말을 이었다.

"……주민들께서 괜찮으시다면 이쯤에서 훈방 차원으로 마무리하는 게 서로에게 좋지 않으실까 싶은데요."

"뭐, 우리야 음악 소리를 좀 줄여준다면 상관없긴 하죠."

제일 격하게 항의를 했던 여성 주민은 기세가 누그러진 모습으로 납득하는 자세를 취했고, 대신 이번에는 옆에 있던 다른 주민이 앞으로 나와서 민규에게 다시 한번 따져 물었다.

"음악 소리 줄인다고 될 게 아니고, 음악 말고도 뭐 쿵쿵 시끄러운 소리도 나던데요?"

"……."

"소리가……."

"소리가 막 쿵덕, 쿵덕 하죠?"

"……네."

민규가 반문하고 지그시 자신을 쳐다보자, 뒤늦게 민규의 말을 이해한 여성 주민은 민망함에 애써 하하 웃으며 손을 내저었다.

"아하하, 아유, 내가 괜한 걸 물었네, 그래서 음악을 튼 거였구나. 크허허헝, 그 소리가 그렇게 크게 나는구나, 몰랐네. 아하

항!"

"우리도 나름 이해할 테니, 음악 소리 조금만 조절해 주세요."

여성 주민들이 웃으며 살짝 고개 숙여 인사하고, 민규도 인사후 나름 훈훈하게 각자 해산하려는 찰나, 모인 주민 중 가장 나이가 많아 보이는 백발의 노년 여성분이 점잖게 앞으로 나서더니 민규에게 질문했다.

"이 집 빈집이었는데, 사신 건가요?"

"예?…… 아니요, 이 집 제 삼촌 거라서 며칠 빌려 쓰는 건데요."

"이 집은 귀신이 주인인 집이에요, 당장 짐 챙겨서 나오는 게 좋을 거예요."

"귀신이 주인이라고요?"

민규의 물음에, 백발의 노년 여성은 굳은 얼굴로 고개를 끄덕였다.

갑작스러운 얘기에 현장에 있던 경찰을 비롯해 다른 주민들 모두, 이상한 사람 쳐다보듯이 노인을 바라봤다.

"이 집 제 삼촌 거라니까요? 무슨 말씀이신지."

"이 집엔 귀신이 살고 있으니까 하는 말이에요."

진지하게 충고하는 노인에게 민규가 눈을 가늘게 뜨고 물었다.

"누가 그런 얘기를 하던가요? 말씀하시는 선생님께서 무슨 무당 같은 거라도 되세요?"

"이 동네에선 유명한 얘기에요. 여기 있는 사람들도 다 한번은 들어본 얘기라고요."

노인이 두 팔을 살짝 벌리고, 주변에 있는 사람들에게 그렇지 않냐고 물었다. 그러자 주민들과 심지어는 경찰들까지도 살짝 뜸을 들이며 눈치를 보다, 이내 모두 고개를 천천히 끄덕였다.

그렇지만 사람들은 내심 지금 이런 얘기를 왜 꺼내는지 이해할 수 없어서, 귀신 얘기를 진지하게 하는 노인에 대해 조금 이상해하며 바라봤다.

"그런 걸 믿으세요? 애도 아니고."

민규가 코웃음을 치며, 한쪽 팔을 들어 대문 벽에 기대며 고개를 절레절레 흔들었다.

그러자 귀신이 있다고 경고한 노인은 불쾌해하는 얼굴로 목소리 톤을 높여 민규에게 말했다.

"이 집에 들어갔던 사람들은 다 귀신에게 해코지를 당했으니까 내 말 명심하는 게 좋을 거예요."

"그러면 내일까지 저랑 제 여자친구에게 아무 일도 안 생기면, 귀신 따윈 없는 게 되겠네요?"

"……그렇게 생각하는 건 당신 맘이겠지요. 귀신이 언제 당신을 해할지는 귀신 맘인 거고요. 어쨌든 난 분명 경고했어요."

화가 난 듯, 귀신이 있다고 경고한 노년 여성은 휙 몸을 돌리더니 자리를 떠났다.

이어 그걸 신호로 삼듯이, 모여 있던 나머지 주민들과 경찰도 슬슬 서로 눈치를 살피다 하나둘씩 돌아가며 해산하기 시작했다.

경찰들은 민규에게 음악 소리를 줄여달라며 다시 한번 더 당부하고 돌아갔고, 민규는 그런 경찰들에게 죄송하다고 사과한 뒤, 주택 골목 인근에 세워진 퇴마 인테리어 밴을 힐끔 쳐다보고는 대문을 닫고, 주택으로 돌아갔다.

밴 안에서는 수연이 민규의 여자친구 흉내를 낸 후유증으로 바닥을 뒹굴며 죽어가고 있었지만, 그런 상황을 아는지 모르는지, 무전기를 통해서 주영은 연기가 아주 훌륭했다면서 칭찬을 보내, 2차 피해를 가해왔다.

["수연아, 정말 잘했어, 그냥 너희 둘이 그대로 사귀는 것도 괜찮겠다 싶을 정도로 멋진 환상의 호흡이었어, 다음에도 이 작전 쓸 일 있으면 지금처럼 부탁 좀 할게."]

"끄아아아악!"

무전 내용을 들은 수연은 오뚝이처럼 벌떡 일어나, 무전기를 잡고 주영에게 고래고래 소리를 질러댔다.

["야야야야야아아아아악!"]

무전기 너머로 들려오는 수연의 괴성에, 주영은 씨익 웃으며 자기 옆에 서 있는 민규에게 웃어 보였다.

"야, 수연이 좋아 죽으려고 그러는데?"

"나 이거 참."

민규는 훗 하는 코웃음을 치며 살짝 웃고는, 주영에게서 무전기를 넘겨받아, 수연에게 말했다.

"이 쫘식, 오빠 여자친구인 척 한 게 그렇게 좋아?"

["야아아아아!!!"]

"그래, 그래, 자기야, 사랑해~~~."

["꺄아아악! 내 귀! 내 귀가!"]

무전을 마친 민규가 주영에게 무전기를 돌려주고, 다시 옷을 주섬주섬 챙겨 입기 시작했다.

장난은 여기까지 하고, 두 사람은 진지하게 서둘러서 귀신을 봉인함에 넣어야 했다.

민규와 수연이 연극을 하는 사이, 지혜는 혼자서 추가로 나타나는 귀신들을 찾아다니며 소탕하고 있었고, 주영과 수혁은 열심히 쓰러뜨린 귀신들을 마대에 담아 묶은 뒤, 봉인함에 넣어두고 있었지만, 손이 부족해서 일부 귀신은 영기를 회복하고 도망치기까지 한 상황이었다.

민규가 주영을 따라 주택 현관으로 들어서니, 마침 현관에서 수혁이 남자 귀신 하나를 마대에 넣으려 애를 쓰고 있던 참이었다.

허리까지는 어떻게 넣었는데, 이 귀신이 영기를 회복했는지 다리 길이를 엿가락마냥 쭈욱 늘려서 다 넣지 못하게 버티고 있는 상황이었다.

"좀 도와줘!"

수혁이 한 손으로는 마대를, 한 손으로 귀신의 허리춤을 붙잡고 끙끙거리며 외쳤다.

이에 주영과 민규가 서둘러 손에 들고 있던 봉인함을 내려놓고, 각자 톤파와 삼단봉을 챙겨 든 뒤, 엿가락처럼 늘어난 다리 부분을 연신 두들겨 패기 시작했다.

"우어어어어!"

귀신이 고통에 괴성을 질러댔고, 긴 다리가 마치 뱀이라도 된 것처럼 따로따로 똬리를 틀어댔다.

"됐다, 넣어! 넣어!"

"이야앗!"

"으라!"

수혁의 외침에 맞춰, 주영과 민규가 각자 귀신의 다리를 하나씩 잡고 작은 마대 안으로 밀어 넣었다.

마대 크기 자체는 작은 어린아이 한 명 들어갈까 말까 했지만, 막상 꾸욱꾸욱 밀어 넣으니 성인 남성의 모습을 한 귀신이 발까지 쏘옥 들어갔다.

세 사람이 마대의 입구를 묶으려 애를 쓰는 사이, 2층으로 올라가는 계단 쪽에서 여성의 짐승 같은 신음소리가 들려왔다.

"끄어어어어어어……!"

숨이 넘어가는 신음소리를 내며, 바닥을 두 손으로 성큼성큼 짚고 기어서 계단을 내려오는 여성 모습의 귀신.

귀신이 눈을 희번덕 뜨고 앞을 내려다봤다.

현관에서 다른 귀신을 마대에 쑤셔 넣고 있던 남성 세 명과 눈이 딱 마주쳤다.

귀신의 움직임이 순간 멈추었고, 몇 초 동안 남성들과 눈싸움을 벌이던 귀신은 슬그머니 다시 뒤로 기어서 계단을 올라가기 시작했다.

그 모습을 보고 민규가 천천히 일어섰다.

"저건 내가 잡을게."

민규가 천천히 2층 계단을 올라가고, 남은 두 사람은 마대를 마저 잘 묶어서 봉인함에 넣었다.

봉인함에 뚜껑을 닫고, 수혁이 손을 털며

"휴우."

하고 숨을 돌렸다.

그 사이, 주영은 무전기를 통해 수연에게 연락했다.

"수연아, 노래 바꾸자. 볼륨 조금 낮추고 밝은 노래 틀어봐."

["오케이~."]

수연이 답신을 보내고, 얼마 후 시끄럽던 락 음악이 멈추고, 경쾌한 기타 소리와 함께 '어스, 윈드 앤 파이어의 셉템버(Earth, Wind & Fire - September)'라는 노래가 집 안 전체에 잔잔하게 흘러나오기 시작했다.

♪ Do you remember, 21st night of September? ♪

(떠올릴 수 있니, 9월 21번째 밤?)

노래의 첫 소절이 나옴과 동시에 2층에서 퍽퍽 둔탁한 소리가 몇 번 났고, 곧이어 민규가 조금 전에 봤던 귀신을 붙잡아, 한쪽 다리를 잡고 질질 끌며 내려왔다.

♪ Love was changing the mind of pretenders ♪

(사랑은 닫힌 사람들의 마음을 바꿔버리고.)

주영과 수혁, 민규의 몽둥이찜질이 이어지고, 귀신은 키엑키엑 거리는 비명만 지르다가, 이젠 지쳤는지 힘없이 세 남자의 손이 이끄는 대로 마대 안으로 쏘옥 들어가 봉인됐다.

♪ While chasing the clouds away ♪

(한동안은 구름길을 따라 가버리고.)

2층 복도에서 지혜가 자신이 제압한 여자 귀신의 머리칼을 한 손으로 붙잡고 질질 끌며 계단 난간 쪽으로 와서는, 그대로 짐짝 던지듯이 귀신을 휙 하고 던졌다.

귀신은 쿵쿵 계단을 굴러 세 남자 앞에 정확하게 안착했고, 세 남자는 한심하다는 듯이 그 귀신을 쳐다보며 마대에 그대로 집어넣었다.

♪ Our hearts were ringing ♪

(우리의 가슴은 울리고.)

자신이 처리한 귀신이 마대에 담기는 걸 2층 계단 난간에서 확인한 지혜는 다시 2층 복도 쪽으로 몸을 돌렸다.

복도를 걸으며 안쪽으로 들어가던 지혜는, 복도 첫 번째 오른쪽 방 안에 벽이나 바닥에 있던 거뭇거뭇한 얼룩들이 점점 커지며 볼록 튀어나오고 있는 걸 눈으로 확인했다. 아주 천천히 볼록 튀어나오던 얼룩에서는 이내 짙은 검은 머리카락이 돋아나고 있었다.

지혜는 1층 남자들을 향해 큰소리로 외치고는 걸음을 다시 옮겼다.

"2층 첫 번째 방에서 더 나온다!"

♪ In the key that our souls were singing ♪

(우리의 영혼은 감춰진 진실을 노래하고.)

마대 묶는 걸 마친 주영이 일어서면서 수혁의 팔을 손으로 살짝 툭 쳤다.

"2층 가자."

"어? 2층?"

♪ As we danced in the night ♪

(우리는 밤새 춤을 추고.)

주영이 먼저 2층으로 올라가는 계단으로 향하고, 수혁이 민규의 어깨를 툭 치고는 일어나 주영을 따라갔다.

♪ Remember, How the stars stole the night away, oh yeah ♪

(떠올리겠지, 어떻게 하면 밤하늘에 별들을 뗄 수 있는지, 오 그래.)

주영이 선두에서 계단을 오르며 둠칫둠칫 어깨를 흔들며 음악의 리듬에 맞춰 춤을 추기 시작하고, 그 뒤를 이어 수혁과 민규도 춤을 추며 계단을 오르기 시작했다.

♪ Hey, hey, hey, Ba-dee-ya, say, do you remember? ♪

(바디야, 말해봐, 너는 떠올렸니?)

춤을 추며 세 남자가 나란히 복도 첫 번째 방으로 들어왔고, 방에는 이미 다섯 정도 되는 귀신들이 벽이나 바닥에서 상체를 내밀고, 마치 버섯이 자라나듯이 돋아나고 있는 중이었다.

여자 귀신 둘에, 남자 귀신 하나, 남자아이 귀신 하나, 여자아이 귀신 하나.

귀신들 모두 무표정한 얼굴로 눈만 희번덕거리게 뜨고, 자신들 앞에서 아무렇지 않게 흥겨운 리듬을 타는 남자들을 노려봤다.

♪ Ba-dee-ya, dancing in September, Ba-dee-ya, never was a cloudy day ♪

(바디야, 9월에 춤을 췄었어, 흐린 날은 없었어.)

남자들이 일제히 춤을 멈추고는 굳은 얼굴로 제자리에 섰다.

이어 남자들은 각자 한 손으론 자신이 애용하는 둔기의 손잡이 부분을 잡은 다음, 반대쪽 손바닥에 탁탁 둔기를 가볍게 때려가며, 위에서 내려다보는 시선으로 차갑게 귀신들을 쳐다봤다.

귀신들은 그에 화답하듯이 무표정한 얼굴로 남자들을 올려다봤지만, 이내 슬금슬금 다시 바닥이나 벽 속으로 들어가기 시작했다.

누가 누구를 무서워해야 하는지, 서열이 확실히 드러난 순간 이었다.

물론 세 남자는 귀신들을 그대로 도망치게 할 생각이 없었다.

주영이 정색한 얼굴로, 노래 가사를 작게 따라 불렀다.

"……바디야~."

곧 방 안에서 우당탕탕 난리가 일어났고, 귀신들이 고양이 같은 비명소리를 질러대며 바닥을 뒹굴기 시작했다.

부자의 속심

저택의 넓은 마당 정원에 텐트를 하나 치고, 불침번을 서가며 교대로 잠을 잔 세 남자는 해가 뜨자, 간단히 컵라면으로 끼니를 해결하고는 곧바로 철거작업의 준비를 시작했다.

먼저 작업구역을 표시하고, 그 외 구역에는 모두 비닐을 씌워서 작업 도중 발생하는 먼지에 덮이지 않도록 준비를 철저히 했고, 주영의 지시하에 수혁이 파쇄해머라고도 불리는 전동해머드릴로 두두두 소리를 내며, 창문새시가 들어갈 공간을 만들기 위한, 철거작업을 시작했다.

그렇게 희뿌연 먼지를 날리며 작업을 하고 있는 수혁의 뒤에는, 지혜가 서서 혹시 모를 귀신의 기습을 대비하여 경계를 서고 있었다.

"어우, 먼지야."

지혜가 자기 얼굴 앞에서 손을 내저으며 볼멘소리를 내는 사이, 주택 밖에서는 창문 및 계단을 만들 때 사용할 자재를 옮기는 작업이 한창이었다.

주영과 민규가 자재를 싣고 온 트럭에서부터 서로 합을 맞춰 자재를 내리고, 정원까지 하나하나 옮겨놓고 있었다.

수연은 사무실에 복귀할 시간도 없어서 밴에서 회계업무를 보면서, 동시에 다른 고객문의와 관련된 응대까지 하고 있었다.

위이이잉--!

현관 앞에 갖다 놓은 절단기의 동그란 날이 빠르게 돌아가며 큰 소음이 발생하고, 주영이 조심스럽게 강철판을 절단기 날에 갖다 댔다.

기기긱쾅아아아아아!

마찰음과 함께 강철판이 깔끔하게 절단이 되고, 처리된 강철판은 한쪽에 차곡차곡 포개어 놓여졌다.

그렇게 계단제작 준비를 한창 하고 있던 주영과 민규의 무전기로 수연의 목소리가 들려왔다.

["오빠들, 집 앞에 또 누가 온 것 같은데, 검은색 차량 한 대, 그냥 서있어."]

주영이 이마에 맺힌 땀을 닦으며 무전기에 답신을 보냈다.

"어, 확인."

"부동산 사장님이 오신 건가?"

민규가 500ml 작은 생수 페트병의 물을 한 모금 마시고, 추측했다.

주영이 민규를 바라보며 능글스럽게 웃어보였다.

"어게인 미스터 앤 미세스 스미스?"

"아, 됐네요. 이번엔 옷 입고 나갈 거야."

잔뜩 인상을 찌푸린 민규는 마당에 설치한 텐트로 사뿐사뿐 뛰어가서는 땀에 젖은 상의를 벗어두고, 근처에 놔뒀던 평상복 상의를 걸쳐 입었다.

민규가 주택 마당 대문을 열고 나오자마자, 앞에 서있던 검은 색 차량은 곧바로 출발했다. 차량 뒷좌석의 창문은 열려있었는데, 민규의 시야에 언뜻 어제 보았던 백발의 여성이 보인 것 같았다.

"뭐야, 저 사람은."

민규는 멀어져가는 검은색 차량의 뒷모습을 게슴츠레한 눈으로 쳐다보고는 다시 작업을 하러 돌아갔다.

그렇게 첫날 진행된 작업결과물은 다음과 같았다.

집 안 현관문 옆에 사각형의 창문섀시를 넣을 공간이 한 개 완성됐고, ㄷ자로 벽을 돌며 올라가는 철제 계단이 발판타일과 난간 손잡이 없는 미완의 형태로 설치되었다. 거기에 계단이 꺾이는 코너에 맞춰 창문섀시 넣을 공간이 한 개씩 총 두 개가 더 생겼다.

다음 날이면 창문섀시가 들어가고, 계단에 대리석 발판타일 붙임 작업과 난간 손잡이 용접이 들어간다.

작업 3일째에는 넓은 거실과 현관을 가로막고 있는 작은 방과 벽 일부를 깨고, 벽이 있던 자리바닥에 타일마감 처리를 해서, 현관과 1층 복도에서 느껴지던 폐쇄적이고 좁은 공간의 느낌을 덜어내게 인테리어할 것이다.

작업 4일째에는 오전동안 계단 페인트 작업, 오후에는 폐기물 수거 작업이 이뤄진다.

그렇게 인테리어 작업은 4일 안에 끝난다.

작업이 끝나면 저녁부터 밤까지는 집 안 곳곳을 돌아다니며, 괴담 내용에 맞춰 등장하는 귀신들을 두들겨 패고 봉인함에 넣고, 새벽에는 불침번을 돌아가며 잠을 잔다. 이걸 일주일 내내 한다.

그러면 모든 퇴마는 끝이 난다.

사람들이 귀신이 나온다는 얘기는 허무맹랑한 소문이었다고 믿고, 집의 인테리어에서 무서운 요소를 전혀 느끼지 못한다면, 그것만으로도 귀신들은 설 자리를 완벽하게 잃게 된다.

이렇게 계획대로 차근차근 일이 진행되고 마지막 7일째 밤.

"야."

주영과 민규가 비좁은 텐트 안에서 서로 부둥켜안고 단잠을 자고 있던 사이, 수혁이 텐트 안으로 들어와 주영의 다리를 손으로 붙잡고 흔들었다.

"주영아, 일어나 봐."

"으음?"

주영이 인상을 찌푸리며 부스스 상체를 일으켰다.

"버허얼써 교대야?"

잠이 덜 깨, 목이 잠긴 상태로 주영이 물었다.

그러자 수혁은 고개를 내젓고는 심각한 얼굴로 답했다.

"아니, 빨리 밖으로 나와봐, 무슨 일이 또 일어나고 있어."

"무슨 말이야, 그게?"

주영의 재차 물음에도 수혁은 답하지 않고 텐트를 빠져나갔고, 주영은 눈을 잠깐 손으로 마사지한 후에 아직 옆에서 자고 있던 민규의 엉덩이를 툭툭 쳤다.

그렇지만 민규는 이불을 말아 껴안은 채로 몸을 웅크리고는 강아지마냥 낑낑거리며 칭얼거릴 뿐 일어나지 않았다.

그 모습을 한심해하며 지그시 내려다본 주영은 오른손을 쑤욱 민규의 가랑이 사이로 넣었다.

그와 동시에 발작하듯이 민규가 기겁하며 벌떡 일어섰다.

"야, 이씨!"

"오~민규, 남자야~."

주영이 배시시 능글맞게 웃으며 일어섰다.

"아주 불끈불끈해. 응?"

"야, 이 미친 XX야, 이거 성추행이야."

"합의하에 한 거라 괜찮아."

주영이 웃으며 텐트를 나서자, 민규도 덮었던 이불을 한쪽으로 치워놓고, 주영을 따라 텐트 밖으로 나왔다.

"내가 언제 합의를 해?"

"네가 내꺼 만졌을 때."

"그건······."

"쉿!"

텐트 밖에는 수혁과 지혜가 나란히 서있었는데, 주영과 민규가 떠들면서 텐트에서 나오자, 그런 둘에게 수혁은 자기 입에 검지를 대보이며 조용히 하라는 몸짓을 취했다.

이어 수혁의 옆에 서있던 지혜도 덩달아 소곤거리는 목소리로 주영에게 주의를 줬다.

"조용히 하고, 2층을 한번 봐봐."

주영과 민규가 입을 다물고 고개를 돌려, 주택의 2층 창문을 바라봤다.

밤 동안에는 주택의 배전반의 차단기를 내려놓고 있는 탓에 1층과 2층 모두 깜깜해서, 분명 밖에서는 창문 너머로 집 안의 모습이 전혀 보이지 않게 되어있었는데, 2층의 제일 안쪽 방 창문에서 하얀 불빛이 새어 나오고 있었다.

"뭐야, 저건."

주영이 눈을 게슴츠레하게 뜨고 쳐다보고 있으니, 불빛은 이리저리 흔들리며 움직이고 있었는데, 움직임을 보고 당장 확신할 수 있는 건 하얀 빛을 내뿜는 발광체가 두 개라는 사실이었다.

수혁은 친구들에게 자신이 관측한 사태에 대해 아주 작게 말해왔다.

"내가 텐트 앞에 쭈그리고 앉아서 귀신 더 안 나오나 보고 있었는데, 마당 쪽 창문을 통해 보니까, 현관 쪽에 새하얀 빛이 움직이고 있더라. 그래서 너희 깨운 거야, 그런데 지금은 저기 2층에 있네."

수혁의 설명을 듣자마자, 주영은 무전기를 들고 송신 버튼을 눌렀다.

"수연아, 밖에 혹시 무슨 차 같은 거 주차되어 있어?"

주영이 무전을 보냈지만, 수연에게서는 답이 없었다.

주영이 힐끔 수혁 쪽을 쳐다보며 어깨를 으쓱였다.

"얘, 자고 있나 본데?"

"줘봐."

민규가 주영의 손에 들려있던 무전기를 가져가더니, 곧바로 송신 버튼을 눌렀다.

"미인은 잠꾸러기라더니, 우리 수연이, 또 내 꿈 꾸고 있나 보네. 녀석……. 이렇게 자면서도 오빠 목소리 들으니까 좋지? 다음엔 자기 전에 나한테 말하고 자, 그러면 '잘 자요. 우리 귀염둥이.' 해줄게, 알았지?"

말을 마친 민규는 다시 주영에게 무전기를 돌려줬다.

"이제 대답할 거야."

"고맙다."

무전기를 받은 주영이 다시 무전을 수연에게 보냈다.

"수연아, 밖에 지금 무슨 차나 트럭, 오토바이 같은 거 와있어?"

["차 한 대 있어, X발!!"]

"어, 확인."

주영이 친구들을 바라보며 상황을 정리했다.

"밖에 차 한 대 와있고, 저거는 귀신이 만든 불빛이 아니야,

그러면 답은 하나겠지? 너희는 각자 무기 챙겨, 난 휴대폰 들고 동영상 찍을게."

주영의 지시에 친구들은 일거리가 또 생겼다는 사실에 한숨을 쉬며 각자의 무기를 챙겼다.

X

"사모님, 그런데 여기서 진짜로 귀신을 봤다는 사람들은 어떻게 된 걸까요?"

뚱뚱한 체형에 꽉 끼는 양복 정장을 입고 있는 남자, 춘식은 자신의 고용주인 백발의 노인에게 조심스레 물었다.

"쓸데없는 소리 그만하고, 고사리나물 좀 꺼내줘요."

백발의 노인은 춘식에게 쏘아대듯이 말하고는 제사상 차리기에 몰두했다.

운전기사로 7년째 일하고 있는 춘식과 그가 모시는 노인은 3년 전부터 동네에 생긴 빈집에 침입하여 제사상을 차리거나, 유리창을 부수거나, 낙서를 하고 있다.

거기에 그치지 않고 노인은 춘식이 없을 땐, 집에 있는 노트북을 통해 흉가에 대한 소문을 여기저기 꾸준하게 퍼뜨리고 있었고, 심지어는 공포체험 콘텐츠를 주로 삼는 인터넷 방송인들에게 후원금을 보내면서, 여기 이 집을 가서 탐방을 해달라고 부탁까지 했다.

이유는 오직 단 하나.

집에 흉흉한 소문을 붙여서 집의 가치를 떨어뜨린 다음에 헐값에 사는 것.

실제로 어느 정도 효과를 보고 있어서, 현재 이 주택의 집값은 기존 매매가의 약 20%가 하락했다.

집주인에게 연락하여 사겠다고 이미 제시를 했지만, 마음이 흔들리는 것 같던 집주인은 돌연 태도를 바꿔서 생각해 보겠다는 말만 하고 매매를 미뤘다.

아직 정신을 덜 차린 게 분명했다.

심지어는 집주인이 조카에게 집을 빌려주질 않나, 며칠 동안 인테리어 공사도 하는 걸 직접 봤다. 아무래도 조카에게 집을 빌려주는 대가로 공사 진행되는 것 좀 봐달라고 한 모양이었다.

'그런다고 집값이 회복할 줄 아나? 집값이 절반 가까이 뚝뚝 떨어져야 정신을 차릴 테지.'

그렇게 집주인의 어리석음을 비웃으며 노년의 여성은 집주인의 조카가 떠나는 날만을 기다려 왔다.

혹시 몰라서 낮에 있던 인테리어 공사가 끝나고 4일을 더 지켜봤고, 밤이 되면 아예 불 자체가 집에 들어오지 않고 방치되고 있는 걸 확인했다.

조카란 사람은 공사가 끝나서, 돌아간 게 틀림없었다.

내부 인테리어를 어떻게 했는지는 모르겠지만, 다시 집을 을씨년스럽게 만들어야 했다.

우선 노리고 있는 집 자체는 높은 담벼락으로 둘러져 있었지만, 집 앞 도로는 평지가 아닌 경사가 제법 있는 오르막길로 되어있어서, 도로를 따라 집의 우측에서 좌측 방향으로, 길을 걸어 오르면 오를수록 담벼락의 높이는 낮아지게 되어있었다.

예전부터 노인과 그녀의 운전기사 춘식은 이것을 이용해, 담벼락의 높이가 가장 낮아지는 곳에 사다리를 놓고 침입을 해왔다.

이번에도 둘은 그렇게 이 집 마당으로 수월하게 들어왔다.

유리창을 하나 깨고 침입하려고 했지만, 집의 현관문의 손잡이를 당겨보니 그냥 스르륵 열렸다.

"어라? 이거 손잡이 돌릴 필요도 없이 그냥 열리는 걸 보니, 인테리어 업자들이 문 망가뜨렸나 본데요."

춘식이 추측하자, 노인은 코웃음을 쳤다.

얼마나 싸게 해주는 업자를 고용했기에 이런 거 하나 똑바로 복구 안 해놓고 갔을까 싶었다.

춘식과 함께 현관으로 들어온 노인은 먼저, 가지고 온 손전등을 이용해 주변을 둘러봤다.

노인이 생각했던 것보다 내부 변화는 컸다.

"뭐야, 방을 없앴네."

자신이 요긴하게 쓸 별도의 공간이 사라졌다는 게 맘에 들지 않아, 노인은 입술을 비틀었다.

그나마 맘에 드는 건 계단이 고풍스러운 느낌의 철제 계단으로 바뀌었고, 창문도 여러 개 생기면서 달빛이 현관을 내리쬐는 모습이 나름 운치가 있다는 정도였다.

"사모님, 창문이 많이 생겼네요, 저 중에 몇 개 깰까요?"

"오늘은 낙서랑 제사상만 차리고 갈 거예요, 이래도 정신 못 차리면 그때 창문 한두 개 깹시다."

"네."

최대한 집 시설 자체에 손상 없이, 일을 성사시키는 게 최고
였다.

노인은 별도의 지시 없이, 먼저 성큼성큼 2층으로 올라가기
시작했다.

그런 노인의 뒤로 춘식은, 한 손에는 작은 밥상, 한 손에는 백
화점에서 산 반찬과 일회용 접시, 향나무로 만든 향, 빨간색 래
커가 담긴 비닐봉지를 들고, 헉헉 거친 숨소리를 내며 노인을
따랐다.

2층 복도 제일 안쪽 우측 방에 제사상을 꾸며놓기로 결정한
노인은 먼저 창가 쪽에 가서 자리를 잡고 섰다.

"여기에 상 펴요. 그 전에 방에 불도 좀 켜고요."

"예, 사모님."

춘식이 노인의 명령에 따라 방의 스위치를 찾은 후 켰지만, 불
은 들어오지 않았다.

"어어? 사모님, 전기를 아예 못 쓰게 내렸나 본데요?"

"그러면 올려야죠. 이 집 전기차단기 있는 곳 알죠?"

"네? 알긴 아는 데요……. 저기, 저 혼자서 가나요?"

"왜요?"

"거기 그 뭐냐, 차단기가 저 밑에 지하에 있어서요."

"무서워서 못 간다고 하는 거예요, 지금?"

"아니요, 그런 것보다도, 제가 전기는 만질 줄 몰라서요."

"차단기 올리는 걸 못한다고요?"

노인이 한심해하는 얼굴로 질책하듯이 춘식에게 말했지만, 춘식은 그러거나 말거나, 혼자서 지하까지 내려간다는 선택지 자체가 그에겐 이미 없었다.

분명 괴담은 자기들이 지어낸 거였지만, 이 집에서 실제로 귀신을 봤다는 사람들이 나왔으니까.

'어쩌면 진짜로 이 집에 살던 사람들이 정말로 귀신이 되어있을 수도 있잖아?'

춘식은 그런 생각을 하며, 혼자 멋대로 겁에 질려있었다.

"됐고, 그러면 여기 와서 그 밥상이나 펴요. 제사상 차리게."

노인의 지시를 시작으로 그렇게 두 사람은 창가에 쭈그리고 앉아서, 준비해 놓은 일회용 접시마다 각기 다른 나물을 올려놓고, 향까지 피워서 제사상을 꾸며놓았다.

사실 노인도 춘식도 제사상을 어떻게 차리는 건지 정확한 양식을 모른다.

노인은 젊은 적 성공한 이후로 제사는커녕 주방에 선 적도 없었고, 춘식 역시도 여태껏 혼자 살아오며 제사라는 건 해본 적도, 어디에 참여한 적도 없었다.

그렇다고 두 사람 모두 제사에 대해 조사까지 할 정도의 성의가 있느냐 하면 그것도 아니었다.

그저 무당이나 정신이상자들이 이곳에 와서 제사를 했다는 거짓 증거를 남기려는 게 목적일 뿐이었으니까.

부동산에서 구매자를 데리고 집 내부를 둘러보러 왔을 때, 그때 이 제사상을 발견한다면, 구매 의욕이 싹 달아날 게 분명했다.

향을 대충 피워서 밥상 위에 올려두고, 빨간색 래커를 꺼내서 창문에 낙서를 하려고 자세를 잡았던 순간.

팟-!

방의 불이 켜졌다.

"안녕하세요?"

노인과 춘식이 깜짝 놀라 목소리가 들린 곳으로 돌아보니, 그곳엔 처음 보는 사람들이 서있었다. 아니, 단 한 명, 노인이 아는 얼굴이 있었다.

"이야, 여사님, 이 집에서 귀신 나온다고 그러시더니, 귀신이 아니라 여사님이 나오시네요?"

민규가 주영과 수혁의 사이에서 불쑥 나오며 배시시 웃었다.

"남의 집에 침입해서 뭐하시는 건데요?"

"······."

민규의 비아냥 어린 질문에 노인은 아무런 말도 하지 못하며, 안절부절못한 모습으로 눈동자만 이리저리 굴려댔다.

옆에 있던 춘식은 얼굴이 창백해져서는 노인과 퇴마 인테리어 직원들을 번갈아 처다보다가, 고함을 빼액 치며 퇴마 인테리어 직원들 쪽으로 달려들었다.

싸우려고 하는 건 아니었고, 그대로 돌진해서 세 사람 사이를 돌파한 다음 도망칠 생각이었다.

그렇게 주영과 민규 사이를 비집고 돌파하는 순간, 주영이 발을 살짝 걸자, 춘식은 그대로 앞으로 고꾸라지며 바닥에 쓰러졌다.

쿠당탕!

"아이고, 아이고! 나 죽네!"

춘식이 고통에 끙끙대며 앓는 소리를 냈다.

그 모습을 한심하게 복도에서 쳐다보던 지혜는 혀를 몇 번 차고는 주영을 불렀다.

"경찰 부를까?"

"경찰은……."

주영이 잠시 생각하다 말했다.

"……나중에 부르고, 일단은 도망 못 가게 케이블 타이로 묶어놓자."

"오케이, 그러면 내가 가지고 올게."

민규가 서둘러 1층으로 내려가고, 수혁이 쓰러져있는 춘식의 두 손을 붙잡아 등 뒤로 돌려놓고, 춘식의 몸을 자신의 한쪽 다리로 꾸욱 눌러서 압박하며 못 움직이게 만들었다.

춘식은 살찐 몸을 뒤뚱거리며 저항했지만, 힘으로는 수혁에게 이길 수 없었다.

"다, 당신들 뭐야, 경찰도 아니면서 말이야, 이거 안 놔?"

"경찰은 조금 있다가 올 거고, 당신 못 도망가게 잡아두고 있는 거야. 변명은 경찰서 가서 하세요."

수혁이 건들거리는 말투로 답하자, 춘식은 겁에 질린 목소리로 연신 사모님을 외쳤다.

그런 춘식을 바라보며, 노인은 입술을 비틀었다.

설마 이런 식으로 작업을 꾸미는 현장을 들키게 될 줄은 몰랐지만, 어떻게든 이 난관을 헤쳐나가야 했다.

노인은 그간 살면서 자신이 쌓은 지혜를 총동원해서 머리를 굴렸다.

'어떻게 하지?'

'일단 집값을 떨어뜨릴 목적으로 이런 일을 벌였다는 게 들키면, 집주인이 고소했을 때 상황이 매우 불리하게 갈 수 있어.'

'차라리 진짜로 귀신이 있는 집이라 제사를 해서 달래려고 했다고 할까? 그러면 무단침입을 했다는 정도로 끝날 수 있을 거야.'

'근데 집주인이 내 얼굴을 알잖아? 그러면 이 집을 사는 건 물 건너가는 거 아닐까? ……아니지, 아니야, 내가 신기가 있어서 귀신을 볼 줄 안다고 우기자. 그래서 여기서 제사를 하려고 했고, 이 집을 사서 무당을 하려고 했다고 하는 거야.'

둘러댈 변명을 머릿속에서 정리한 노인은 회심의 미소를 지으며, 거만하게 고개를 살짝 치켜들고, 떳떳하다는 듯이 되레 주영을 향해 따져 물었다.

"지금 당신들이 무슨 짓을 하고 있는 줄 알아요? 어디 신성한 제사 도중에 이게 무슨 행패에요?"

"제사요?"

주영이 눈살을 살짝 찌푸리고는, 고개를 옆으로 살짝 기울여 노인 뒤에 있는 밥상을 쳐다봤다.

"그러니까 선생님께서 무슨 무당이라도 되신다는 말씀이세요?"

"맞아요, 내가 신기가 있어요."

노인은 자신 있게 대답했다.

"이 집은 이곳에서 살다 죽은 사람들의 원혼이 깃든 집이라, 사람을 해코지하지 않도록 내가 이렇게 매번 달래주고 있는 거예요, 나 아니었으면 당신들도 이 집에 발 들인 순간부터 해를 입었을 건데, 내 덕에 아무렇지 않은 거라고요, 알겠어요?"

"그러니까 저 밥상을 선생님께서 제사상이라며 차린 거다. 그렇게 말씀하신 거죠?"

주영이 어처구니없다는 듯이 쳐다보는데도, 노인은 당당하게 말했다.

"그렇다니까요!"

"근데 저 밥상 위에 반찬들, 플라스틱 통에 포장되어 있는 거 보니까, 딱 봐도 백화점에서 산 거네요?"

"그래서요?"

"저거 다 소금으로 간을 한 거잖아요, 어떤 멍청이가 제사상에 소금을 올려요?"

주영이 코웃음을 치며 지적하자, 노인은 그대로 굳어졌다.

"소, 소금이 뭐 어쨌다고."

"소금은 귀신 퇴치할 때 쓰는 '정화'의 상징이에요, 그런 것도 모르면서 신기가 있다고 해요?"

"나는 퇴, 퇴치할 목적으로 한 거예요."

"제사라는 것 자체가 귀신을 달래려고 하는 건데, 무슨 퇴치를 해요. 이런 거 아예 안 해봤죠?"

노인을 비웃으며, 밥상 쪽으로 다가간 주영이 혀를 차며, 위에

175

차려진 초라한 내용물들을 살펴봤다.

"거짓말을 하려면, 적어도 그 거짓말이 말이 되긴 하는 건지 생각해보고 내뱉어야죠."

주영이 꾸짖듯이 엄한 얼굴로 노인을 쳐다봤다.

노인은 자신이 생각했던 변명이 금방 들통나 버리자, 이리저리 눈동자를 굴려가며 다른 변명거리를 생각했지만, 주영의 손에 들린 휴대전화가 동영상 녹화 중인 게 눈에 들어와 머릿속이 새하얗게 되어버렸다.

모두 녹화되고 있다면, 엉성한 거짓말로 변명을 오래 할수록, 오히려 집값을 떨어뜨리려고 일부러 이런 짓을 했다는 의심을 더 강하게 살 수 있었다.

최대한 빨리, 작은 소동 정도로 마무리 지어야 했다.

그렇게 결론을 내린 노인은 방 안에 있는 벽장 쪽으로 살짝 뒷걸음질 쳤다.

"내가 신기가 있는 건 맞는데, 내가 스승 무당을 모시질 못했어요. 그래서……."

"아니요, 지금 뒤에 쓰러져 붙잡혀 있는 남자분이 아까부터 사모님, 사모님 그렇게 부르시던데요. 집 밖에 세워져 있는 고급 승용차도 선생님 것 맞죠? 저분은 운전기사나 보좌하는 비서이신 것 같은데."

수혁에게 제압되어 있는 춘식을 가리키며 주영이 추궁했다. 이어 휴대전화를 들어 노인의 얼굴을 촬영했다.

"제가 몰라서 그렇지, 어디 잘나가는 사업가이신 것 같은데,

남의 집에서 이게 뭐하시는 겁니까?"

"어, 어디 맘대로 남의 얼굴을 찍어요! 동의 없는 촬영은 불법인 거 몰라!"

"남의 집에 몰래 들어와서 이런 난장판 벌인 장본인이 하실 말씀은 아닐 텐데요?"

주영이 같잖게 보며 노인에게 말했다.

"본인들이 여기 몰래 들어와서 밥상 설치하고, 제사상 꾸미는 과정도 다 찍어놨고요. 도망가려고 해서 제압하는 거 외에 어떤 폭력조치도 없었다는 걸 이 녹화로 증명할 겁니다. 그리고 가장 중요한 건……."

밥상 근처에 놓여있던 검은색 봉지를 주영이 발로 툭 걷어찼다.

그러자 안에 있던 래커가 데구르르 굴러 나왔다.

"이거랑 며칠 전에 이 집 벽이랑 유리에 있던 낙서에 쓰인 래커가 동일 제품일 것 같다는 것과 이 밥상과 밥상 위에 반찬들도 며칠 전, 이 집 마당에 있던 형편없는 제사상과 구성이 동일하다는 걸 기록하고 있는 겁니다."

주영이 고개를 절레절레 흔들며 노인을 쳐다봤다.

"이 집 주인이 선생님 때문에 그동안 얼마를 손해 보셨는지 아세요?"

"나, 나는!"

노인이 다급히 가슴에 손을 얹고 외쳤다.

"나는 오늘 여기 처음 왔어! 이거 왜 이래!"

"아까 전에 매번 이렇게 하고 있다고 이미 자백하셨습니다."

주영이 단칼에 서툰 거짓말을 잘라냈다.

노인은 말문이 막혀, 속으로 '어떻게 하지, 어떻게 하지?' 하면서 필사적으로 머리를 굴려대고 있었다.

그래서 그녀 혼자만 듣지 못했다.

정확히는 들었지만, 인지하지 못하고 있었다.

바로 자신들이 있는 방, 그 방의 천장 위에서, 조금 전부터 여러 사람이 뛰어다니는 발소리가 나고 있다는 사실을.

다다다, 쿵쿵쿵, 삐걱삐걱삐걱.

처음엔 작았던 소리가 요란하게 커지기 시작했다.

같은 행동을 하는 개체 수가 점점 불어나는 것 같았다.

주영이 고개를 돌려 수혁을 바라봤다. 수혁도 춘식을 제압한 상태로 천장을 바라보다가 주영과 눈을 마주쳤다.

둘은 동시에 같은 생각을 했다.

'그러고 보니 아직 다락은 소탕을 안 했었다.'

노인이 끙끙 앓다가 외쳤다.

"여기 이 집은 귀신이 있다니까!"

그 외침에 수혁과 마주 보고 있던 주영이, 고개를 천천히 돌려 심각한 얼굴로 노인을 바라보며, 답했다.

"맞아요, 여기 귀신 있어요."

"……뭐?"

노인은 주영이 뱉은 의외의 대답에 당황해하며, 인상을 찌푸렸다.

그때, 서늘한 냉기가 방 안에 있는 벽장의 접이식 문 틈새로 비집고 흘러나오며, 자석의 힘으로 서로 붙어있던 벽장의 양문이 떨어지더니, 좌르륵 좌우로 접혔다.

노인은 자신의 등 뒤에서 갑자기 느껴진 기척에 놀라, 반사적으로 뒤를 돌아보았다.

활짝 열려진 벽장의 문.

그 안쪽에서, 벽장의 천장 구멍을 통해 상체를 내밀고, 거꾸로 매달려 노인을 바라보는 피투성이의 여자 귀신이 있었다.

"어?"

노인은 생각했다.

'귀신 따위가 실제로 있을 리가 없는데.

여기 귀신 얘기는 내가 지어낸 건데.'

자신이 있을 리 없다고 믿어왔던 존재가 두 팔을 뻗어, 그녀의 머리를 붙잡았다.

자신의 머리를 붙잡는 차갑고 더러운 존재.

그리고 자신의 두 눈을 쳐다보는 검은 두 눈동자.

노인은 연신 "어? 어? 어?" 소리만 내다가, 그대로 귀신에게 강제로 끌려가, 벽장 천장 구멍 안으로 사라졌다.

"저거 조금 위험한 상황인 거 같은데?"

지혜가 주영의 옆으로 다가오며, 긴장한 모습으로 말했다.

수혁에게 제압되어 누워있던 춘식만 무슨 일이 일어난 건지 몰라서, 겁에 질린 목소리로 무슨 일 생긴 거냐고 물었지만, 수혁은 말없이 주영을 바라봤다.

이때 민규가 케이블 타이를 몇 개 가지고 올라와, 수혁에게 말을 걸었다.

"왜? 왜? 무슨 일이야?"

민규가 어리둥절해하며 물었지만, 수혁은 말없이 춘식의 제압을 풀면서, 민규에게 대신 맡기고는 자리에서 일어섰다.

그러자 민규는 자연스럽게 춘식의 제압을 대신 맡았고, 춘식의 두 팔에 케이블 타이를 감아 묶었다.

민규가 춘식에게 물었다.

"무슨 일 있었어요?"

"그게, 방금 무슨 발소리가 위에서 막 많이 나긴 하던데요. 저는 땅만 보고 있어서, 자세히는 잘⋯⋯."

"그래요? 그러면 이제 발목 묶을 테니까, 다리 나란히 하세요."

"저기, 저기요~, 선생님, 안 도망갈 거니까, 너무 꽉 조이지만 말아주세요."

"이 정도는 괜찮죠?"

"예, 예, 그 정도는 괜찮습니다."

춘식의 포박을 마친 민규는 일어서서, 방 안으로 들어갔다.

민규가 방 안으로 들어서자, 수혁이 작게 소곤거리며 민규에게 현재 상황에 대해 알려줬다.

이야기를 들은 민규의 얼굴이 굳어지며, 장난기 없는 진지한 표정이 지어졌다.

심각한 상황에 퇴마 인테리어 직원들 모두 벽장 앞에 서서, 노인이 귀신에게 끌려간 벽장 위 천장 구멍을 바라보며 고심하고 있었다.

"쟤들이 그 선생님을 죽일까?"

수혁이 걱정스러운 얼굴로 구멍을 바라보며 물었다.

인터넷에 떠도는 괴담에 의하면, 일단 최종적으론 사람을 해하는 게 맞지만, 이미 며칠 동안이나 수연이 인터넷 커뮤니티마다 괴담의 진실이라면서 헛소문이라는 걸 알리는 글들을 열심히 퍼뜨리고 있었다.

덕분에 이 괴담을 믿는 사람들의 숫자가 현격하게 줄어든 덕분인지, 귀신들은 매우 약해져 있었다.

어쩌면 사람을 해할 수 있는 수준의 힘은 벌써 다 잃어버렸을지도 모른다.

물론 그렇다고는 해도, 나이가 많은 노인이 귀신들과 밀접 접촉한 상태로 부정한 음기로부터 얼마나 버틸 수 있는지는 별개의 문제였다.

빨리 구해야 했다.

"문제는 위치가 좀 많이 불리하다는 건데."

주영이 중얼거렸다.

천장에서는 여전히 많은 수의 발소리가 들리고 있었다.

잘못했다가는 좁은 구멍을 통해 한 명씩 진입하다가, 동시에 달려드는 여러 귀신들에게 당할 수도 있었다.

"누가 먼저 갈래?"

주영의 물음에 남자들이 서로 눈치만 보는 가운데, 지혜가 한숨을 내쉬며 앞으로 먼저 나섰다.

"으이구, 내가 이런 겁쟁이들과 같이 일을 한다니."

지혜는 막힘없이 벽장으로 성큼성큼 다가가, 손전등 불빛도 없이 천장 구멍으로 상체를 내밀고 올라가기 시작했다.

그러자 천장 내부에서 들려오던 발소리들이 더욱 격렬해지기 시작했다.

마치 북을 두들기며 전투 전에 사기를 올리려는 것처럼 놈들은 필사적으로 발을 굴려댔다.

놈들의 분노 어린 포효가 곧이어 들려오고, 지혜와의 격전이 먼저 시작되고 있었다.

우당탕거리면서 나뒹구는 소리가 천장에서 들려오자, 다급히 주영이 앞으로 나섰다.

"이러다 죽겠어, 어서 가자!"

주영이 서둘러 벽장 천장에 난 구멍을 통해 다락으로 올라가고, 뒤이어 민규가 올라가고, 마지막으로 수혁이 따라갔다.

수혁이 구멍 위로 상체를 내밀고 손전등으로 내부를 먼저 비춰보자, 제일 먼저 정면에서 어린아이 모습의 귀신들과 맹렬히 싸우고 있는 민규의 모습이 눈에 들어왔다.

이어 그 앞에서 남자 귀신 둘을 상대하는 주영의 뒷모습이 보였다.

그리고 그런 주영에게 여자 귀신이 하나 더 가세하려 하고 있었다.

"X발!"

수혁은 서둘러 다락으로 올라와, 민규를 지나쳐 주영의 옆에

서서 싸우기 시작했다.

"기둥 조심해!"

싸우는 사이, 주영이 슬렛지 해머를 든 수혁에게 외쳤다.

"기둥에 부딪히지 않게! 알았지!"

"왜? 무너질까 봐 겁나?"

수혁이 웃으며 여자 귀신의 명치를 슬렛지 해머로 가격했다.

이어 주영도 자신에게 덤빈 남자 귀신 하나를 톤파로 가격하여 쓰러뜨렸다.

"아니, 공짜로 고쳐줘야 하는 게 무섭지!"

남은 남자 귀신 하나가 두 팔을 휘두른 걸 피하고, 주영이 귀신의 목 부분을 톤파로 후려쳐냈다.

주영이 한숨 돌리려는 찰나였다.

저쪽 어두운 곳에서 시끄럽게 발을 굴리는 소리가 여럿 들려왔다.

두두두두두두두두--!

귀신들 여럿이 주영과 수혁을 향해, 거미처럼 팔과 다리를 쩌억 벌리고, 머리를 이리저리 흔들며, 사족보행으로 시끄럽게 발소리를 내며 돌진해 오고 있었다.

"와-! 저건."

퇴마를 많이 해왔던 주영이지만, 눈앞에 보인 광경에는 혀를 내두를 수밖에 없었다.

"지혜야, 네 도움이 필요할 것 같다."

주영이 나지막하게 중얼거리며 톤파를 쥐었다. 옆에 있던 수혁도 긴장한 얼굴로 해머를 들어 올렸다.

그때, 귀신들이 달려오는 뒤쪽에서 지혜가 나타났다.

지혜는 사족보행으로 달려오는 귀신들의 뒤에서 쏜살같이 달려와, 맨 뒤에 있던 귀신 하나의 옆구리를 발로 차버렸고, 이어 그 앞에 있던 귀신 하나의 다리를 붙잡고는 자기 쪽으로 당긴 다음에, 그 몸에 올라타서 두 주먹으로 귀신을 구타하기 시작했다.

이렇게 되니 귀신들의 모양새가 사족보행으로 주영과 수혁을 향해 달려드는 게 아니라, 지혜에게서 허겁지겁 도망치고 있던 꼴이 되었다.

"우오오오!!"

귀신들이 지혜를 뒤로하고, 백지장 같은 얼굴로, 주영과 수혁을 향해 고함을 치며 달려들었다.

주영과 수혁은 안정적으로 몸의 균형을 유지하며, 달려드는 귀신들을 순차적으로 타격해서 제압해 갔다.

톤파와 해머가 바람을 가르며 붕붕 소릴 낼 때마다, 주영과 수혁의 양옆으로 귀신들이 나뒹굴며 쓰러져 갔다.

그 숫자가 여덟이 되었을 무렵, 더는 주영과 수혁을 향해 달려드는 귀신도, 그 앞에 서있는 귀신도 없었다.

"하아, 하아."

"후우!"

주영과 수혁 모두 거칠게 숨을 들이쉬고 내쉬며, 이마에 맺힌 땀을 닦았다.

이때, 뒤에서 어린아이 모습의 귀신들과 혼자서 맹렬히 싸웠던 민규가 하하 웃으며 둘에게 외쳤다.

"하하하! 보이냐, 나 혼자서 지금 몇 마리 상대했는지!"

둘이 돌아보니, 민규 주변에는 여자아이 귀신 둘에 남자아이 귀신 넷이 쓰러져 있었다.

자칫 잘못 보면 이상한 풍경이었지만, 귀신은 외형과 상관이 없는 존재이니 민규의 자랑이 잘못된 것은 아니었다.

"야."

수혁이 이마에 땀을 닦으며 민규의 대각선 뒤를 가리켰다.

"아직 하나 남았잖아."

"응?"

무심코 뒤를 본 민규의 눈앞에 어린 남자아이의 모습을 한 귀신이 목과 팔, 다리를 엿가락처럼 쭈욱 길게 만든 다음, 민규보다도 키가 큰 상태로 서있었다.

귀신은 입이 귀에 걸릴 정도로 씨익 웃고 있었다.

"씨X, 깜짝이야!"

뒤를 돌아본 민규가 화들짝 놀라, 욕지거리를 내뱉으며 반사적으로 삼단봉을 휘둘렀다.

뻐억!

거기에 다리를 맞은 귀신은 큰 나무가 쓰러지듯이 바닥에 고꾸라지며 쓰러졌다.

이어 민규는 그 귀신 옆으로 다가가서 욕을 하며, 삼단봉으로 머리를 마구 때리기 시작했다.

"너 때문에, 놀라, 죽는 줄, 알았, 잖아!"

민규가 남은 귀신 하나도 제압하자, 그제야 주영과 수혁은 안도의 한숨을 내쉬며 살짝 웃을 수 있었다.

"잠깐만, 이럴 때가 아니지."

주영이 미소를 지우고, 황급히 손전등을 들고 다락 내부를 이리저리 둘러보며 비추기 시작했다.

그러자 수혁이 어리둥절해하는 얼굴로 주영을 바라봤다.

"뭐 해?"

"뭐하긴 그 선생님 찾아야지."

주영이 말하자, 그제야 수혁도 생각난 듯이 짧게 "아!" 하는 감탄사를 내뱉고는, 손전등을 들고 좀 더 안쪽으로 이동했다.

그때, 지혜가 어둠 속에서 천장 내부 구석에 쓰러져 있는 노인을 발견하고 외쳤다.

"찾았어, 여기야! 여기!"

"저기! 저기!"

곧이어 수혁이 손전등으로 노인을 비추고는 주영과 민규를 불렀다.

주영과 민규는 서둘러, 노인이 있는 곳으로 향했다.

"돌아가신 건 아니지?"

민규가 심각한 얼굴로 묻자, 수혁이 얼굴을 찡그리며 짜증을 먼저 냈다.

"그런 소리 하지 마."

"숨 쉬고 계셔."

주영이 노인의 코에 손가락을 갖다 대보고는 친구들에게 말했다.

"그래도 귀신들이랑 너무 오래 접촉하는 바람에 상태가 좋은 건 아니야, 수혁아, 수연이 보고 모포랑 손난로 좀 준비해 놓으라고 하고, 일단 이분 좀 모시고 나가자."

"그래."

주영의 말에 수혁은 무전을 통해 수연에게 연락했고, 주영과 민규는 쓰러진 노인을 같이 들고 일어서기로 했다.

주영은 어깨를, 민규는 다리를 붙들고 천천히 움직였다.

"조심, 조심, 너무 팍 움직이면 이분이 다치실 수 있어."

"알았어."

주영의 당부에 민규가 다리를 너무 세게 잡지 않도록 주의하며 걸음을 옮기기 시작했다.

주영도 민규와 보폭을 맞춰 따라 움직였다.

"어~, 발 조심, 발 조심."

주영이 말했다.

"민규야, 머리 천장, 조심."

"거참, 조심하는 것도 많네, 진짜."

"어, 말조심."

"응, 너나 조심."

다락 입구까지 노인을 들고 도착한 두 사람은 천천히 노인은 옆에 내려놓았다.

민규가 먼저 내려가고, 주영이 위에서 노인을 신중하게 내려보냈다. 그러자 민규가 아래서 받아 벽장 앞에 일단 눕혔다.

"나도 내려갈까?"

수혁이 다락 입구까지 따라와서 주영에게 물었다.

주영은 다락 입구에 다리만 내려놓고, 걸터앉아 수혁에게 말했다.

"아니, 여기서 정신 차리고 도망치려는 놈들 좀 지키고 있어, 나는 밴에서 봉인함이랑 마대 좀 가지고 올게."

"어? 어, 그래. 빨리 와라."

그렇게 주영이 내려간 뒤, 수혁은 코까지 올려서 쓰고 있던 두건을 다시 한번 고쳐 썼다.

그리고는 주변을 손전등으로 비춰보며 한숨을 한 번 내쉬었다.

귀신들 대부분이 바닥에 쓰러져 미동도 없었고, 일부는 모습이 희미해지며 사라지려 하고 있었다.

"뭐부터 해야 하나."

수혁이 막막해하며 고민을 하는 사이, 그 모습을 지켜보고 있던 지혜가 허리춤에 손을 올리고는 먼저 말했다.

"수혁아, 일단 난 저기 저놈 잡고 있을게."

지혜가 고갯짓으로 다락의 한쪽 구석을 가리켰다.

그쪽에는 남자 귀신 하나가 벽 쪽으로 기어들어 가 숨으려 하고 있었는데, 벌써 상체는 거의 다 벽에 집어넣은 상태였다.

이에 지혜가 사뿐사뿐 그쪽으로 뛰어가 귀신의 두 다리를 붙잡아 벽에서 끌어낸 뒤, 귀신의 몸에 올라타, 두 주먹으로 귀신의 얼굴을 연타했다.

퍽퍽 소리가 날 때마다 귀신이 두 손으로 지혜를 막으려고 저

항했지만, 맞을 때마다 저항은 약해졌고, 이내 미동도 하지 않게
되었다.

그 모습을 손전등으로 비춰본 수혁은 고개를 옆으로 기울이
며, 한심하게 쳐다보고 있었다.

X

민규는 노인을 밴으로 데려가, 모포를 깐 바닥에 눕히고, 겨드
랑이와 다리 사이에 수연이 미리 준비해 놓은 손난로를 끼워 넣
었다. 이어 모포 한 장을 더 노인에게 덮어줬다.

거기에 더해 수연은 밴의 있는 컴퓨터 스피커로 잔잔한 찬송
가를 작게 틀었다.

노인은 귀신을 가까이에서 만나고 그 소리까지 들었으니, 정
신적인 피해가 큰 상태였다. 그러니 조금이라도 그 부정한 기운
을 없애기 위해 도움이 될 음악이 필요했다.

그래도 노인의 상태를 보아 정신을 차리려면 꽤 시간이 걸릴
것 같았다.

"이제 어떻게 할래?"

민규가 허둥지둥 서둘러 봉인함과 마대를 챙기고 있던 주영에
게 물었다.

"뭐를?"

"경찰에 신고, 이분 정신 차리면 할까? 아니면 지금 바로 할까?"

민규의 물음에 주영은 품에 봉인함과 마대를 한가득 안은 채

로 잠시 고민하다가, 입을 열었다.

"일단 위에 귀신들 치우는 게 급선무니까, 그거하고 하자. 경찰 오면 참고인 진술이니 뭐니 그런 거 하면서 일 못 하게 될 거야."

"그런가?"

"주영 오빠, 그보다 이 할머니 귀신 본 거야?"

주영과 민규의 대화를 듣고 있던 수연이 팔짱을 끼고 물어왔다.

민규는 어깨를 으쓱이며 모른다는 제스처를 취했고, 주영이 고개를 끄덕이며 수연에게 답했다.

"어, 봤지."

"그러면 안 되지 않아? 이 분은 그러면 여기에 귀신이 나온다고 믿을 거 아니야. 자기가 직접 봤으니까…… 그러면 퇴마가 안 되는데?"

"그렇……지?"

주영과 민규가 그제야 또 다른 난관에 봉착했음을 깨닫고, 잠시 동안 골똘히 생각에 잠겼다.

그런 두 사람을 보고 수연이 씨익 미소를 지으며, 제안을 하나 했다.

"내가 생각을 하나 해둔 게 있는데, 들어볼래?"

X

춘식은 혼자 2층 복도 바닥에 포박당한 채로 엎드려 누운 상태로 있었다.

자신이 모시는 사장님이 방금 전 남자들에게 업혀서 나가는 걸 본 이후로 상황이 어찌 돌아가는 건지 몰라, 춘식은 혼란해하고 있었다.

그러는 동안에도 천장 위에서는 이따금씩 쿵쿵거리는 소리가 들려오고 있었다.

아직 이 집 다락에 누군가 있는 것 같았다.

'아씨, 진짜 나도 모르겠다, 어쩌다 이런 일에 휘말려 가지고……. 망할 노인네 때문에.'

춘식 자신은, 모시는 사장님이 시켜서 어쩔 수 없이 한 거니까, 자신은 아예 처벌을 받지 않거나, 끽해야 약간의 벌금 따위나 낼 거라 생각했다.

그런데 막상 또 그렇게 생각하니, 자신이 이렇게 포박당한 상태로 바닥에 누워있는 상황이 조금 부당하게 느껴져서, 점점 화가 나기 시작했다.

때마침, 주영과 민규가 큰 발소리를 내며, 성큼성큼 당당하게 2층으로 올라왔다.

춘식은 처음과 달리 약간 격앙된 목소리로 두 사람을 향해 외쳤다.

"이보세요, 선생님들! 생각해 보니까, 이건 좀 심한 거 아닙니까? 당신들이 경찰도 아니고 말이야. 남의 집에 함부로 들어왔다는 이유만으로 이렇게 사람을 묶어서 찬 바닥에 놔둬도 되는 겁니까?"

주영과 민규는 그런 춘식에게 대꾸하지 않고, 그대로 지나쳐 안쪽 방으로 발길을 향했다.

"풀어줘! 이놈들아!"

춘식이 씩씩거리며 외쳤지만, 두 사람은 방으로 들어가 춘식의 시야에서 사라졌다.

"이런 나쁜 놈들, 어른이 말하는데 말이야, 대답도 안 해? 내가 나이가 몇 살인데, 너희 아버지보다도 내가 더 나이 많을 거다, 이놈들아!"

춘식이 중얼거리며 욕지거리를 내뱉는 동안, 천장 너머 다락에서 또다시 쿵쿵거리는 소리가 들려왔다.

이 밤중에 저 인간들은 대체 뭘 하는 건지 춘식은 알 수 없었지만, 그런 것보단 자신이 부당하게 묶여있다는 생각에, 나중에 경찰이 오면 가만두지 않겠다고 생각했다.

"됐다, 내가 먼저 내려갈게."

안쪽 방에서 남자들 중 한 명의 목소리가 춘식에게 들려왔다.

춘식은 자신을 당장 풀어달라고 따지기 위해, 머리로 땅을 짚고 몸을 꿈틀대며 움직여 방 쪽으로 시선을 돌렸다.

"민규야, 이제 내려."

주영이 벽장 안쪽에서 다락 입구를 바라보며 말했다.

그 모습을 보며 춘식이 입을 열었다.

"이봐! 당신 말이야! 당장……!"

"받을 게, 하나, 둘!"

주영이 다락 입구로 두 팔을 벌리자, 입구에서 축 늘어진 남자가 내려왔다.

화가 잔뜩 나있던 춘식조차도 그 남자의 등장에 깜짝 놀라, 순간적으로 말이 멎고 말았다.

춘식은 곧바로 그 남자를 알아보았다.

원래 이 집에 살다가, 회사 자금을 갖고 잠적했던 그.

주옥 패션의 사장이었다.

집 앞에 붙어있던 전단지를 통해 보았던 그 인물이 틀림없었다.

'아니, 이 사람이 왜 집 천장 다락에서 나오는 거지?'

춘식이 의문에 잠겨 어안이 벙벙해진 사이, 주영은 그 남자를 질질 끌고 춘식의 옆으로 다가왔다.

그리고는 춘식에게 넌지시 물었다.

"당신, 이 사람들과 한패야?"

"뭐, 뭐?"

"이 사람들 여기 숨어서 지내는 거 당신들이 알고, 보호해 주려고 제사상 차린다는 핑계로 음식 갖다 준 거 아니냐고."

"아, 아니에요! 선생님, 그건 진짜 아닙니다!"

방금 전까지 기세가 등등하던 춘식은 상황이 이상하게 돌아가는 걸 감지하고, 곧바로 태도를 바꾸었다.

주영은 그런 춘식을 미심쩍어하는 눈으로 내려다보며 말했다.

"당신, 경찰 오면 그때 다시 얘기해."

주영이 이윽고 남자를 질질 끌고 춘식을 지나가고, 이어서 민규가 그 남자의 부인까지 질질 끌고 나왔다.

춘식의 옆을 지나가자, 부인 형상의 모습을 한 귀신이 입을 쩌억 벌리고 목을 길게 늘어뜨리며 저항하기 시작했지만, 민규는 곧바로 허리춤에서 삼단봉을 꺼내 귀신의 머리를 가격했다.

머리를 맞은 귀신은 맥없이 축 늘어졌고, 민규는 조용히 귀신을 끌고 밑으로 내려갔다.

이어 다시 올라온 주영이 남자아이 모습의 귀신도 하나를 끌고 내려와, 춘식이 보는 앞에서 1층으로 내려갔다.

마무리로 주영과 민규는 끌고 내려온 귀신들을 마대에 담아 봉인함에 집어넣으며, 2층 복도에 있는 춘식에게 들릴 정도의 큰소리로 외치기 시작했다.

"야, 야! 똑바로 묶어야지!"

"너나 좀 똑바로 해 봐! 풀리잖아, 이거!"

"어, 어어? 야, 저항한다, 여기 붙잡아!"

"야, 도망간다! 도망가잖아! 잡아! 잡아!"

주영과 민규가 크게 외치며, 현관으로 봉인함을 들고 나갔다.

그런 걸 알 리가 없는 춘식은 대체 이게 어떻게 돌아가고 있는 상황인가 싶어서 머리를 굴리며 상황을 나름 정리해 보려 애쓰고 있었다.

'뭐야, 그러니까 돈 가지고 도망갔다던 인간들이, 사실은 여태 여기 숨어있었고, 그런 줄도 모르고 사장님은 여기에 귀신이 산다고 소문을 냈다……. 그리고 사람들이 여기서 진짜로 귀신을 봤다고 하던 게, 결국은 전부 저 인간들이었다?'

춘식이 기가 막혀 하고 있는 사이, 주영과 민규는 다시 올라와서, 서로를 탓하며 안쪽 방으로 이동했다.

"네가 잘 잡았어야지, 도망쳤잖아."

"아니, 처음에 네가 잘 묶었어야지, 그걸 날 탓 하냐?"

"아, 진짜……. 셋 다 도망가 버려서 어쩌지?"

"뭘 어째, 경찰에 맡겨야지."

춘식에게 자신들의 대화가 또박또박 잘 들리도록, 주영과 민규는 일부러 목소리를 평소보다 크게 말했다.

물론 춘식은 그런 둘의 의도는 전혀 눈치채지 못하고, 그저 경찰들이 와서 이것저것 물었을 때 어떻게 대답을 해야 오해를 사지 않고 자신은 이 일에서 빠질 수 있는가만 생각했다.

그리고 그 생각의 바탕에는 [이 집엔 돈을 갖고 도망갔다던 가족들이 숨어서 지내고 있었다.]는 잘못된 정보가 사실로 둔갑되어 있었다.

그 사이, 퇴마 인테리어 직원들이 차례차례 다락에서 귀신들을 봉인함에 담아 밑으로 날랐고, 그렇게 귀신들을 모두 처리하고 나서, 얼마 지나지 않아, 주영은 경찰에 신고 전화를 했고, 이어 집주인인 방석호 사장에게도 연락했다.

그렇게 한 노인의 욕심으로 인한 부자동네의 '사유지 불법침입 및 기물파손 사건'은 형사소송은 물론 민사소송까지 이어지며 며칠간 떠들썩한 일이 되었다.

무엇보다 이 일과 관련하여 돈을 갖고 도망간 줄 알았던 주옥 대표와 그의 일가족이, 사실은 집 다락에 숨어 지내다 적발되어 다시 도망갔다는 얘기가 세간의 화제가 되었다.

덕분에 그간 인터넷에 떠돌던 괴담은 순식간에 사그라졌다.

그보다 더 놀라운 진실이라며, 주옥 패션 대표의 은둔 생활과도주가 주목받기 시작했으니까.

수연의 계략이 보기 좋게 먹힌 것이다.

어딘가에 있을 진짜 주옥의 대표와 그 일가족이 해당 뉴스를 보면 황당해하겠지만, 어차피 도망 다니는 신분이기에 반박할 수도 없다.

거기에 신분이 확실한 목격자도 있겠다.

집에 붙어있던 귀신 소문은 그보다 더 흥미로운 이야기로 완전히 가려졌다.

잘못된 소문을 이용해서 권세를 가지려고, 소문 속 사람의 모습을 흉내 냈던 귀신들이, 그 흉내 때문에 반대로 모든 자리를 잃게 된 것이다.

친오빠인 수혁을 포함해 다른 직원들 모두 수연의 비상한 머리에는 감탄하지 않을 수 없었다.

퇴마 인테리어

♜

그렇게 방석호 부동산 사장의 성북구 단독주택 퇴마 의뢰를
마치고, 며칠 뒤.

주영은 경기도 이천시에 위치한 한 상가 가발업체 퇴마 의뢰
견적을 본 뒤, 서울로 복귀하고 있었다.

수연이 밴의 운전대를 잡고 몰고 있었고, 주영은 보조석에 앉
아있었다.

수혁과 민규는 개인용무가 있어서 이번 견적방문에는 참가하
지 않았다.

두 사람 다 피곤해서 별 대화 없이 가만히 있는 찰나에 휴대
전화 벨소리가 차내에서 울렸다.

주영이 자신의 상의 조끼 주머니에서 전화기를 꺼냈다.

꺼내서 보니, 전화기 화면에는 [방석호 부동산 사장님]이라고
표시되고 있었다.

"예, 사장님."

주영이 피곤한 티 없이 상냥한 목소리로 전화를 받았다.

"네, 아아, 소개해 주신 분 의뢰, 방금 견적보고 오는 길입니
다. ……네, 걱정 마십시오."

주영이 웃으며 말하고는 잠시 아무 말 없이 상대방의 목소리
만 듣고 있었다.

"네? 바로요? 그게 지금 아직 작업 방향도 정해지지 않은 상
태라 일단 견적으로……."

뭔가 안 좋은 일이 생긴 건가 싶어서 수연이 운전하면서 힐끔
주영 쪽을 쳐다봤지만, 그렇다고 해서 주영의 표정이 나쁜 건
또 아니었다.

주영이 하하 웃으며 말했다.

"……일단은 제가 사무실로 가서 직원들하고 가장 효과적인
방법이 뭔지 의논을 해봐야 하거든요? 앞전에 사장님이 주셨던
의뢰는 저희가 사전에 준비를 해서 바로 했던 거지만, 이번 의
뢰는 저희도 사전에 정보가 전혀 없어서요."

방 사장이 수화기 너머로 뭐라 뭐라 말하는 소리가 들리고, 이
에 주영은 방 사장이 볼 수도 없음에도 연신 고개를 끄덕거리며
싱글벙글거렸다.

"네, 네, 그러면 일단 거기 사장님께서도 동의하신 걸로 보고,
일단 퇴마 방향 정해지는 대로 자재 발주 진행하고, 바로 들어

가도록 하겠습니다. 예, 감사합니다. 고생하십시오."

주영이 통화를 마치고 휴대전화를 주머니에 넣자마자, 궁금증을 참지 못한 수연이 고개를 돌려 주영에게 물었다.

"뭐야, 뭔데?"

"야, 앞에 봐, 앞에, 사고 나겠다."

언제 싱글벙글했냐는 듯이 주영이 능청스럽게 무덤덤한 얼굴을 하고는, 손으로 차량 전방을 가리켰다.

이에 수연이 짜증을 내며 쏘아대듯이 말했다.

"아! 뭐라 그러는데, 빨리 말해봐. 작업하래?"

"어, 뭐, 그렇지."

"겨우 그거 하나로 그렇게 좋아한 건 아니잖아, 뭔데?"

수연이 추궁하는데도 주영이 실실 웃기만 하며 대답에 자꾸 뜸을 들이자, 참다못한 수연이 잠시 핸들을 이리저리 꺾어서 차가 좌우로 요동치게 만들었다.

"아, 알았어! 말할게. 말한다고."

주영이 기겁하며 수연을 진정시켰다.

"견적서랑 작업 예상비용 안내 그런 거 없어도 된다고, 그냥 우리 믿고 맡긴다고 비용 상관없이 저번처럼 깔끔하게 해결해 달라고 하셨어. 돈은 나중에 달라는 만큼 준다고."

"뭐야, 그러면 좀……."

수연이 골똘히 생각하더니, 이내 음흉한 미소를 그렸다.

"……마진 좀 챙겨도 되겠네?"

"야, 야, 내가 웃은 건 말이야, 저번에 그렇게 우리를 못 믿어

하시던 분이 이젠 그냥 믿고 맡긴다고, 이제는 액수도 상관없다 하시니까, 기분이 좋아서 웃은 거야. 그러니까 공사비 크게 부풀 릴 생각은 하지 마."

"왜에에에? 거의 백지 수표 하나 생긴 건데."

"믿고 맡긴다고 할 때 잘해드려야지. 몇만 원 더 받으려다가 거래처 하나 날아가면 장기적으로는 우리 손해잖아."

"그래도 아까 상가 관리사무소에 소장 아저씨는 자기 몫 좀 챙겨주길 바라는 눈치던데?"

"그 배 나온 아저씨? 그 아저씨가 뭐라 그랬는데?"

"자기는 관리비로 주간 근무비용만 받는데, 우리가 야간에 작 업하면, 자기도 야간에 어쩔 수 없이 남아야 한다고. 그런데 관 리비에 추가 근무한 만큼 세입자들보고 더 달라고 할 수도 없고 어떻게 해야 할지 참 난감하다. 그러던데?"

"그래서?"

"그래서는 뭐가 그래서야, 우리보고 자기 몫 좀 달라는 거잖 아."

"야, 그런 아저씨는 그냥 무시해도 돼."

주영이 코웃음을 치며 팔짱을 끼고, 보조석 머리 받침대에 머 리를 푹 기댔다.

"야간에 자기가 왜 필요하다고 남아? 우리랑 상관도 없는데."

"아니지. 저런 인간들이 맘 상하면 괜히 우리 작업할 때 방해 한다니까, 무슨 법이 저래서 하면 안 되니, 이래서 하면 안 되 니……. 예전에 우리 귀신 나온다는 오피스텔 퇴마하러 갔을 때

기억 안 나?"

"야, 거기는 경비원이었고."

"요구하는 건 똑같았지. 어차피 공사에 들어가는 돈은 건물주가 내는 거니까, 거기에 자기 몫 조금만 얹어서 달라 그러는 거잖아."

수연이 열변을 토하며 말하자, 주영은 불편해하는 얼굴로 수연을 바라보며 물었다.

"그래서, 얼마를 더 부풀리려고?"

"그 아저씨는 한 10만 원만 챙겨주면 되지 않을까 싶은데? 우리 몫으로 한 160만 원 더 받고."

"160?"

"그렇지, 한 사람당 40."

"그러면 도합 170만 원인데, 너무 많이 떼는 건 아니야?"

"걱정되면 오빠 몫은 빼줄게."

수연이 당당하게 말하자, 주영이 기가 막혀 하며 헛웃음을 지었다.

"야, 너는 참."

"어쩌겠습니까, 사장님, 끼실래요? 빠지실래요?"

수연이 재촉하듯이 말하자, 주영은 두 손을 살짝 들고는 한숨을 내쉬었다.

"항복이다, 나도 낀다. 됐지?"

"솔직하니까 좋잖아요, 사장님."

"이럴 때만 사장이야, 그래서 티 안 나게 계산서 만들 자신은 있고?"

"뭐래, 하루에 작업 두 명이서 한 다음, 세 명 들어갔다고 쓰면 되지."

수연이 의기양양하게 말했다.

그런 수연의 행동에 주영은 혀를 내두르며 고개를 내저었다.

"이야, 넌 진짜 대단하다. 돈 관련되면 머리가 아주 비상하다니까."

"돈, 아, 니, 어, 도 비상하거든요. 내가 우리 회사에서 제일 똑똑하니까 회계업무를 보고 있는 거지."

"그래, 그래, 네 말이 맞다."

"말 나온 김에, 대충 봤을 때 작업은 며칠짜리 같아?"

"일단 수혁이랑 민규랑 다 같이 얘기해 봐야 알겠는데, 저번처럼 그렇게 길게 가야 할 건 아니야. 건물 자체가 상가라서 공용구역 인테리어 말고는 딱히 손댈 곳은 없어 보이고. 길어야 2~3일이겠다."

"4일 이상으로 잡아. 그래야 인건비 벌어."

"알았어, 알았어, 일단 사무실에 가서, 그때 다 같이 있을 때 다시 얘기하자. 오케이?"

"……."

주영이 웃으며 말했지만, 수연은 뭔가 미심쩍어하는 얼굴로 주영을 스윽 한 번 쳐다보고는 뚱한 얼굴로 다시 운전에 집중했다.

이에 주영이

"어쭈?"

라고 말하고는, 왼손 검지로 수연의 뺨을 콕 찔렀다.

"오케이야, 아니야? 대답 안 해?"

"아, 하지 마."

수연이 짜증을 냈지만, 주영은 멈추지 않았고, 이에 결국 수연이

"……오케이."

라고 마지못해 뚱하게 대답하며, 주영의 장난은 끝났다.

마진을 크게 부풀릴 수 있는 기회이니, 돈을 좀 더 챙기고 싶은 수연 입장에서는 확실하게 마진을 얼마 받자고 결론이 나는 게 좋았다.

이러니저러니 해도 결국 주영이 대표이기 때문에, 결국은 주영의 의사대로 갈 수밖에 없었고, 주영은 기회가 생겨 수연이 마진을 아무리 부풀려 놔도, 절대 10만 원 이상으로 하게 놔두질 않았다.

심지어는 수연이 만든 견적서로 나간 금액에서 주영이 독단적으로 고객에게 얼마를 깎아서 입금하면 된다고 하는 바람에, 회사 계좌로 입금된 금액을 확인하고, 수연이 크게 화를 낸 적도 있었다.

친오빠인 수혁과 함께 퇴마 인테리어에서 일하고 있는 수연 입장에서는 기회가 있을 때 좀 더 벌고 싶은 마음이 간절한데, 주영은 그러지 않아 그게 좀 불만이었다.

그래서 얘기를 뒤로 미루는 주영의 행동이, 수연은 영 믿음이 가질 않았다.

하지만 회사의 운영을 위해 장기적으로 바라보는 주영 입장에

서는 공사비에 회사 이익 5%가 이미 붙어서 계산되기에 그 이상으로 괜한 욕심을 부릴 이유가 없었다. 오히려 고객에게 너무 비싸다는 느낌만을 줄 수도 있었기에 괜한 부풀리기는 피하고 싶었다.

그렇다고 직원들이 기회가 있을 때마다 돈을 더 벌고 싶어 하는 마음을 이해하지 못하는 건 아니었다.

수혁과 수연은 오랫동안 알고 지냈던 지인들이기에 함께 이 일을 해주고 있었지만, 어디까지나 퇴마 인테리어는 주영의 사업이지, 남매의 사업이 아니었다.

남매도 결국에는 직원이고, 자신들 각자가 그리는 꿈이 따로 있으니까.

그걸 위해서 돈을 모으고 있으니, 당연히 단기적으로 빨리 한 푼이라도 더 벌려고 하는 마음이 큰 것이다.

다만, 그렇다고 견적 부풀리기를 허용하자니 대표 입장에선 그럴 수 없었고.

또, 딱 잘라 금지시키기엔, 수혁과 수연, 둘과의 우정도 주영에겐 소중해서, 그렇게 할 수도 없었다.

그래서 주영은 수연의 요구에 맞장구는 치면서, 적당한 선을 지키도록 조율하고 있었다.

"일단 일거리 들어왔으니까, 축하도 할 겸 다 같이 사무실에서 음식 배달시켜서 먹자. 뭐 먹을래?"

주영이 분위기를 전환하고자 다른 얘기를 꺼냈다.

수연이 한숨을 한 번 내쉬고는 머리를 쓸어 넘기며, 얘기에 맞취췄다.

"치킨은 최근에 자주 먹었으니까, 족발이나 보쌈 시켜먹자."

"근처 온족발 괜찮게 하는 데 있었는데, 거기 이름 뭐더라?"

"두 달 전에 시켜먹은 곳 말하는 거지? 설레는 왕족발, 거기 세트 5인에서 6인 세트 시키면 다들 충분히 먹을 거야."

"설레는 왕족발."

수연이 말하는 가게 이름을 알려주자, 주영이 휴대전화를 꺼내 인터넷 검색을 통해 가게 연락처를 찾았다.

휴대전화로 가게 연락처 번호를 누르며, 주영이 혼잣말하듯이 말했다.

"포장 주문해 놓고, 들어가면서 가지고 가면 되겠다."

"그러면 지금 전화하면 안 되고, 조금 있다가 해."

수연이 운전을 하면서 가볍게 지적했고, 그 말을 듣자마자 주영은 바로 동작을 멈추고 휴대전화를 다시 조끼 주머니에 넣었다.

"어, 그래야겠다."

의자에 몸을 푹 기대며 주영은 곧바로 눈을 감았다.

"나, 잔다. 한 10분 남으면 깨워줘, 가게 주문하게."

"어."

수연은 무덤덤하게 대답하고, 계속 운전에만 집중했다.

그렇게 서울 시내에 진입할 때까지 밴 안에서는 한동안 차량 엔진 소음만 들렸다.

X

퇴마 인테리어의 사무실은 서울 성북구 정릉동에 위치했는데, 지하철역에서 한 15분 정도 걸어가면 나오는 작은 교회 옆에 2층짜리 오래된 건물 하나를 통으로 쓰고 있었다.

건물 외벽은 적벽돌로 지어져 있었고, 인도가 없는 차도와 건물이 밀접하게 맞닿아 있었다.

건물을 차도에 서서 정면으로 바라봤을 때, 건물의 좌편으로 2층으로 올라가는 외부계단이 따로 있고, 1층 출입문은 그 외부계단 옆, 건물 정면에서 살짝 좌측에 유리문으로 되어있었다.

1층 출입문 옆으로는 큰 방범 셔터가 내려져 있었는데, 평소에는 항상 닫아놓고, 퇴마 인테리어의 밴이 나갔다 들어오고 할 때만 잠깐잠깐 올렸다. 그리고 그 셔터문 위로 '퇴마 인테리어'라고 간단명료하게 적혀있는 간판이 하나 붙어있었고, 그 위로 네모난 2층 창문 네 개가 마치 간판 위로 고개를 내민 것처럼 있었다.

1층은 차고 겸 작업실로 평소에는 밴을 주차해 두거나, 공구를 이용해 퇴마 도구를 만들어 보관하는 장소로 쓰이고 있으며, 2층은 사무실로, 1층 바깥에 있는 계단으로 올라가면, 2층에 낡은 철문 위로 작게 사무실이라고 적힌 명패가 붙어있었다.

계단은 그대로 건물 옥상까지 이어지는데, 옥상에는 정체 모를 식물이 심어진 작은 화분 몇 개와 목재로 된 평상이 복판에 있었고, 한쪽 구석에는 통세탁기와 목장갑이 여럿 널린 건조대

하나가 있었으며, 옥상 건물 뒤쪽 난간 끝에 접시 모양의 케이블TV 안테나가 설치되어 있었다.

이처럼 1층부터 옥상까지 건물 하나를 통째로 퇴마 인테리어에서 자유롭게 쓰고 있었는데, 처음 창업할 때부터 지금까지 이렇게 사용하고 있었다.

그게 가능했던 이유는 바로 옆에 있는 교회에 비밀이 있었는데, 해당 교회는 주영의 부모님이 목회자로 일하고 있는 교회로, 퇴마 인테리어가 영업하고 있는 건물 또한 부모님 소유의 건물이었다.

원래는 교회부지 확장을 위해 매입한 건물이었으나, 주영이 창업하고 사업이 자리를 잡을 때까지만 이용하게 해달라고 부모님께 부탁해서, 그렇게 양보를 받은 게 지금까지 이어지고 있었다.

그렇다고 아예 돈을 받지 않는 건 아니었다.

주영은 십일조로 매월 회사 순이익의 10%를 교회에 헌금하고 있었다.

뿐만 아니라 교회부지 매입을 위해 구입했던 건물이니만큼, 교회 교인들 집의 설비 보수가 필요하거나 가구 수리 등이 필요할 때는 무보수로 해주고 있었다.

물론 어디까지나 회사의 대표인 주영의 입장에서만 무보수일 뿐, 직원들은 그때마다 회사에서 돈을 건수대로 받고 있으니, 교회도, 직원도, 대표도, 아무도 불만을 갖지 않았다.

"예, 아버지."

주영이 밴의 보조석에서 전화를 받았다.

사무실로 돌아오기 전, 족발집에 들러, 미리 포장 주문을 했던 족발을 가지고 오는 길이었다.

"어-, 지금 마침 교회 근처에 거의 다 왔어요."

주영이 차창 밖 거리를 둘러보며 말했다.

"예, 예."

주영이 대답을 마치고, 전화를 끊었다.

이어 옆에서 운전 중이던 수연에게 주영이 말했다.

"수연아, 이거 족발, 네가 가지고 먼저 들어가. 나는 교회 주방 싱크대에서 물이 샌다고 하니까 그것 좀 보고 들어갈게."

"어."

수연이 대답하자, 주영은 부스럭부스럭 족발이 담긴 비닐봉지를 챙겨, 보조석 앞 대시보드 위에 올려두고, 안전벨트를 풀었다.

밴이 교회 앞에 서자, 주영이 말없이 차에서 내렸고, 수연은 작은 리모컨을 하나 꺼내 퇴마 인테리어 건물 1층의 방범 셔터를 향하고 버튼을 눌렀다.

우웅-

측- 측- 측-

방범 셔터가 듣기 싫은 소음을 내며 위로 올라가고, 차고에 밴을 주차할 공간이 드러났다.

수연은 밴을 천천히 몰아 주차공간에 넣고, 다시 방범 셔터 쪽을 겨누며 리모컨을 눌렀다.

방범 셔터가 내려가 닫히자, 차고 내부는 곧 깜깜해졌다.

하지만 방범 셔터의 틈새로 빛이 조금 새어 들어오고 있었기에, 딱히 불을 켜지 않아도 사물을 분간할 정도의 시야는 확보할 수 있었다.

대시보드 위에 족발을 챙겨 차에서 내린 수연은 밴의 문을 닫고, 1층 출입문을 통해 밖으로 나가려고 발걸음을 옮겼다.

1층 출입문은 상시 열어두고 있기 때문에 그대로 나가면 됐는데.

쿵-

차고 안쪽에 공구 진열대 쪽에서 무언가 떨어지는 소리가 났다.

걸음을 멈춘 수연은 주차된 밴의 앞으로 돌아가서, 차고 내 공구 진열대 쪽을 살펴봤다.

불을 켜지 않아서 정확히 살펴볼 수 없었지만, 벽에 걸린 공구들이나 진열대에 놓인 공구들 가운데 바닥에 떨어진 건 없어 보였다.

보편적인 사람이라면 그냥 그런가 보다 하고 넘어가도 될 상황이었지만, 수연은 직업상 이런 현상을 일으키는 것들을 많이 접했기에 경계를 하지 않을 수 없었다.

"어떤 놈이 따라붙기라도 했나? ……뒤질라고."

입술을 삐죽 내밀고 투덜거린 수연은 다시 발걸음을 옮겼고, 1층 출입문을 열고 밖으로 나갔다.

"……."

아무도 없는 차고.

조금 전까지 수연이 둘러봤던 공구 진열대 쪽, 어두운 그늘에서 누군가 조용히 앞으로 걸어 나왔다.

방범 셔터 사이로 들어오는 미세한 빛 덕분에 그 사람의 모습은 더욱 또렷해졌다.

"하핫."

기분 좋은 미소를 지으며, 젊은 동양인 남성이 웃었다.

남자는 세련된 하얀 양복 정장을 입고 있었다.

안에 입은 셔츠만 검은색이었고, 나머지 넥타이와 구두까지 흰색으로 통일한 남자는 그 얼굴의 피부도 백옥같이 빛났으며, 누구나 인정할 미인이었다.

"말을 참 귀엽게 하네."

남자는 양쪽 바지 주머니에 두 손을 각기 집어넣으며, 수연이 나간 출입문을 바라봤다.

벽 너머에서 수연이 2층으로 올라가는 계단을 한 걸음, 한 걸음 밟으며 올라갈 때마다, 남자의 시선도 따라 올라갔다. 이윽고 수연이 사무실 문을 열고 안으로 들어갔음에도 남자의 시선은 수연의 위치를 따라 계속 움직였다.

2층 사무실은 문을 기점으로 좌측에는 낡은 캐비닛 네 개와 나무 책장 하나가 벽 한쪽을 꽉 채우고 있었고, 사무실 중앙에는 낮은 탁자 하나가 있었으며, 그 탁자의 3면을 둘러 각기 다른 브랜드의 3인용 소파가 놓여있었다.

문과 마주 보는 벽 쪽에는 퇴마 인테리어의 대표인 주영의 사무용 책상과 가죽의자, 컴퓨터가 놓여있었고, 사무실 우측 창가 쪽에는 수연이 혼자서 쓰는 사무용 책상들과 의자들이 나란히 놓여있었다.

사무실 문의 좌측에는 회사 개업식 사진, 초창기 일할 때 사진 등 직원들이 다 함께 찍었던 사진들이 벽에 걸려있었다.

사무실 문 위에는 작은 십자가 하나와 함께 '믿는 자에게는 능히 하지 못할 일이 없느니라'라는 성경 구절이 새겨진 나무명패가 걸려있었다.

사무실 문의 우측에는 냉온수기 한 대가 있었고, 그 옆에 작은 탁자가 하나 있어, 위에 인스턴트커피와 녹차 티백, 종이컵 등이 구비되어 있었다.

"족발!"

수연이 사무실에 들어오자, 사무실 소파에 누워있던 민규가 상체를 일으키며 외쳤다.

"수육 반반이야?"

"아니, 온족발로 5인 세트인데?"

"어우야, 수육도 넣었어야지. 센스 없게 온족발로만 세트 하는 건 좀 아니지."

"나한테 따지지 마. 주영 오빠가 주문한 거니까."

"야, 주영이는 옆에서 시키자는 대로 시키는 애잖아. 아직도 모르냐? 쟨 음식에 별로 관심이 없어요오. 옆에서 '족발 뼈에 붙은 살이 맛있어~, 살코기 줄이고 뼈 많이 달라고 해줘.' 해봐라, 쟤는 그런가 보다 하고 그렇게 주문한다니까?"

민규가 허공에 대고 부탁하는 시늉까지 해가며 예시를 보여 줬다.

수연은 그런 민규의 연기에 헛웃음을 한 번 짓고는 사무실을 둘러봤다.

"오빠는?"

"네 오빠는 맥주 사러 갔다."

민규가 수연에게서 족발 봉지를 건네받아, 사무실 중앙 탁자 위에 하나씩 포장된 음식을 풀어놓기 시작했다.

"그러는 주영이는 어디로 가고, 너 혼자 왔냐?"

"참 빨리도 물어본다."

수연은 자기 사무실 책상으로 가서 컴퓨터를 켜고, 의자에 앉았다.

"교회 어디 물 샌다고 고치고 온대."

"엇, 그러면 걔네 부모님 또 사무실 불쑥 들어오시는 건 아니겠지? 술 먹어야 하는데."

"뭘 그런 걸 신경 써. 그냥 인사하고 먹으면 되지."

"저번 공휴일에 사무실에서 수혁이랑 짬뽕시켜 놓고 소주 한 병 마시고 있었거든, 그때 갑자기 오셔가지고는 들어오자마자 술 냄새 난다고 막 환기시키라고, 낮부터 술이냐고 막 뭐라고 하시더라고."

"대낮에 회사 사무실에서 술 마시는 건 잘못 했지."

"공휴일이었다니까. 아니, 오히려 휴일에 사무실에 나왔으니, 대단한 거 아니냐?"

"놀러 나온 거지만 말이지."

수연이 컴퓨터로 견적방문 내용의 정리 작업을 시작하며 적당히 민규의 말상대를 해주었다.

민규는 족발과 나머지 찬들을 차려놓고, 족발을 한 젓가락 먼저 먹고는 맛있다며 흡족해하는 얼굴로 고개를 끄덕였다.

"술 오면 먹어야지."

이어 휴대전화를 꺼내든 민규는 다시 사무실 소파에 벌러덩 누워 게임을 하기 시작했다.

잠시 후, 수혁이 메는 가방 하나를 손에 들고 왔다.

민규가 누워있는 소파의 반대편 소파에 가방을 올려놓자, 알루미늄 캔끼리 부딪칠 때 나는 잘그락 소리가 났다.

수혁이 가방의 지퍼를 열자, 안에서 캔 맥주 여덟 개가 모습을 드러냈고, 그제야 민규는 하던 게임을 멈추고 소파에 똑바로 앉았다.

"주영이는?"

수혁이 묻자, 민규가 대충 건성건성한 말투로

"교회 갔어."

라고 답했다.

"왜? 예배드리러?"

"몰라."

이어 민규는 수연이 쪽으로 고개를 돌렸다.

"야, 일 그만하고 와서 족발 먹어."

"어, 잠깐만."

수연이 컴퓨터 키보드를 몇 번 더 두드리고는 자리에서 일어나, 탁자 근처로 와서 민규 옆에 앉았다.

수혁은 민규와 마주 보는 자리에 앉고는 가방을 소파 옆에 놔
뒀다.

"그러면 주영이는 안 오는 거야?"

수혁이 묻자, 수연이 나무젓가락을 뜯으며 설명했다.

"주영 오빠는 교회 어디 물 샌다고 그거 고치러 갔어. 고치면
금방 오겠지."

그러자 수혁이 캔 맥주의 뚜껑을 까려다가 멈칫하고는 그대로
캔을 탁자 위에 내려놨다.

"야, 그러면 기다렸다 먹자."

"왜?"

민규가 눈살을 찌푸렸다.

"족발 따뜻할 때 먹어야지, 식으면 맛없어."

"야, 그래도 우리끼리 먼저 다 먹고 뒤에 오면 좀 그렇잖아.
이 매정한 십X끼야."

"어↗어↘, 왜 갑자기 욕을 박냐, 네가 무슨 욕쟁이 할머니
야?"

"술 사러 같이 가자니까 귀찮다고 친구 혼자 보내놓고, 먹는
것도 친구 빼고 혼자 먹으려고 하니까 욕 박지. 이 이기적인 새
끼야."

"야, 너희는 내가 어디 같이 가자고 하면 같이 가줬어?"

"어디 같이 가자고 한 적은 있냐?"

"없지."

"에라이, 새끼야, 그러면서 그래?"

"그럼 너는 내가 이런 새끼인 거 원래부터 알았으면서, 새삼 이제 와서 뭘 그러냐?"

"그 태도를 좀 고치라고, 새끼야, 고쳐."

수혁이 한심하다는 듯이 쳐다보며 말했지만, 민규는 그러거나 말거나 나무젓가락을 들고, 족발에 갖다 댔다.

"어? 어? 이거 봐라? 먹지 말라니까?"

수혁이 눈을 동그랗게 뜨고 민규와 민규의 손을 번갈아 쳐다 봤다.

그러거나 말거나 천천히 민규는 족발을 한 점 집더니 자기 입 으로 가져갔다.

"먹을 거라니까?"

민규가 약 올리듯이 말하고는 고기를 입에 넣었다.

"와, 너는 진짜."

"왜 자꾸 나한테만 그래, 네 동생도 옆에서 계속 처먹는데."

민규가 짜증을 부리며, 옆에서 조용히 막국수를 덜어 먹고 있 던 수연에게로 화살을 돌렸다.

"나 족발은 안 먹고 있는데."

수연이 변명하듯이 말했지만, 수혁은 기가 찬 얼굴로 한탄하 며 하늘에 대고 원망하듯이 소리쳤다.

"와아, 어쩌다 나라가 이 지경이 된 거냐. 하나님 듣고 계십니 까? 동방예의지국이라 불리던 나라가 어쩌다가 이렇게 타락했 는지 모르겠습니다."

수혁의 한탄을 들은 민규가 나지막하게 수연에게 말했다.

"족발 사온다는 얘기 듣자마자 평일 대낮에 맥주 사 온 인간이 하나님을 찾는다, 어이없다, 그치?"

"방금 나 팔았으면서, 같은 편인 척하지 마."

"히잉."

수연이 딱 자르자, 민규가 과장되게 울먹이며 물러나고는, 족발 한 점을 더 입에 넣었다.

그때, 사무실의 문이 열리며 주영과 지혜가 들어왔다.

"벌써 다 모였네?"

"팔자 좋다, 팔자 좋아."

주영과 지혜가 한마디씩 하며, 주영이 먼저 사무실 문 정면을 바라보는 3인 소파 가운데에 앉았고, 그 옆으로 지혜가 다가가 앉았다.

주영이 나무젓가락을 집어 들자, 수혁도 캔 맥주를 다시 집어 들었고, 퇴마 인테리어 직원들 모두 함께 식사를 시작했다.

그렇게 잡담을 나누며 십여 분 정도 지났다.

주영이 캔 맥주를 두 모금 마시고, 내려놓으며 왼손으로 입을 훔쳤다.

"아, 맞다. 너희한테 일 얘기를 좀 하려고 하는데."

주영이 민규와 수혁 둘러보며 말을 이었다.

"오늘 경기도 이천 내려가서 일 하나 확인하고 왔거든? 방석호 사장님 있지, 그분이 소개해 준 건데."

"방석호?"

"……그게 누구야?"

217

민규와 수혁이 어리둥절해하며 반문하자, 주영이 황당해하며 둘에게 답했다.

"방석호 사장님, 한소레 부동산."

대답을 했음에도 두 사람의 반응이 전혀 기억하지 못하는 걸로 보이자, 주영은 한숨을 한 번 내쉬고 다시 설명했다.

"그 왜 이상한 할머니가 집에 침입해서 집값 떨어뜨리고 낙서하고 제사상 차리고 했던 집, 거기 주인 말이야."

"아아, 거기!"

민규가 이제 생각났다는 듯이 입을 살짝 벌리고, 고개를 작게 여러 번 끄덕였다.

"기억난다. 거기 사장이 일을 또 맡긴 거야?"

"소개라고 봐야지. 아는 지인이 가진 물건 중에 문제가 있어서 우리를 소개시켜 줬나 봐."

주영이 민규에게 답하자, 수혁이 맥주를 한 모금 마시며 썩 내키지 않는 표정을 지었다.

"난 그 사장 좀 그렇던데."

"왜?"

"아니, 좀 수상한 사람 같아서. 난 처음에 그 부동산 사장 보고, '자기 살 집도 아닌 걸 왜 가지고 있지?' 그랬다니까. 그렇다고 집값이라도 올려서 팔려고 하는 거면 몰라, 그 동네야 부자 동네라 개발될 것도 없으니 집값은 거의 늘 고정이잖아."

수혁이 이해가 안 간다는 얼굴로 고개를 한 번 내저었다.

"보통 부동산은 건물 매매 수수료만 먹지. 직접 위험부담 안아가면서 팔 물건까지 사서 가지고 있다가 팔진 않잖아. 경매를 통해서 샀다는 얘기도 좀 이상했고."

"그게 뭐가 이상해, 건물 사고파는 거야 자기 맘이지."

"민규야, 부동산은 물건 살 사람과 팔 사람 사이에 껴서 소개 수수료만 챙기지. 직접 물건을 사서 파는 방식으로 운영하는 데가 아니잖아. 그런 식이면 물건 팔릴 때까지 세금도 내야지. 관리도 직접 해야지. 돈이 얼마나 깨지는데. 실제로 그 집에 괴소문 붙는 바람에 돈 써가면서 우리도 불렀잖아. 그게 다 가지고 있는 사람 입장에서는 손해란 말이야."

"집이야 일단 가지고 있으면, 손해까지는 아니잖아?"

"그런 게 아니라니까, 정상적인 부동산 영업방식이 아니니까 하는 말이잖아."

"야, 집 좀 샀기로서니 수상하다, 별로다, 그러는 건 좀 비약이 너무 심하다."

민규가 족발 발가락 부분을 하나 집어 들고 뜯으면서 말하자, 수연도 거기에 동의했다.

"돈 많은 사람들은 비용이 좀 나가도 괜찮다 싶으면 사고 그러니까, 딱히 이상하진 않지."

"아니, 그러니까 내 말은~ 추리를 해보건대, 저 부동산 사장이 밤에 야반도주했다는 그 가족에게 도피자금을 조금 대주고, 그 대신에 집을 받은 게 아니겠느냐 그 말이야."

"오빠 얘기는 그러니까 저 부동산 사장이랑 그 야반도주한 사람이랑 같은 편이다. 그런 거야?"

"그렇지. 야반도주 준비하면서 저런 비싼 집 처분 안 하고 그냥 갔을 리가 없으니까 말이지. 그러면 얘기가 딱 들어맞잖아."

수혁이 진지한 얼굴로 말하자, 친구들 모두 잠시 그럴듯한 얘기인지 추측을 해보다가 에이~ 하면서 다시 족발을 먹기 시작했다.

"왜? 왜 '에이'야. 그렇잖아, 유독 혼자만 그 야반도주한 사람들이 다른 곳에 잘 살아있을 거라는 확신도 가지고 있었고."

"확신이 있는 건 아니었지."

주영이 웃으며 반박했다.

"그 사람 그 집에 들어가면서 부적 세 개나 가지고 들어갔잖아. 귀신이 안 나온다는 걸 아는 사람이 그렇게 하진 않지."

"야, 그런 건 늘 가지고 다니는 부적일 수도 있지. 굳이 그 집 하나 때문에 받은 부적이라고는 할 수 없잖아."

"무엇보다 제일 확실한 건, 등기소에 가서 등기를 떼보면 알겠지. 건물을 얼마에 누가 팔았고, 샀는지 전부 다 나오니까."

주영이 쌈무에 족발 한 점을 싸서 한입에 먹으며 말했다.

"그리고 말이야, 아무리 그래도 우리 고객인데 함부로 그렇게 판단하진 마. 잘못해서 그분 귀에 이런 얘기한 거 들어가면 곤란해지는 건 우리니까."

"알았어, 알았어, 그냥 추리 한번 해본 거야, 나 그런 거 잘하잖아."

수혁이 머리를 긁적이며 머쓱해했다.

민규는 그런 수혁을 한심하다는 듯이 쳐다보며 비웃었다.

"추리만화랑 소설 보는 걸 잘하는 거지. 네가 추리를 잘하는 거냐?"

"야, 내 말이 맞았을 수도 있지."

"내기할까? 등기소 가서 등기 떼봤는데, 경매로 산 거면 어떻게 할래?"

"내가 너 형님으로 두 달간 받들어 모셔줄게, 너는? 경매로 산 게 아니고 그 도망간 사장으로부터 넘겨받은 거면 어떻게 할래?"

"나도 너 형님으로 모셔줄게."

"콜!"

"콜! 두 달간 형님으로 모시기다!"

민규와 수혁, 둘이 흥분해서 외치자, 주영이 한숨을 한 번 깊게 내쉬고는 그런 둘에게 다시 입을 열었다.

"애들도 아니고 무슨 그런 내기를 하고 있냐, 증인은 일단 내가 할 게."

주영이 맞장구를 치자, 지혜는 인상을 찌푸리며 주영에게 한소리 했다.

"야, 쟤네 수준 맞춰주지 마."

지혜의 핀잔에도 주영은 아랑곳하지 않고 웃다가, 자신을 째려보는 수연의 얼굴을 보고는 헛기침을 한 번 한 뒤에 상황을 정리했다.

"커흠, 어찌 되었든 간에 그 부동산 사장님께서 이번에 또 새로 일을 하나 소개시켜 주셨거든. 그분이 다른 사람이 야반도주

하는 걸 도와줬는지…….”

주영이 수혁을 쳐다보며 강조했다.

“안 도와줬는지…….”

이번에는 민규를 보며 강조한 뒤, 말을 이었다.

“……그런 건 당장 우리에겐 별 상관없는 얘기고, 우리에게 일단 일이 들어왔으니까 그거에 대해 설명할게. 일단 여기 상황이 좀 특이하니까 잘 들어.”

주영이 자신이 입고 있는 조끼에서 휴대전화를 꺼내, 이천에 내려가서 찍은 건물 사진을 화면에 틀어놓고, 휴대전화를 탁자 위 족발 옆에 놓아, 다른 두 사람이 볼 수 있게 한 뒤, 설명을 이어갔다.

“일단 이 건물인데, 보면 알겠지만 낡았어. 여기 위치가 이천 버스터미널 근처에 있는 6층짜리 상가건물이야. 건물 자체가 좀 옛날 건물인데, 층마다 세입자가 쓰는 임대공간이 일곱 개 정도 있어. 그중 세 개는 상가 바깥쪽에 위치해 있고, 나머지 네 개는 상가건물 중앙 쪽에 밀집되어 있어.”

“그러면 안에 네 곳은 창문이 있어도 건물 바깥을 못 보는 구조란 말이네?”

수혁이 오른손으로 턱을 괴고 물었다.

이에 주영이 고개를 끄덕이며 긍정했다.

“그렇지. 네 곳도 창문은 있는데, 다 내부 복도만 바라보는 거지. 그리고 이 건물 4층 안쪽에 있는 가발제작업체가 바로 우리가 이번에 의뢰가 들어온 곳이야.”

"가발?"

민규가 가발이란 얘기에 반응했다.

"여자들이 쓰는 긴 생머리 가발, 그런 거 만드는 데야?"

"왜?"

"옛날에 무서운 만화에 그런 거 나오잖아, 가발이 막 살아 움직인다는 거. 나는 그런 거 질색이야. 긴 머리카락, 거미줄, 실지렁이, 그런 거 너무 싫어."

"걱정 마, 그런 데 아니야. 남성전용 가발 제작하고 판매하는 가게야. 그 왜 정수리 탈모 있거나 대머리 되는 아저씨들 쓰는 탈부착 부분 가발. 그런 거 만드는 가게야."

"와, 설명만 들어도 전혀 무서운 느낌이 안 든다."

안심하는 민규를 보며 주영이 가볍게 웃자, 수혁이 물었다.

"그러면 그 가게는 퇴마를 해달라는 게 아니고 인테리어만 해달라고 의뢰한 거야?"

"아니, 밤마다 긴 생머리 가발 귀신이 나온대."

즉시 민규가 욕설을 내뱉으며 화를 냈다.

"X발, 야, 방금 그런 거 아니라며!"

"가게는 그런 데가 아니야, 붙은 괴담이 그런 거지."

주영이 말하자, 옆에 있던 지혜가 손에 들린 젓가락을 한 번 빨고는 말을 덧붙였다.

"흔히 있는 거잖아, 실제 얘기가 와전되어 이상한 소문이 붙는 거. 남성전용 가발업체라는 얘기에서 가발업체라는 것만 사람들 기억에 남아서, 순전히 흥미 위주의 얘기로 공포 괴담을 덧붙인 거지. 실제 소유주가 입는 피해 같은 건 전혀 생각하지 않고 말이야."

지혜가 한탄하며 말하자, 이어 수연이 해결해야 할 이번 괴담에 대해 설명했다.

"가서 그 건물 관리소장이라는 사람 만나보니까, 야간에 그 상가에서 일하는 다른 임차인들이나 근무자들이 귀신을 목격한 적이 있나 봐. CCTV에도 폴터가이스터 현상이라고 하는 거 있잖아? 어디 올려둔 물건이 저절로 떨어지는 거 말이야, 그런 것도 찍혔다고 해. 귀신은 밤에 나오는데, 정확한 시간대는 불분명이야."

"떠도는 얘기는 어때?"

수혁이 맥주를 한 모금 마시고 물었다.

이에 수연은 어깨를 한 번 으쓱이고는 입술을 삐죽였다.

"몰라. 인터넷으론 아직 검색해도 나오는 게 없어. 귀신 얘기는 귀신을 봤다는 목격담이나 상가 세입자들 사이에서나 도는 상황이고, 구체적으로 살이 붙은 얘기는 전혀 없어."

"그러면 귀신은 왜 나오는 거야?"

민규가 묻자, 주영이 답했다.

"건물주 얘기를 들으니까, 거기 가발 가게 운영하시는 사장님이 거기서 고혈압으로 쓰러지셔서 병원에 실려 갔는데, 결국 돌아가셨다고 하더라고. 그 상태로 가게 문 닫고 한동안 운영을 안 하니까, 지나가던 사람들이 보면서 좀 으스스하게 느껴서 그렇게 된 게 아닌가 하고 추측하고 있어."

"잠깐만."

수혁이 손을 살짝 들고, 주영의 얘기 도중에 끼어들며 물었다.

"그러면 가게 주인이 없는 거니까 가발 가게는 철거하는 거야? 아니면 아직 임차 계약이 남은 건가?"

"어, 철거는 안 해. 해당 가게는 아직 임차 계약이 남아있어. 원 계약자인 사장님은 돌아가셨지만, 그분한테 아들이 한 명 있는데. 그 사람이 이어서 운영을 한다고 해."

"그러면 가게 내부는 우리가 못 건드리는 건가? 그러면 어디를 인테리어 하는 거야?"

"작업 부위는 4층 공용복도 한정. 따라서 복도만 우리가 작업하게 될 거야."

"복도만? 아, 그건 좀 어렵다."

수혁이 인상을 쓰며 쓰읍 하며 침을 삼켰다.

"소문의 원인인 가발 가게의 인테리어는 못 건드린다는 거 아니야? 그러면 퇴마가 되나?"

"그래서 너희와 이 부분에 대해서 상의를 좀 해야 해. 복도 인테리어를 어떻게 해야 귀신 소문을 완전히 잠재울 수 있을까?"

주영의 물음에 민규와 수혁은 잠시 각자 팔짱을 끼며 심각하게 고민했다.

그 사이, 수연은 막국수를 완전히 먹어치웠고, 지혜는 젓가락으로 애꿎은 족발 뼈나 툭툭 건드리며 두 사람의 눈치를 살폈다.

"복도만으로 '완전히'라, 아니, 뭐 불가능하진 않겠지만, 어렵네."

민규가 눈을 감고 고심하며 말했다.

"으으음, 복도 조명 자체를 주광색 계열하고 전구색 계열하고 섞어서 호텔 복도처럼 밝으면서 고풍스럽게 바꾸면 사람들이 무서움 자체를 느낄 일이 없을 거고. 거기에 좀 깔끔하게 바닥도 폴리싱 타일 새 걸로 교체하면, 귀신이 나온다는 건 사람들이 생각도 못 하겠지."

"근데 그렇게 해도, 가발 가게는 결국 인테리어가 그대로 있으니까, 가게 안에 귀신이 있는 걸 봤다느니 하는 얘기가 나올 수도 있잖아."

수혁도 민규처럼 눈을 지그시 감고, 의자에 등을 푸욱 기댄 상태로 신중히 생각하며 말했다.

"결국에 이래저래 작업만 해놓고, 여전히 귀신이 나온다는 얘기가 나돈다고 후처리 더 해달라고 하면 골 아파지지 않겠어?"

"확실히……. 그래도 당장 건물 임차인들이 못 살겠다고 다 나가서 빈 건물이 된 것도 아니고, 가발 가게도 아들이 이어받아서 운영한다고 하고, 소문이 구체적인 살이 붙거나 유명해진 것도 아니니까 초기에 해놓으면 후처리를 맡는 일은 없지 않을까?"

"문제는 구체적인 소문이 안 붙었다고 해도, 귀신을 본 사람이 있다며? CCTV에 심령현상도 찍혀있고? 그러면 흥미 삼아 사람들이 입에 오르내리기만 해도 피해는 어마어마해진다고. 인테리어를 한다고 해서 끝나는 게 아닌 걸로 보여. 난 이거 작업범위가 가발업체도 포함되는 거 아니면, 이 의뢰 맡는 거 반대야."

일 자체를 거절해야 한다고 말하는 수혁의 말에 주영과 수연,

지혜는 모두 깜짝 놀란 얼굴로 수혁을 바라봤다.

수혁이 눈을 뜨고는 본인 입장을 뚜렷하게 밝혔다.

"이거 의뢰 맡았다가는 2차, 3차로 손이 더 갈 거야. 그리고 거기서 끝나나? 퇴마 인테리어라고 해서 불러다 일을 맡겼는데 귀신 계속 나오더라. 그러면서 회사 이미지에도 타격 입는다니까. 내 개인적인 의견으론 이건 거절해야 해."

수혁의 의견을 들은 주영은 일단 고개를 끄덕일 수밖에 없었다.

대표라는 입장에서 보면 2차, 3차로 작업을 더 하게 되어 적자를 보는 것 정도는 그러려니 하면서도 할 수 있었다. 애프터 고객 서비스는 단골을 만들기 위한 투자라고 보면 되니까.

그러나 회사 이미지에 흠집이 가는 건, 그런 것과 비교할 수 없는, 절대 있어선 안 되는 일이었다.

하지만 주영에게 이 일을 거절한다는 선택지는 없었다.

애당초 주영은 두 사람에게 작업 방향에 대해 물어본 것이지, 일을 받을 건지에 대한 의견을 물은 게 아니었다.

그래서 수혁의 의견을 이해는 해도, 동의할 수는 없었다.

"그건 안 돼."

주영이 단호하게 말했다.

"우리는 기본적으로 인테리어 업체이지만, 그 작업의 목표는 퇴마에 있어. 우리가 이 괴담은 해결하기 어렵네요. 하고 손을 떼면, 귀신이 활개 치도록 놔두고 도망가는 거잖아. 그건 안 돼."

주영의 말에 수혁은 어쩔 수 없다는 듯이 한숨을 작게 내쉬고는 고개를 끄덕였다.

"알았어, 무슨 말인지 알겠는데, 그래도 복도만으로 어려운 게 사실이지. 마치 위암에 걸린 사람을 위만 안 건드리고 치료하는 느낌이라고."

"아니야, 조명이랑 바닥 타일 바꾸면 소문은 충분히 사라질 거야."

민규가 눈을 뜨고는, 두 손으로 족발 쌈을 싸며 대충 건성건성 대답했다.

"부족하면, 복도에 스피커 설치하고 잔잔하게 재즈 같은 거 틀어도 되고."

"야, 호텔이 아니고 상가잖아. 다른 업체들도 있다고. 그 사람들이 무조건 그런 거에 좋다고 하겠냐."

"건물주가 그렇게 하겠다는데 자기들이 뭐라고 해."

"야, 임차인들이 뭐라고 단체로 그러면, 건물주도 움찔하지."

"아니, 그건 우리랑 상관없잖아. 일단 건물주한테 '우리 이렇게 작업하려고 합니다.' 하고 건물주가 오케이 하면, 우리는 우리 일만 하면 돼. 임차인들이 뭐라 하건 그건 상관할 게 아니지."

"그러다가 건물주가 뒤늦게 작업 내용 바꾸자 그러면 어떻게 하려고?"

"그때는 그때 가서 또 상의하는 거지. 우리 일이 원래 그렇잖아."

그렇게 민규와 수혁의 설전이 시작되고, 수연은 한숨을 내쉬며 족발 몇 점을 막국수가 담겨있던 포장용기에 담아, 수저를 챙기고는 자리에서 일어나 자신의 사무용 컴퓨터가 있는 책상으로 이동했다.

주영도 그와 동시에 캔 맥주를 두 개 챙기고는 자리에서 일어났다.

"둘이 상의하고 있어, 난 옥상에서 바람 좀 쐬고 올게."

주영이 두 사람을 보고 말했지만, 이미 두 사람은 주영은 안중에도 없이 격앙된 얼굴로 논쟁하고 있었다.

"견적을 뽑은 거랑, 발주 받은 자재들은 그때 가서 어떻게 하려고?"

"뭘 어떻게 견적은 다시 뽑는 거고, 발주 받아놓은 건 반품하거나 지방 창고에 넣어놨다가 나중에 써먹어야지."

"야, 생각 없는 소리 좀 적당히 해라, 발주 받은 거 운송비용 들어가는 것만 고려해도, 반품하자는 거랑 지방 창고에 넣자는 건 말도 안 되는 소리야."

"아니, 그런 비용은 건물주가 중간에 작업 내용을 바꿔서 생기는 비용이니까, 건물주보고 추가비용 내라고 해야지. 왜 그걸 우리가 부담할 생각을 해."

"지금까지 그래서 그거 내는 고객들 있었냐?"

"주영이가 받아야 하는 건데, 쟤가 양보한 거잖아."

"당연히 양보하지, 안 그러면 작업 중단하고 여기서부턴 다른 인테리어 업체에게 맡기렵니다. 그러는 사람들이 태반인데. 우리가 인테리어 작업이 필요해서 고객들이 찾아오냐, 퇴마 때문에 찾아오는 거잖아."

"그러니까 인마! 이 상가에 나오는 귀신을 퇴마하려면 복도 인테리어를 해야 하는데, 너는 무조건 이래서 안 된다, 저래서 안 된다. 지금 그러고 있는 거잖아!"

"네가 별생각 없이 일단 이거 하고 저거 일단 해보자 이러고 있는 거잖아!"

싸우고 있는 두 사람을 놔두고, 주영은 사무실 입구로 향했다. 그 뒤를 지혜가 졸졸졸 따라갔고, 둘은 그렇게 사무실을 나왔다.

두 손에 캔 맥주를 하나씩 든 주영은, 그대로 계단을 올라서, 건물 옥상으로 올라왔다.

옥상 한가운데에 놓인 평상 한쪽에 자리를 먼저 잡은 주영은, 캔 맥주를 하나씩 따기 시작했다.

치익-딱!

"자, 이건 지혜 네 거."

주영이 자기 옆에 뚜껑을 딴 캔 맥주 하나를 내려놓으며 말했다.

"고마워."

주영을 따라온 지혜는 그 캔 맥주를 집어 들며, 주영의 옆자리에 앉았다.

치익-딱!

남은 한 개도 마저 뚜껑을 딴 주영은 곧바로 벌컥벌컥 마셔댔다.

이에 질세라 지혜도 시원하게 맥주를 들이켰고, 두 사람은 동시에 캔을 내리며 작게 감탄사를 내질렀다.

"와아아, 날씨 좋다."

주영이 하늘을 쳐다보며 중얼거렸다.

"맥주는 이런 날에 마시는 거지."

"그렇지."

지혜도 동의하며 하늘을 둘러보다가, 손에 들린 캔 맥주를 바라보며 살짝 미소 지었다.

"그런데 아쉽다. 맥주가 시원했으면 더 좋았을 텐데."

"아참, 맥주가 미지근해진 건 용서해 줘. 사 온 거 바로 딴 게 아니니까."

주영이 시선은 하늘을 향한 채로 사과했다.

"예전 같으면 너 막 화냈으려나?"

"야, 내가 무슨 이런 걸로 화낸 적이 있었어?"

"아니, 그냥 뭐라고 할까, 예전 일이 좀……."

주영이 고개를 내려, 손에 들린 맥주를 바라보며 입술을 살짝 비틀었다.

"……생각이 잘 안 나서."

말을 흐린 주영은 다시 캔 맥주를 입에 가져갔다.

"화 안 냈어, 애초에 네가 맥주 미지근한 거 사온 적이 없었지. 딱 내 취향 알아서 네가 나한테 갖다 줬으니까."

지혜가 웃으며 말하자, 이번에는 주영도 가볍게 웃었다.

"기억났다, 예전에 그런 적 있었잖아, 수연이가 더운 날에 참이라고 옛날통닭이었나 포장된 거 가지고 오면서, 그 뜨거운 거랑 맥주랑 한 봉지에 같이 넣어 가지고 오는 바람에, 맥주가 뜨뜻하게 돼 가지고 왔잖아. 너 그때 애들한테 아무 말도 안 하고, 갑자기 혼자 편의점 가서 맥주 사와서, 수연이가 놀라 가지고 너한테 계속 미안하다고 사과했잖아."

"아, 그때. 난 별생각 없었는데, 수연이는 내가 정색하고 화난 줄 알았지."

지혜가 예전 일을 회상하며 맥주를 마셨다.

"아아, 그때 재밌었어. 수연이 마음이 진짜 여려서, 그거 가지고 며칠은 내 눈치 보는 게 엄청 귀여웠어."

"그래서 나도 긴장하고 시원한 거 챙겨줬었지."

"뭐야, 그런 거였어?"

"그런 거였지."

주영이 킥킥 웃자, 지혜가 입술을 삐죽 내밀며 뚱한 얼굴로 주영을 쳐다봤다.

"그런데 이번 맥주는 미지근한 거 보니까, 많이 풀어졌나 보다. 내가 또 혼 좀 내야겠는데?"

"하하, 맞아, 너한테 혼 좀 나야겠다."

주영이 자신의 손에 들린 맥주를 마저 들이켰다.

"하아, 나 혼 좀 내주라. 요새 좀 많이 힘들다."

기운 없이 작게 한탄하는 주영을 바라보며, 지혜는 표정을 바꿔 안쓰러워하는 얼굴로 주영의 머리를 쓰다듬어 주려고 손을 뻗었다.

"야."

수혁이 옥상으로 올라왔다.

"내려와도 돼, 이제 정리됐어."

수혁의 말에 주영이 자리에서 일어났다.

"어떻게 작업 방향 정해졌어?"

"어, 민규 말대로 복도 조명만 먼저 바꿔보고, 사람들 반응이나 귀신 태도 변화 확인하고, 거기에 맞춰서 대응하는 방식으로 가기로 했어."

"그래, 그러면 되겠다. 너무 처음부터 크게 할 필요는 없으니까."

주영이 고개를 끄덕이며 말하고, 손에 들린 빈 맥주캔을 구겼다. 그리고는 앉아있는 지혜 쪽으로 고개를 돌리고는 나지막하게 말했다.

"네 거는 남겨두고 갈게."

"응."

지혜가 평상에 앉은 채로 주영을 올려다보며 고개를 끄덕였다.

그렇게 주영은 수혁과 함께 다시 밑에 있는 사무실로 내려가고, 지혜는 홀로 평상에 앉아 하늘을 바라보며 미지근한 맥주를 마셨다.

"나는 조금 더 있다가 내려갈게."

혼잣말로 중얼거리며 지혜는 눈을 감았다.

지혜는 잠시 깜깜해진 시야에서 과거의 기억을 떠올리기 시작했다.

미친 소년

어린 소녀는 자기 방 침대에 누워, 최근 초등학교 애들 사이에 퍼진 남자아이에 대한 얘기를 떠올렸다.

잘생겼다든가, 뭔가를 잘한다든가 하는 평범한 애들 얘기가 아니었다.

밤만 되면 학교 운동장이나 동네 놀이터에서 귀신하고 노는 아이가 있다는 소문이었다.

친구 효선이가 그랬다.

"옆집 아주머니가 우리 엄마한테 그랬는데, 자기 남편이 퇴근하고 오는 길에 동네 놀이터 그네를 웬 남자애 혼자서 타고 있더래, 그래서 그냥 그렇구나 하고 지나가려는데, 분명 애는 혼자서 그네를 타고 놀고 있었는데, 목소리는 두 개가 들리더라는 거야. 그래서 아저씨가 그 애한테 다가가서 '얘야,' 하면서 말을 걸었는데, 그때 갑자기 아무도 타고 있지 않은 그네 하나가 막 앞뒤로 끼익끼익거리며 움직였대."

효선이가 진지한 얼굴로 지혜를 포함한 반 여자애들에게 말했다.

그중 한 명이 침을 꿀꺽 삼키며 긴장한 얼굴로 다음 말을 재촉했다.

"그래서, 어떻게 됐는데?"

"응?"

효선이가 고개를 갸웃거렸다.

"그냥 그랬대, 아무도 안 탄 그네가 끼익끼익거렸대."

"헐? 뭐야, 그러면 그 남자애는 어떻게 됐는데?"

"몰라, 그거 말고는 못 들었어."

어설프게 마무리된 무서운 이야기에 아이들이 실망하는 사이, 이번에는 친구 빛나리가 말했다.

"나도 비슷한 얘기 들었었어. 오빠 친구가 친구들이랑 밤 9시에 우리 학교 운동장에 놀러 갔는데, 학교 구석에 정글짐 있잖아?"

"응."

"그 앞에 남자애 혼자서 중얼거리며 땅따먹기를 하고 있더래. 그 밤중에."

빛나리가 주변을 한 번 두리번거리고는 속삭이듯이 이어 말했다.

"그래서 땅바닥을 봤는데, 아무도 없는 자리에 아이 그림자가 하나 더 있어서 같이 땅따먹기를 하고 있더래."

"그, 그래서?"

"보고 놀라서 바로 다 도망쳤대."

또다시 어설픈 마무리로 끝나는 무서운 이야기.

지혜는 흥미를 이내 잃고, 책상 밑에서 다음 수업에 쓸 교과서와 공책을 꺼내, 책상 위에 올려놨다.

그때, 마지막으로 주선이 말했다.

"근데 그 남자애 나 누군지 알 것 같아."

"뭐?"

뜬금없는 고백에 지혜를 포함한 친구들의 이목이 주선이에게 집중됐다.

주선이가 턱짓으로 같은 교실에 있는 남자아이를 하나 가리켰다.

그 남자애는 창가 근처 책상 자기 자리에 앉아, 한 손으로 턱을 괴고는 무슨 생각을 하는지 알 수 없는 얼굴로 창밖 하늘을 바라보고 있었다.

지혜도 저 남자애가 누군지는 알고 있었다.

별로 친하지는 않았는데, 이름은 모를 수가 없었다.

초등학교 2학년 때부터 지금까지 한 번도 중간고사와 기말고사 전체 과목에서 성적 만점을 못 받은 적이 없었고, 초등부 전국 수학경시 대회에서 전국 1등까지 따내어, 학교 내에서는 이름이 널리 알려진 우등생이었기 때문이다.

주선이 말했다.

"우리 집 다니는 교회에 부목사님 계시는데, 쟤 그 부목사님 아들이잖아. 그래서 우리 엄마 아빠가 공부 어떻게 그렇게 잘하느냐고 학원 어디 다니느냐고 물었대. 그랬더니 쟤네 부모님이 학원 안 다닌다고 그러면서, 애가 공부는 잘하는데, 매일 밤마다 혼자 놀이터에 나가서 논다고, 그래서 걱정된다고 했다더라."

효선이와 빛나리가 황당해하며 저마다 한마디씩 했다.

"저 나이에 혼자 놀이터에서 논다고?"

"쟤 되게 어른스럽다고 선생님들이 칭찬하던데, 다른 애 아니야?"

친구들이 의문을 표하자, 주선이가 단호하게 말했다

"쟤 되게 날라리야, 나 쟤 교회 뒤에 공터 하나 있거든? 거기에서 몰래 술 마시고 있는 것도 봤어."

주선이가 혐오하는 얼굴로 남자애를 쳐다봤다.

그 시선을 따라 지혜도 남자애를 바라봤다.

김주영.

학교에서 공부 잘하는 범생이 이미지였는데, 그런 일면이 있는 줄은 몰랐다.

그렇게 학교에서의 일을 떠올리던 지혜는, 자신의 침대에서 뒤척이다 문득 시계를 보았다.

시간은 오후 8시가 넘어가고 있었다.

지금 시각에 밖에 나간다고 하면, 부모님이 화를 내실 게 분명했다.

그런데 어떻게 그 애는 밤에 그렇게 놀이터에서 혼자 놀 수 있는 거지?

부모님이 별로 신경 안 쓰나?

그래서 애가 정신이 좀 이상한가?

지혜는 친하지도 않은 남자애에 대한 호기심에 상상력을 더해, 남자애가 밤에 놀이터에서 혼자 노는 이유가 뭔지를 추리했다.

외로움에 밤이 되면 놀이터에서 혼자 노는 아이의 모습.

아니면 날라리라 밤에 놀이터에서 건들거리며 담배를 피는 아이의 모습.

부모님이 밤이 되면 서로 싸우기 때문에 그 모습이 보기 싫어서, 놀이터로 피해 나온 아이의 모습.

그런 상상 속 모습으로 남자아이에 대한 연민까지 느끼던 지혜는, 이내 허무한 감정을 느꼈다.

애초에 놀이터에서 혼자 논다는 그 아이가 다른 아이일지도 모르고. 밤에 혼자 노는 아이 자체가 없을 수도 있었다.

상상과 현실은 다르다고들 하니까.

"보고 올까?"

침대에 누워있던 지혜는 이불을 걷어치우고, 침대에서 나왔다.

방문 손잡이에 손을 대려던 지혜는 잠시 고민했다.

특공무술 학원을 운영하고 있는 지혜의 아버지는 지금 즈음 학원을 마치고, 아이들을 학원 승합차로 집에 데려다주고 있을 시간이었다.

아이들을 다 데려다주면 곧장 집으로 오시니까 못해도 30분

뒤면 집에 오신다.

그때 자기 딸이 밖에 나가서 집에 없는 걸 알게 되면 불같이 화를 내실 텐데, 매일 남자애 혼자 놀이터에서 논다는 소문을 직접 확인하는 게 그만한 가치가 있는 일일까, 잠시 고민했다.

그래도 궁금증을 해결하고 싶은 욕구가 더 컸다.

그러면 친구들한테 자기가 본 걸 얘기해 줄 수도 있었다.

아이들은 아는 사람의 아는 사람의 얘기를 들은 것밖에 없었지만, 지혜는 직접 본 걸로 얘기해 줄 수 있었다.

"가자."

결단을 내린 지혜는 방문을 열고, 거실로 나갔다.

지혜의 어머니는 거실 주방에서 조금 있으면 올 남편을 위해 저녁상을 준비하고 계셨다.

어머니는 지혜가 거실을 지나 현관문 쪽으로 걸어가는 걸 슬쩍 보시고는 물었다.

"어디 가?"

"요 앞 마트 좀 갔다 올게."

"얘가 이 시간에 어딜 나가. 아빠 좀 있으면 오니까. 살 거 있으면 아빠한테 전화해서 사가지고 오라고 그래."

"아니야, 그냥 내가 갔다 오는 게 더 빨라."

지혜가 억지로 이유를 붙이고, 현관에 놓인 자기 운동화를 신었다.

당연하지만 어머니도 화를 내기 시작하셨다.

"야! 이지혜, 혼나고 싶어? 당장 이리 와."

"금방 갔다 올게~."

집에 돌아오면 엄청 혼날 거라는 걸 알지만, 어쩔 수 없었다.

몸은 계속 움직여 현관 손잡이로 손을 뻗었고, 엄마의 고함소리를 뒤로 한 채 집 밖으로 나오게 되었다.

목적지는 두 군데. 학교 운동장 놀이터와 동네 공용 놀이터.

딱 그 두 군데만 둘러보고 남자애가 없으면, 바로 집으로 뛰어와야겠다고 생각하며 지혜는 걸음을 옮겼다.

그렇게 제일 먼저 향한 곳은 집에서 제일 거리가 먼 학교 운동장이었다.

잔디 하나 없이 흙으로만 된 초등학교 운동장에는 구석진 곳에 정글짐과 무지개다리, 시소 등이 있었고, 왜 있는지는 모르겠지만, 옆으로 세워 땅에 반만 묻어놓은 검은색 폐타이어들이 자리를 차지하고 있었다.

학교 주변 가로등의 불빛이 학교 운동장 놀이터까지는 들어오지 않아, 잘 보이지 않았지만, 인기척은 전혀 느낄 수 없었다.

지혜는 밤에 학교는 확실히 낮과는 다른 장소라는 느낌이 들기도 했지만, 학교 주변에 주택이 많고, 가로등도 많아서 무섭다는 느낌은 그리 들지 않았다.

그보다는 소문의 남자애가 보이지 않아 실망감이 더 컸다.

마지막으로 확인할 곳은 동네 놀이터뿐이었다.

지혜는 이번에는 사뿐사뿐, 호흡을 조절하며 달리기 시작했다.

동사무소에서 관리하는 동네 공용 놀이터는 아이들보단 주민들을 위한 편의시설이었다.

퇴마 인테리어

놀이터라는 이름에 어울리는 놀이기구는 그네, 그리고 회전무대라 불리는 뺑뺑이 놀이기구 하나뿐. 대부분 자리를 차지하고 있는 건 역기 올리기, 온몸 걸기, 허리 돌리기 등의 운동기구가 배치되어 있었다.

한쪽에는 작은 정자까지 있어서, 나이 많은 노인들이 앉아서 쉬는 곳의 느낌이 더욱 강했다.

되도록 아이들은 밤에 이곳에 오지 않았는데, 조금 불량한 청소년들이 밤이 되면 이곳을 점거하고 담배를 피우거나 술을 마시거나 했기 때문이었다.

그래서 지혜도 이곳으로 오면서 그 부분을 걱정했다.

'앞으로 지나가면서 있나 없나만 봐야지.'

지혜는 달리는 속도를 체력에 맞게 조절하며, 드디어 동네 놀이터 앞을 지나가게 되었다.

고개를 돌려 놀이터를 쳐다보니, 어두운 놀이터 한쪽에서 남자애 한 명이 쭈그리고 앉아있는 게 보였다.

달리고 있던 지혜는 그대로 놀이터를 그렇게 지나쳤다.

놀이터를 지나쳐서 여섯 걸음 정도 더 뛴 지혜는 발을 멈추고, 다시 뒤로 돌아 뛰기 시작했다.

다시 시야에 놀이터가 들어오며, 남자애 모습을 좀 더 유심히 쳐다봤다.

빛나리의 말이 맞았다.

같은 반, 그 모범생으로 알려진 그 남자애였다.

남자애는 혼자 구석에 앉아서 작은 돌멩이 같은 걸 가지고 놀고 있는 듯 보였다.

몇 초 안 되어 놀이터를 다시 지나치고, 이번에도 지혜는 걸음을 멈추었다.

'진짜였네. 이 시간에 혼자서 저러고 있네?'

학교 선생님들 사이에 칭찬이 자자한 애가 사실 정신이 좀 모자란 부분이 있었다는 게 좀 충격적이었다.

'가서 말 한번 걸어볼까?'

문득 궁금해져서 이것저것 물어볼까 싶었지만, 지혜는 학교에서도 별로 얘기해 본 적이 없던 애에게 이 밤중에 갑자기 친한 척 말을 거는 것도 이상할 것 같아서 이내 포기했다.

'물어본다고 제대로 대답해 줄 것 같지도 않고, 집에나 빨리 가야겠다.'

지혜는 발길을 돌려, 집에 가기로 했다.

집으로 가려면 어차피 놀이터 앞을 다시 지나가야 하니, 한 번 더 남자애의 모습을 살펴볼 참이었다.

지혜의 시야에 다시 놀이터가 들어오고

"왜 그렇게 왔다 갔다 해?"

어느새 길가 쪽으로 다가와 서있던 남자애가 지혜에게 말을 걸어왔다.

"우왁!?"

깜짝 놀란 지혜가 기괴한 비명을 질렀다.

그런 지혜의 반응이 웃겼는지 남자애는 피식 웃더니, 양쪽 바지 주머니에 손을 하나씩 넣고는 눈을 게슴츠레 뜨고 지혜를 쳐다봤다.

"소문이 사실인지 확인하려고 온 거지?"

"무슨 소문?"

지혜가 당황하며 뒤로 살짝 물러섰다.

"무슨 말을 하는지 모르겠는데?"

지혜가 시치미를 떼자, 남자애는 미소를 머금은 채 코로 한숨을 푸욱 내쉬더니 말했다.

"너랑 네 친구들이 오늘 교실에서 하는 얘기 다 들었거든?"

"뭐가?"

"이 나이에 혼자서 놀이터에서 노는 거 진짠지 궁금해서 온 거잖아."

남자애가 정확하게 지적했다. 이에 지혜는 모른 척하는 걸 바로 포기했다.

"어, 맞아. 그래서? 그거 너 맞아?"

"절반은 맞고, 절반은 틀리고."

"무슨 소리야?"

"혼자 노는 건 아니야."

남자애가 입가의 미소를 늘리고, 쓰읍 숨을 들이켜면서, 시선을 놀이터로 돌렸다.

지혜가 남자애의 어깨 너머로 다시 봐도 놀이터에는 아무도 없었다.

남자애가 말을 이었다.

"너, 지금은 어때? 귀신같은 거 무서워?"

질문이 좀 이상했지만, 지혜는 고개를 내저었다.

"아니."

대답을 하고, 지혜는 대충 남자애가 어떤 말을 이어 할지 예상할 수 있었고, 덕분에 호기심이 머리끝까지 차올랐다.

그래서 이번에는 남자애가 입을 열기도 전에 먼저 질문했다.

"너 혹시 뭐, 귀신이랑 놀이터에서 같이 놀았다고 말하려는 거야?"

"어? 어. 그렇지."

남자애가 살짝 당황해하며 지혜에게 긍정했다.

"나름의 사정이 있거든."

"헐, 대박이다."

지혜는 상상도 못 했던 전개에 흥분을 감출 수 없었다.

"너 진짜로, 진심으로 말하는 거지? 귀신이랑 여기서 놀았다고?"

"어. 진짜야."

"대박이다, 진짜. 너 막 귀신이 보이고 그래?"

"아니, 그런 건 아니고. 내가 지금 약속으로 묶여있는 상태거든. 그래서 같이 놀아주고 있어."

"헐, 헐, 헐."

"내 말 무슨 말인지 이해……한 거지?"

"알았어, 알았어. 그러면 매일 귀신이랑 이 시간에 노는 거야?"

"응."

남자애가 아무렇지 않게 고개를 끄덕이며 답했다.

지혜는 학교에서 모범생으로 유명한 애가 사실은 정신적으로 미친 애였다는 사실이 너무 재미있었다.

"너 공부 되게 잘하잖아. 근데 아까 뭐 약속이 어쩌고저쩌고 했잖아, 혹시 그러면 그런 거야? 너 공부 잘하게 해달라는 조건으로 귀신이랑 놀아주기로 약속했다던가 하는 그런 얘기?"

"어? 아니, 뭐 비슷하지."

미친놈.

"와아, 소름이다. 진짜."

"……목마르다."

지혜의 반응에 떨떠름해하는 모습으로 남자애는, 손을 집어넣고 있던 바지 주머니에서 은색 음료수 캔을 하나 꺼냈다.

그리고는 자연스럽게 따서 입에 가져다 대고는 벌컥벌컥 마셨다.

지혜는 곧바로 그 캔을 알아보았다.

아버지와 어머니가 밤에 자주 같이 마시는 상표의 맥주였다.

친구 빛나리가 해준 얘기가 전부 사실이었다.

지혜가 충격을 받아 놀라워하는 얼굴로 남자애를 바라보고 있자니, 남자애가 캬아 소리를 내며 입에서 캔을 떼고는 지혜에게 스윽 내밀었다.

"너도 줘?"

미친놈이다.

"헐, 됐거든요."

"그래? 하긴 뭐, 아직은 어리니까."

너는 안 어리냐고 반박하고 싶었지만, 미친놈에게 뭘 말해도 소용없을 테니, 지혜는 그저 신기한 동물 바라보듯이 남자애를 쳐다보기만 했다.

맥주를 다 마신 남자애는 놀이터에 놓인 쓰레기통으로 가서 빈 캔을 버리고는 다시 지혜 쪽으로 다가왔다.

"난 이제 갈 건데, 너는 계속 여기 있을 거야?"

"아니, 나도 집에 갈 거야."

내일 학교에서 친구들에게 자신이 본 걸 얘기해 줄 생각에 지혜는 흥분하고 있었다.

지금 집에 가면 아빠랑 엄마한테 혼나겠지만, 그 정도는 감수할 수 있을만한 대사건이자, 대발견이었다.

지혜가 흥분한 모습을 감추려고 애쓰며, 차분한 얼굴로 발길을 돌리려는 그때.

남자애가 지혜를 불러 세웠다.

"야, 가기 전에 인사나 한번 나누자."

"뭐?"

"서로 지금까지 얘기 나눠본 적 없지 않나? 너랑 나, 오늘 처음으로 아는 척 한 것 같은데?"

"그래서?"

"인사 한 번 나누자고. 너 내 이름은 알아?"

남자애의 질문에 지혜는 어처구니가 없어서, 팔짱을 끼고 뾰로통한 얼굴로 남자애를 쳐다봤다.

"같은 반인데 모르겠냐?"

"난 네 이름 모르는데?"

"와, 얼척(어처구니)없다, 진짜."

기가 막혀 하며 지혜가 헛웃음을 날리자, 남자애가 지혜에게 손을 내밀며 악수를 청했다.

"난 김주영이라고 해."

"……이지혜라고 해. 어떻게 같은 반 애 이름도 모르냐?"

지혜가 머뭇거리다 악수를 받아주었다.

이에 주영은 능글맞게 웃었다.

"안 친하면 모를 수도 있지."

"개얼탱이 없네, 와."

"얼탱이가 없어? ……그러면 앞으로 친하게 지내자, 그러면 되지?"

확실히 주영의 태도는 선생님들이 말하는 것처럼 어딘가 어른스럽게 느껴졌다.

……그런데 미친놈이다.

지혜는 그 이면을 알게 되어서 기분이 좋았기에, 만족하며 주영과의 악수를 마쳤다.

"그럼 가볼게. 학교에서 보자."

주영이 인사하고 먼저 지혜와 반대 방향으로 걷기 시작했고, 지혜는 대답 없이 그대로 자기 집으로 걸음을 옮기기 시작했다.

놀이터 근처를 벗어나서는 전력으로 달려서 집에 가기 시작했다.

가슴이, 심장이, 쿵쾅거리며 빠르게 뛰고 있었다.

'대박, 대박, 대박……'

그렇게 어두운 밤 집으로 돌아간 지혜는, 집에 들어가자마자 부모님에게 혼이 나서, 20분 정도 거실 벽을 보고 손을 든 채 서 있어야 했다.

'그 미친놈은 이 밤중에 돌아다녀도 부모님이 뭐라 안 그러는 것 같던데……'

라고 지혜는 작게 구시렁거렸다.

그리고 다음 날.

지혜는 학교에 가서 친구들에게 자신이 본 것, 그리고 주영이 설명했던 걸 그대로 얘기해 줬다.

처음에는 애들도 반신반의했지만, 지혜가 직접 나눴던 대화를 자세하게 말하자, 아이들도 지혜의 말을 믿게 되었다.

지혜의 친구들도 곧 다른 친구들에게 가서 얘기하기 시작했고, 얘기는 이 반에서 저 반으로 금세 퍼져나갔다.

덕분에 그날부터 학교 아이들 사이에서 모범생으로 불리던 주영의 별명은 '귀신이랑 노는 미친놈'이 되었다.

사무엘과 다니엘

🪑

공항에서 내린 두 신부, 사무엘과 다니엘.

두 사람은 한국에 도착해서, 자신들을 마중 나온 한국 천주교 서울 명동성당 소속 사제 한 명을 만났다.

그는 검은색 승합차 한 대를 공항 앞에 세워두고, 마중을 나와 있었다.

사전에 어떤 차를 타고 오는지, 어디서 만날지 약속을 정해뒀던 터라 두 사람은 곧바로 사제를 알아보고 그쪽으로 다가갔다.

"다니엘 사제님과 사무엘 사제님이시죠?"

두 사람이 다가가자, 사제는 다니엘을 알아보고 손을 내밀며 악수를 권해왔다.

"네, 맞습니다. 바르톨로메오 송재훈 신부 맞으시죠?"

"아, 네, 네. 맞습니다."

다니엘이 능숙한 한국어로 답하자, 세례명 바르톨로메오, 송재훈 사제는 살짝 놀란 얼굴로 다니엘과 악수를 나누고는, 이내 활짝 웃으며 사무엘과도 악수를 나누었다.

"차에 타시죠, 가면서 현재 상황 설명을 드리겠습니다."

사제의 말에 두 사람 중 다니엘은 보조석 문을 열고 앉았고, 사무엘은 보조석 바로 뒤의 옆문을 열고 승합차에 올라탔다.

바르톨로메오가 운전석에 타며, 차는 곧바로 서울 시내로 출발했다.

가는 길에 바르톨로메오는 진지한 어조로 두 사람이 알아야 할 내용에 대해 설명했다.

"현재 두 분이 구마사제의 파견 여부를 파악하기 위해 바티칸에서 오셨다는 건 서울에 있는 추기경님을 포함해, 보좌신부인 저까지 다섯 명 정도만 알고 있는 사안입니다. 상황이 극비로 진행되다 보니, 다른 분들에게는 그냥 유럽에서 수행차 한국에 온 일반 사제로 본인을 소개해 주십시오."

"물론입니다."

다니엘이 바르톨로메오의 말에 긍정했다.

사무엘도 그 점은 미리 알고 있었기에 창밖을 보며 고개를 끄덕이기만 했다.

사제는 계속 말했다.

"어느 정도 듣고 오셨겠지만, 상황이 급변해서 더 안 좋아졌습니다."

"더 안 좋아졌다고요?"

"네, 바티칸에 보고 드리고 나서, 저희에게 제보를 했던 이사야 조영현 신부가 지금은 실종된 상태입니다. 경찰에 실종 신고를 한 상태이지만, 실종 전에 상황이 상황인지라 경찰에게는 큰 기대를 하지 않고 있습니다."

"일련의 사건들이 전부 악령이 저지른 일이라고 생각하시나요?"

"……모르겠습니다, 당장 결론을 내리기엔 상황이 복잡하니까요."

바르톨로메오는 침통한 얼굴로 고개를 내저은 뒤, 말을 이었다.

"저희도 이 일에 대해 알게 된 건, 이사야 조영현 신부가 제보를 했기 때문입니다. 제보 전까지는 이런 일이 벌어지고 있는 줄 전혀 몰랐죠. 그런데 제보를 했던 사람이 실종이 된 겁니다. 이사야 신부가 평소 누군가에게 원한을 사거나, 맡은 직분을 버릴 사람도 아니니, 일단 이 제보와 관련된 일로 실종되었다는 건 확실하다고 생각하고 있습니다."

"그렇군요."

다니엘이 답하고, 뒤에 있던 사무엘이 이어서 질문했다.

"저희가 들은 바에 따르면, 실종된 그 사제도 불온한 일에 조력을 하고 있었다고 하던데요, 사실인가요?"

"맞습니다. 다만, 그런 일에 자신이 조력하고 있다는 자각은 없었던 걸로 보고 있습니다. 알고서 도와줬다면 저희에게 제보를 하지도 않았겠죠. 자기도 뒤늦게 상황을 깨닫고 놀라서 제보를 한 거니까요."

"네, 그러면 일단 저희가 알고 있는 선에서 상황을 정리하자면……."

사무엘이 자신의 웃옷 주머니에서 수첩을 주섬주섬 꺼내, 적힌 내용을 읽기 시작했다.

"……이사야 신부가 부임해 있던 성당에 다니던 성도 중에 구마 일을 하는 사람이 있었고, 그 성도가 이사야 신부에게 구마에 사용하는 용품 제조에 조력을 구했다. 이에 이사야 신부는 부임 후 성도들과 친해질 기회라 판단하고 상부 보고 없이 구마에 사용할 용품 제조에 있어서 협력했습니다. 맞습니까?"

"예."

"그러다 작년에 해당 성도가 구마를 하던 중에 실종이 되었는데, 성도와 함께 구마 일을 하고 있던 개신교 성도가 이사야 신부에게 자신에게 계속 용품을 공급해 달라고 요구했고, 이에 이사야 신부는 자신이 생각했던 것보다 이 사람들이 위험한 일을 하고 있다는 걸 뒤늦게 깨닫고, 자신이 도와줬다는 게 알려지면 천주교 전체에 누가 될 수도 있다고 판단해서 이 사실을 제보했다. 그리고 현재는 실종."

수첩에 적힌 내용을 사무엘이 다 읽자, 다니엘이 바르톨로메오에게 물었다.

"그 구마 일을 하고 있던 성도와 함께 일을 했던 사람들에 대해서는 어느 정도 조사를 하셨나요?"

"대시보드 밑에 거기 한번 열어보세요."

바르톨로메오가 운전을 하다가, 잠깐 오른손을 떼어, 보조석 앞 대시보드 아래에 있는 글러브 박스를 가리켰다.

다니엘이 박스를 열어보니, 안에 큰 서류봉투가 하나 있었다.

봉투를 꺼내자, 바르톨로메오가 시선은 전방을 유지하면서 설명했다.

"거기에 저희가 관련 인물들에 대해 조사한 내용들이 있습니다. 다만, 그 사람들은 천주교인이 아니고 개신교인이기에, 잘못되면 종교 간의 다툼으로 이어질 수도 있어서, 직접 접촉 없이 주변인을 통해 조사한 내용이라 전부 다 정확하다고는 할 수 없을 겁니다."

다니엘이 봉투를 열어, 안에 있던 서류뭉치를 꺼내 훑어보기 시작했다.

"……정민규. 이 사람이죠? 구마 일을 하다가 실종된 그 성도가?"

"네, 맞습니다."

바스락 소리를 내며 내용을 대략적으로 훑어본 다니엘은 뒤에 있던 사무엘에게 서류를 넘겨줬다.

서류는 넘겨받은 사무엘은 진지한 얼굴로 내용을 세심하게 읽기 시작했다.

"이 사람과 친구였던 사람들이 모여서 구마를 하겠다고, 그걸로 돈을 벌 생각을 했던 거군요. 쩝, 저희도 이 사람들이 만든 광고 영상을 직접 확인하긴 했지만, 기가 차더군요."

사무엘이 한탄했다.

정민규라는 사람은 천주교에서 보자면, 그 신분은 어디까지나 일반 성도이다.

신부여도 함부로 할 수 없는 게 구마이다.

그런데 그런 신부도 아닌 일개 성도가 구마를 했다는 것 자체가 파문을 당해도 할 말이 없는 어리석은 행위였다.

정민규만 그런 게 아니었다.

그와 함께 구마를 했다는 지인들 중 누구도 종교인으로 종사하는 사람이 단 한 명도 없었다.

정민규가 실종되고, 이사야 신부를 찾아온 김주영이라는 사람도 개신교 일반 성도일 뿐 따로 직분을 받은 게 없었고, 그나마 그 부모가 개신교 목사라는 게 특이사항의 전부였다.

대체 이들은 무슨 생각으로 구마를 가볍게 여기고 돈을 벌 수단으로 삼은 건지 사무엘은 이해할 수 없었다.

"외국에도 구마를 하는 사람들은 있죠. 그런데 이렇게 특이한 사람들은 처음 보네요. '건물 인테리어 작업을 통해서 악마를 약화시키고, 퇴치한다.'라……. 사람에게 악마가 들리면 어떻게 대처할지 기대되네요."

사무엘이 헛웃음을 지으며 말하자, 바르톨로메오는 한숨을 내쉬었다.

"아마 그런 건 생각도 못 하고 있겠죠, 제발 좀 구마에 대해 가볍게 여기지 않았으면 좋겠는데 말이죠."

"그러게요."

다니엘도 그 말에 전적으로 동의했다.

퇴마사를 직업으로 하겠다는 사람들은 흔하다면 흔할 정도로 많다. 인터넷이 발달한 후로는 인터넷 방송을 업으로 삼는 사람들이 툭하면 귀신을 찍겠다며 흥미 위주로 심령현상에 접근하기 시작하고, 시간이 지나면 이쪽 방면에 전문가라도 된 것처럼 멋대로 소통을 해보겠다느니, 원혼을 달래보겠다느니, 끝에 가서는 퇴마를 해보겠다고 나서기도 한다.

자기들 멋대로 하는 거니 피해도 그 사람들만 보면 될 텐데, 문제는 그런 사람들이 전문가를 흉내 내려고, 대중적인 종교를 자기 일에 끌어들이며, 피해에 대한 책임과 수습을 떠넘기려 한다는 점이다.

사무엘은 그런 점에서 이 김주영이라는 개신교 성도도 맘에 들지 않았다.

같이 일하던 사람이 구마를 하던 중에 실종이 되었다면, 거기서 멈추는 게 일반 상식이 아닐까?

위험한 일을 하고 있다는 것에 대한 자각이 없는 것일까?

사무엘은 김주영에 대한 조사 결과가 적힌 서류 내용을 꼼꼼히 읽었다.

서류에는 안타깝게도 이 사람이 왜 이런 일을 하는 것인지에 대한 정보는 없었다. 서류에는 주변 사람들의 증언으로 이뤄진, 이 사람들의 퇴마 작업 후, 평가와 실제로 퇴마가 제대로 이뤄진 것인지, 부작용은 없었는지에 대한 내용을 중점으로 서술되어 있었다.

"그래도 효과는 있었나 보네요, 단골도 있다는 걸 보면요."

"일을 해왔던 기간이 꽤 기니까, 그만큼 신용도 나름 쌓았겠죠. 무엇보다도 인테리어 작업을 같이 하니까, 사람들 눈에 확 뭔가가 바뀌었다는 시각적 결과물도 남고요."

바르톨로메오가 백미러를 통해 사무엘을 잠깐 쳐다보며 말했다.

"이론적으로만 접근하자면, 효과적으로 퇴마를 하긴 했을 겁니다. 사람들이 당장은 그렇게 믿었을 테니까요. 문제는 사람들의 믿음이란 게 그렇게 일관되지 않다는 거죠."

"마태오복음 12장 43절이었죠, 더러운 영이 어떤 사람에게서 나와, 물 없는 곳으로 두루 다니면서 쉴 곳을 찾다가, 찾지 못하자……."

사무엘이 성경 구절을 읊기 시작하자, 보조석에 앉아있던 다니엘이 뒤돌아, 끼어들며, 다음 구절을 읊었다.

"……그가 말하기를 '내가 나왔던 내 집으로 돌아가리라.' 하고, 돌아와 보니, 그 집이 비어있고, 소제되고, 단장되었더라. 그러자 그가 가서……."

이번에는 바르톨로메오까지 끼어들어 세 명이 함께 구절을 이어 말했다.

"……자기보다 더 악한 다른 일곱 영을 데리고 들어가 거기서 사니, 그 사람의 나중 상태가 처음보다 더 악화되었더라. 이 악한 세대도 그러하리라."

사무엘이 적절한 성경 구절을 꺼냈다고 생각해서, 다니엘과 바르톨로메오는 고개를 끄덕이며 동의했다.

이 사람들이 인테리어를 통해 퇴마를 했다고 쳐도, 악령들이

'아, 여기는 이제 못 있겠네. 끝이다.' 하고 그냥 포기해 버리는 가벼운 존재가 아니라는 게 천주교의 견해이다.

단순한 얘기다.

악령들도 영생을 가진 영적인 존재인 데다, 생각을 하는 존재이고, 선과 악이 대립하는 사이이기에 서로가 이기려고 필사적이다.

그런데 인테리어 좀 바꾸고, 약화시켜서 퇴마했으니 끝?

'끝났다.' '이겼다.' 절대 말할 수 없다.

이 싸움은 끝이 없는 싸움이니까.

"결국 상황이 더 악화되어 조력자였던 이사야 신부까지 실종되었으니, 자기들 퇴마에 쓸 도구를 만들어 줄 사람도 이제 없겠군요."

다니엘이 말하자, 바르톨로메오는 고개를 대충 끄덕이며 말을 얼버무렸다.

"아, 예, 뭐, 그 이후에 그 사람들이 어떻게 되었는지는 거기까지는 저도⋯⋯."

"아아!"

다니엘과 사무엘이 사정을 이해했다는 듯이 고개를 끄덕이자, 바르톨로메오가 말을 덧붙였다.

"오늘 추기경 전하를 뵈면, 저보다 더 상세한 얘기를 해주실 겁니다."

세 사람이 탄 승합차는 서울 명동에 있는 천주교 성당으로 향했다.

시간이 지나, 중구에 들어선 승합차는 을지로에서 을지로2가 방면으로 달리다가, 성당과 이어진 명동11길 오르막 샛길로 들어갔다.

차선이 없는 넓은 폭의 도로를 달리던 차량은, 드디어 나타난 성당 부지 정문을 지나, 정문 근처 문화관이라는 적색 벽돌로 지어진 고딕양식의 건물 앞에 차를 주차시켰다.

차의 시동이 꺼지고, 바르톨로메오와 함께 사무엘과 다니엘도 차에서 내렸다.

"서울 대교구 주교관은 저 뒤쪽입니다."

바르톨로메오가 두 사람에게 문화관 건물 뒤쪽으로 살짝 보이는 건물을 가리키며 말했다.

하지만, 다니엘이 작게 손을 들고 물었다.

"그 전에 먼저 기도를 잠깐 드리고 가도 될까요?"

"예?"

다니엘의 갑작스러운 질문에 바르톨로메오는 잠깐 당황했으나, 이내 손목에 찬 시계를 확인하고는 온화한 미소를 지어 보이며 고개를 끄덕였다.

세 사람은 그렇게 먼저 성당에서 잠시 기도를 드리기로 했다.

성당의 정문 주현관으로 향하는 세 사람 앞에서, 막 기도를 마치고 나오던 중년 여성이 바르톨로메오를 알아보고 먼저 인사를 해왔다.

"신부님, 안녕하세요."

"예, 세레나 씨도 잘 지내시죠?"

바르톨로메오가 답인사를 하고, 여성과 짤막한 대화를 나누었다.

여성이 바르톨로메오 뒤에 서있는 사무엘과 다니엘도 힐끗 쳐다보자, 바르톨로메오가 먼저 두 사람을 소개했다.

"이 두 분은 유럽에서 수행차 한국에 오신 신부님들이십니다. 제가 안내를 좀 해드리고 있었죠."

"아, 예. 안녕하세요~."

여성이 이어 사무엘과 다니엘에게도 인사를 했고, 두 사람은 고개를 숙여 답인사를 했다.

여성은 사무엘과 다니엘의 이름도 듣지 못했지만, 인사만으로 용건이 끝났는지 바르톨로메오에게 수고하시라는 말과 함께 자리를 떠났다.

바르톨로메오는 멀어지는 여성의 뒷모습을 바라보다, 두 사제에게 웃으며 설명했다.

"저분은 여기 청년부 회장의 어머님이세요. 발이 넓으신 분이니까 여기 오가다 자주 뵙게 될 겁니다."

"아, 청년부요?"

"네."

사무엘과 다니엘은 저 멀리 걸어가는 중년 여성을 잠깐 바라봤다.

이어 바르톨로메오의 안내로 성당 입구에 선 두 사제.

성당 내부 성전의 출입문 바로 양옆에는 성수반이라고 불리는, 성수를 받아둔 큰 대접이 비치되어 있었는데, 세 신부는 성전에 들어가기에 앞서 손끝에 그 성수를 찍어, 성호를 긋고는 차분한 걸음으로 들어갔다.

명동성당의 성전은 중세부터 이어온 천주교의 오랜 신앙을 기념하고 그와 같은 마음가짐을 가지게 하기 위해, 중세 고딕의 인테리어로 꾸며져 있었다.

천장을 바라보면, 천장은 웬만한 건물 4층 높이에 맞춰 있었고, 그 천장보다 조금 낮게, 벽면에 색유리로 조형을 짜 맞춰 그림으로 만든 스테인드글라스 창문이 여러 개 있고, 그 외에도 창문이 많이 있어, 성전 안으로 햇살이 자연스레 들어와 내부를 비추며, 웅장하면서도 거룩한 빛이 이곳에 있다는 느낌으로 내부를 가득 채우고 있었다.

성전 중앙을 기점으로 좌우로 정렬해서 놓인 다인용 목제 의자들 중에는, 먼저 와서 기도 중인 신자들이 몇 명 있었다.

사무엘과 다니엘, 바르톨로메오는 뒤쪽 구석 자리에 앉아 조용히 기도를 드렸다.

장시간 비행으로 피곤했던 사무엘과 다니엘의 육체가 신의 은혜로 회복되는 기분이 들었다.

"……."

세 사람은 기도를 마치고, 잠시 서로 눈빛을 교환한 후 밖으로 나가, 성당 옆에 있는 주교관 건물로 향했다.

원래 주교관 건물은 성당 건물보다도 먼저 지어졌지만, 최근에 기존 주교관 건물은 역사관으로 바뀌었고, 문화관 건물 뒤에 4층짜리 새 건물을 세워 그곳을 주교관으로 삼게 되었다.

그럼에도 주교관 건물 역시 외관은 오래된 고딕양식의 영향을 받아, 신축 건물이라는 느낌은 전혀 들지 않았다.

무엇보다 화려함보다는 검소함과 절제라는 깊은 뜻을 담아, 외관을 장식한 벽돌들은 모두 단조로운 적색 벽돌로 통일되어 있었다.

단순하게 말해, 밖에서 보자면 전혀 매력적이지 않은 건물이었다.

하지만 내부는 외부와 전혀 달랐다.

일단 1층 현관부터 신원이 확인된 인원만 들어올 수 있도록, 대기업 출입구에서나 볼법한 경비원 안내처와 함께 개표구가 설치되어 있었다. 외관만 봐서는 전혀 어울리지 않는 설비였지만, 주교관실은 아무나 들어올 수 없도록 보안이 필요한 곳이었다.

여기에서 바르톨로메오가 사무엘과 다니엘의 신분을 대신 경비원에 확인시켜 줬다.

그렇게 개표구를 통과하여 들어온 주교관 내부는 매우 현대적으로 인테리어 되어있었다.

바닥과 벽은 광택이 나는 고급 대리석 타일로, 실내조명은 은은한 주황색 빛이 감돌도록 전구색과 주백색을 적절히 조합했다.

벽에는 명동성당과 관여된 인물들에 대한 사진과 기록들이 액자에 담겨 걸려있었고, 로비에는 대기실 겸 회견장소가 마련되어 있었으며, 한쪽 벽에는 흠집 하나 없이 관리가 잘 된 승강기가 한 대 있었다.

2층부터 4층까지는 대주교를 포함한 주교들이 머물고 있는

퇴마 인테리어

숙소이며, 1층에는 그 주교들이 이용하는 개인 사무실들과 단체 회의에 쓰는 사무실, 중요한 문서들을 보관하는 서고 등이 따로 있었다.

바르톨로메오가 앞장서서, 1층 복도를 따라 추기경 집무실로 향했다.

그 뒤로 사무엘과 다니엘이 따라가며 복도를 걸었다.

세 사람이 걸을 때마다 신고 있는 구두의 또각또각 소리가 나며 복도에 울려 퍼졌다.

추기경 집무실 앞.

앞에는 비서로 일하는 사무관이 책상에 앉아 컴퓨터로 업무를 보고 있었다.

바르톨로메오가 헛기침을 한 번 하고는 사무관에게 인사를 건넸다. 사무관은 말없이 차분하게 고개를 끄덕이는 것으로 답인사를 하고는, 일어나 집무실 문 앞으로 가서, 살살 노크를 세 번 했다.

안에서 나이 많은 남성의 걸걸한 목소리가 들려왔다.

"예."

사무관이 문을 열고 안으로 혼자 들어갔다.

잠시 후, 사무관이 안에서 문을 활짝 열어주며, 바르톨로메오와 두 사람을 들여보내 주었다.

세 사람이 들어오자, 사무관은 집무실 안 책상에 앉아있는 노년의 남성에게 인사를 하고 밖으로 나갔다.

집무실은 낡은 책장으로 사방이 둘러있었고, 책장마다 낡은 책들로 빼곡하게 차있었다.

집무실 문과 마주 보는 벽에 미닫이 창문이 하나 크게 있었고, 그 앞에 커다란 목제 책상이 문 쪽을 바라보며 있었으며, 책상 옆에는 기둥이 하나 우뚝 서있었다.

기둥에는 한국 최초의 추기경이신 김수환 추기경님의 사진이 걸려있었다.

책상 앞에는 높이가 낮은 목제 탁자가 있었고, 그 탁자를 주변으로 사용감이 있는 가죽 소파가 빙 둘러서 다섯 개가 있었다.

대체로 집무실 내부의 가구와 물건들 전부 한눈에 보기에도 새 물건은 하나도 없었다.

오래된 골동품이라 느껴지는 물건들뿐이라, 광택이 나는 고급 대리석 타일로 꾸며진 바닥과 벽에 비해, 이질적인 느낌이 들었다.

그리고 그런 물건들 가운데 평상복 차림의 백발노인이 책상 앞에 서서는, 환하게 웃으며 세 사람을 반겨주었다.

"어서들 오세요."

한국 천주교의 5대 추기경이자, 서울 대교구의 대주교를 역임하고 있는 남자.

에르하르도 유재경 추기경.

나이 칠십 세의 그는 서울 대교구의 대주교로 있으며, 3년 전에 추기경으로 서임을 받았다.

그는 대주교로 있기 전부터 사회운동가로 이름을 널리 알린 인물이기도 해서, 한국 정치와 관련하여 천주교 신자가 아닌 사람들 사이에서도 그 이름이 널리 알려진 인물이기도 했다.

따라서 그의 행보를 비판하는 사람들도 있지만, 그들은 어디까지나 소수로, 유재경 추기경은 진보 정권이 들어서면 보수 성향의 행보를 보였으며, 반대로 보수 정권이 들어서면 진보 성향의 행보를 보여왔다. 그 덕에 대부분의 사람들이 그를 중도로여기고 긍정적으로 보는 시각이 압도적으로 많았다.

그래서 유명 지상파 TV 토크쇼에서도 그를 섭외하여 인터뷰 촬영을 한 적이 있고, 그의 중도적 행보로 인해 진보, 보수 가릴 것 없이 많은 정치인, 경제인들과 고루고루 연을 맺고 있었다.

한마디로 한국에서는 천주교를 넘어, 일반 사회에도 막강한 영향력을 행사할 수 있는 인물이었다.

그러니 한국의 사제들은 모두 그를 우러러볼 수밖에 없었다.

바르톨로메오 역시도 백발의 노인을 향해, 두려움과 존경심을 담아 고개를 푹 숙여 인사했다.

이에 뒤에 있던 사무엘과 다니엘도 좀 늦게 뒤따라 인사를 했다.

인사를 하고, 바르톨로메오가 옆으로 비켜서며 사무엘과 다니엘을 추기경에게 소개시켰다.

"바티칸에서 온 사무엘 사제와 다니엘 사제입니다."

"만나 뵙게 되어 영광입니다, 사무엘, 최도경이라고 합니다."

"저는 다니엘, 크리스 린데만이라고 합니다. 전하."

웃으며 사무엘과 다니엘이 인사를 하자, 추기경은 살짝 감탄하는 얼굴로 두 사람을 쳐다봤다.

"오, 한국말을 두 분 다 능숙하게 하시네요. 사무엘 사제는 교포분이신가요?"

"네, 저희 아버님이 한국분이시고, 어머님은 이탈리아분이십니다."

"다니엘 사제는?"

"저는 신부가 되기 전에 한국 문화에 좀 관심이 있어서 수업을 좀 받았습니다."

다니엘이 쑥스러워하며 작게 웃었다.

흐뭇하게 웃어 보이던 에르하르도 유재경 추기경은, 이어 앞에 놓인 소파 중에 문과 정면에서 마주 보는 소파에 앉으며, 앉으라는 손짓을 했다.

이에 바르톨로메오가 먼저 추기경의 좌편 소파에 홀로 앉았고, 사무엘과 다니엘이 우편에 놓인 소파에 나란히 앉았다.

"아, 미안한데."

에르하르도 유재경 추기경이 나긋나긋한 목소리로 바르톨로메오에게 말했다.

"바르톨로메오는 잠시 자리를 비켜줘요."

"예? 아, 네."

잠깐 놀란 표정을 지었던 바르톨로메오는 군말 없이 곧바로 자리에서 일어나, 다시 추기경에게 정중하게 인사를 하고 밖으로 나갔다.

바르톨로메오가 밖으로 나가고 문이 닫히자, 유재경 추기경의 표정은 급속도로 굳었다.

사무엘은 수첩과 펜을 웃옷에서 꺼냈고, 다니엘은 바지 주머니에서 작은 녹음기를 꺼내 녹음 버튼을 누르고 탁자 위에 내려놓았다.

그 모습을 가만히 보고 있던 에르하르도 추기경은 굳은 얼굴로 힘겹게 입을 열었다.

"상황이 매우 안 좋아요. 성하(교황)께서는 두 사람만 보내신 겁니까? 아니면 추가로 사람이 더 오는 겁니까?"

이에 사무엘이 답했다.

"전하, 저희는 구마를 시행해야 되는 안건인지 확인하려고 왔을 뿐입니다. 만약 정말로 구마가 필요하다면 그때는 제대로 된 구마사제들이 올 겁니다. 이 부분에 대해서는 전하께서도 성하께 이미 다 들으신 걸로 알고 있습니다."

사무엘이 답하자, 에르하르도 추기경은 고개를 내저었다.

"한국 천주교 역사에 이런 일은 단 한 번도 없었어요, 나 역시도 이런 일은 경험이 없습니다. 그저 보고를 드리고 성하의 판단을 믿고 기다리고 있을 뿐이죠."

"바티칸에 보고하신 내용에 대해서는 저희도 알고 있습니다."

다니엘이 두 손을 모으고 공손하게 말했다.

"그리고 저희를 안내해 준 사제로부터 상황이 더 안 좋아졌다는 얘기도 들었습니다만, 일반 성도가 구마 행위를 하다가 실종된 것도, 이사야 신부가 실종이 되었다는 일도, 얘기만 들어서는 굳이 구마를 해야 할 안건이라고는 못 느끼겠습니다. 실종의 원인과 사라진 사람을 찾는 건 어디까지나 경찰이 해야 할 일 아니겠습니까?"

"이사야 신부가 실종되었다고 바르톨로메오가 그러하던가요? 죄송하지만 그건 내가 거짓말한 거예요."

에르하르도 추기경이 손으로 이마를 짚으며 절망했다.

"그 신부는 내가 믿을만한 사람을 시켜서 숨겨줬습니다. 그 사람 말고도 연루된 자가 너무 많아요."

"네?"

"그게 무슨 말씀이신지?"

사무엘과 다니엘이 어리둥절해하며 묻자, 에르하르도 추기경은 작게 천주님을 부르며 한탄한 뒤 설명했다.

"경기도 지방에 있던 이사야 신부는 일반 신도가 벌인 구마 행위에 대해 상부에 보고를 한 직후부터 다른 곳으로 가고 싶어 했어요, 하지만 당시에 그건 부임지를 옮길 정도의 사안은 아니었어요. 그 신도가 실종된 이후에도 상황이 어떻게 될지 모르니까, 1년만 더 그곳에 있으면서, 그 신도 주변 사람들의 행보를 계속적으로 보고하라고 시켜놓은 상태였죠."

"그건 저희가 받은 내용과는 좀 다르군요."

다니엘이 심각한 표정으로 말했다.

"저희는 그 사람이 보고를 한 이후에 일선에서 물러나게 하셨던 걸로 아는데요."

"그렇게 보고를 드렸던 건 사정이 있어요. 처음에 일반 신도가 구마에 필요한 물건을 만드는 데 도와달라고 요청했을 당시에, 이사야 신부는 바로 경기도 수원 교구장에게 이를 보고했는데."

"그건……."

토마 인테리어

다니엘이 지적하려고 하자, 에르하르도 추기경이 자르며 말했다.

"그때 당시는 어디까지나 한국 천주교 내에서의 사소한 문제였지, 큰일이라 판단할 요소가 전혀 없었어요. 추기경인 나에게 보고가 처음 올라올 때도 일반 신도가 상업적으로 구마를 하려고 하는데, 이에 대해 해당 신도가 속한 교구에서는 어떻게 대처를 해야 할 것인지에 대해 조언을 구하는 내용이었어요. 그러니 당시에는 조언만 좀 해주면, 수원 교구 내에서 알아서 해결할 수 있다는 게 내 판단이었어요."

"그런데 그렇게 안 되었죠."

다니엘이 차갑게 찌르자, 추기경은 천천히 고개를 끄덕였다.

"그 신도는 혼자 그렇게 하는 게 아니라 개신교 사람들과 엮여서 활동하고 있었어요, 그러니 천주교 교구 차원에서 제지가 들어가면 갈등의 문제가 될까 봐, 일단 사람을 대상으로 구마를 할 때 폭력적인 행위가 동반되는지를 먼저 보자고 했어요. 그런데 보고가 올라오기를 사람을 구마하는 게 아니고, 주택이나 창고 같은 건물의 구마를 한다고 하는 거예요. 그래서 그냥 별거 아니겠다. 얼마 못 가서 그만두겠다 했었죠. 그리고 완전히 잊고 있었는데……."

에르하르도 추기경이 잠깐 그때를 회상하며 후회하는 모습을 보였다.

추기경의 진술을 받아 적고 있던 사무엘이 다음 말을 재촉했다.

"그러다 다시 보고가 올라온 건, 언제인가요?"

"그게."

에르하르도 추기경이 뜸을 들이다 고개를 내저으며 간신히, 입술을 덜덜 떨며 말했다.

"······이주 전에 성당, 성전에서······. 이사야 신부와 보좌신부 한 명, 수녀 두 명, 당시에 성전에 함께 있던 신도 네 명······. 그중 한 명은 할머니이고, 한 명은 그 노인의 손자인데······. 그게······."

"네?"

갑자기 알 수 없는 말을 하는 에르하르도 추기경의 모습에 사무엘이 고개를 갸웃거렸다.

그런데 이때 이어진 추기경의 말은 충격적이었다.

"······그들이 성전에서 성교를 했다는 보고였어요."

"네? 그게 무슨······."

"······Gott(하느님)."

사무엘과 다니엘이 저마다 경악하자, 에르하르도 추기경이 깊은 한숨을 내쉬고는 말을 이었다.

"이 보고도 이사야 신부가 한 거예요······. 그는 고해성사를 위해, 미사 전에 고해소에 들어가 있었는데, 갑자기······이사야 신부 표현에 따르면······갑자기 사랑의 감정이 자기 안에서 넘쳐서, 당장 누구와도 상관없으니 사랑을 나누고 싶더라네요."

"그게 말이 되는 변명인가요?"

"그건 신성모독 행위입니다!"

사무엘과 다니엘이 정색하며 화를 내자, 에르하르도 추기경은 잠시 지그시 눈을 감고, 신께 기도를 드렸다.

그리고는 눈을 뜨고 다시 설명했다.

"이사야 신부 혼자만 그랬으면, 그가 단순히 성욕에 못 이겨 범죄를 하였다고 생각했을 겁니다. 그런데 문제는 당시 성전에 있던 보좌신부와 수녀들과 신자들마저도 동시에 같은 감정을 느끼고, 이런 범죄를 저질렀어요. 그것도 성별, 나이, 혈연에 관계없이 서로가 서로에게 범죄를 한 겁니다. 하아, 이사야 신부와 함께 이 죄를 범했던 사람들은 이후에…… 함께 차를 타고, 밤 중에 나에게 찾아와서는 자신들을 이 죄로부터 숨겨 달라 간청 했어요. 나는 그들을 거절할 수 없었고요."

"이 사실을 성하께 보고하셨습니까?"

사무엘이 물었다.

이에 추기경은 고개를 저었다.

"나와 수원 교구장, 그리고 지금 얘기를 들은 두 사제만 알고 있어요."

"이사야 신부, 그와 함께 범죄 한 사람들은요?"

"그들은 내가 아는 사람들을 시켜서 은신처를 마련해 줬어요. 그곳에 숨어 지내며 회개하고 있죠."

"그들을 저희가 만나볼 수 있겠습니까?"

"그건……안 돼요."

"아니, 전하께서 아는 사람들을 시켜서 마련한 은신처니, 그 아는 사람들도 이 일에 대해서 알고 있을 건데, 저흰 만날 수 없 다고 하시는 겁니까?"

사무엘이 다소 격앙되어 에르하르도 추기경에게 물었다.

하지만 추기경은 침착하면서도 슬픈 목소리로 답했다.

"그 아는 사람들은 천주교 신도도 아니고, 그저 중요한 손님에게 숙소를 제공한 줄 압니다. 그들은 이 일에 대해 전혀 몰라요. 그리고 숨어있는 그 사람들을 만나는 건……. 그 자들이 두 사제를 만나고, 그들이 이후에 어떻게 행동할지 몰라서, 내가 두려워서 그래요. 그들이 만약 그 은신처에서 이제 나오고자 한다면? 그들이 만약 안에서 죄의 무게를 못 견뎌 자결이라도 한다면 어쩌죠? 언제까지고 내가 저들을 계속 숨겨줘야 하는 걸까요? 그게 아니면 세상에 이 일이 알려질 텐데, 어찌해야 하나요? 나 역시도 두려워서 성하께 차마 모든 걸 보고 할 수가 없었어요. 그래서 구마가 필요한 상황인 것 같으니 도와달라고만 한 겁니다. 부디 절박한, 이내 심정을 이해해 줘요."

"……전하."

"우린 항상 빛 가운데 소금으로 있어야 하는데……. 아아, 성모시여, 자비를."

추기경이 두 눈을 질끈 감으며 슬픔에 잠겼다.

이에 다니엘이 사무엘의 눈치를 살펴보고는, 추기경에게 제안했다.

"그러면 저희가 그들을 만나지 않아도 좋으니, 좀 더 그 일에 대해 자세히 설명해 주십시오. 갑자기 그들이 그런 행동을 한 이유가 다른 게 더 없을까요?"

"……하아."

추기경이 잠깐 한숨을 쉬고 말했다.

"그게 이사야 신부가 했던 말 중에⋯⋯ 그 범죄를 행하는 동안⋯⋯ 자기도 모르게 다른 신에게 감사하는 기도를 올렸다고 했어요."

"다른 신이요?"

"어떤 신이죠?"

사무엘과 다니엘이 눈을 동그랗게 뜨고 물었다.

파리 떼

추기경과 만나고 다음 날.

사무엘과 다니엘은 바르톨로메오와 함께 서울 성북구 정릉동을 찾았다.

퇴마 인테리어는 한 때 서울 성북구 정릉동에 위치해 있었지만, 현재는 서울 도봉구 도봉동의 한 오피스텔로 이사를 갔다.

정릉동에 퇴마 인테리어 사무실이 있던 건물은 철거되어 공터가 되어있었고, 그 가운데 평상복 차림으로 선 두 사제는 심각한 표정으로 주변을 둘러보았다.

공터 앞에 승합차를 세워둔 채, 그 두 사람을 바라보던 바르톨로메오는 쟁쟁한 햇살에 눈살을 찌푸리며 손으로 부채질을 하고 있었다.

바르톨로메오는 그들이 왜 이곳에 왔는지 이유를 알 수 없었다.

퇴마 인테리어에 대해 조사를 하고 싶으면 도봉구로 가야 되는 게 아닌가 생각했지만, 사무엘과 다니엘은 이곳에 온 이유에 대해 답하지 않았고, 이에 바르톨로메오도 더는 묻지 않았다.

"사제님들, 날씨도 더운데 잠깐 근처 슈퍼에서 아이스크림이라도 하나 먹죠?"

바르톨로메오가 묻자, 사무엘과 다니엘은 공터를 둘러보던 걸 멈추고, 바르톨로메오에게 곧바로 다가왔다.

"Super?"

다니엘이 순진무구한 얼굴로 물어왔다.

이에 바르톨로메오는 이마에 맺힌 땀을 한 번 스윽 닦고 설명했다.

"마켓, 마켓, 슈퍼마켓."

"오, 좋죠."

다니엘이 웃으며 답하자, 바르톨로메오가 앞장서 걸으며 근처 구멍가게로 향했다.

다니엘이 그런 바르톨로메오 대각선 뒤쪽으로 걸으며 말동무가 되어 주었고, 사무엘은 뒤에서 혼자, 둘과 좀 떨어져서 걸었다.

사무엘은 건물이 없어진 공터에서 악마의 흔적을 찾아보려고 했다.

태운 황의 냄새를 맡을 수 있을까 했지만, 그 냄새는 맡을 수는 없었다.

하지만 수확이 완전히 없던 것은 아니다.

'공터 구석에서 다수의 벌레들이 모여 죽어있는 것을 발견했다. 벌레 종류는 바퀴벌레부터 초파리까지 다양했지만, 인위적으로 누군가 모은 것 같지는 않았다. 그렇다고 그 사체들이 바람에 날아가지도, 개미나 다른 동물들이 치우지도 건드리지도 않았다.'

사무엘은 다니엘과 함께 공터가 바람이 잘 안 부는 곳인지 확인했지만, 건물과 건물 사이에 철거를 통해 생긴 공터라 그런지 바람은 오히려 더 강하게 불었다.

벌레들이 한자리 모여 죽는 것은 징조 중 하나다.

'짐승의 사체는 없었지만, 오물이 다수 있었고, 공터 주변으로는 잎이 작은 잡초들과 가시 있는 것들이 많이 자라고 있었다.'

악마들이 잠시라도 머물렀던 자리는 그들이 항상 끌고 다니는 어둠과 부정한 기운으로 인해 쉽게 더러운 곳으로 변한다.

이 때문에 벌레가 모여들고, 짐승의 사체나 오물이 쌓이며, 식물은 잎이 큰 것들은 죽고, 잎이 작거나, 가시가 있거나, 꽃이 피지 않는 것들이 강성해진다.

그리고 그렇게 머물렀던 기간이 길수록, 그 강도는 더해져서, 자리 자체에 저주가 물들어 부정한 곳이 되어버린다.

그런 곳은 억지로 정화시키기보단 접근하지 않고, 놔두어 자연히 정화되기를 기다리는 것이 좋다.

사무엘은 수첩에 목격한 징조를 적으며 생각했다.

'이사야 신부가 입에 담은 그 악마가 정말 관련이 있는 것인가?'

'유럽이나 중동이면 몰라도, 그리스도 역사의 변방이라고 볼 수 있는 한국 같은 나라에서?'

'……변방이니까, 더욱 공략하기 쉽다 그런 걸까?'

'……그게 아니면 퇴마를 한다던 이 사람들이 뭔가 건드려선 안 되는 걸 건드린 걸까?'

몇 가지 추측을 하며 사무엘이 길을 걷고 있으니, 제일 앞에서 걷던 바르톨로메오가 걸음을 멈추고 인도에 있던 작은 구멍가게를 가리켰다.

"여기에서 사죠."

"……오."

다니엘이 작은 가게를 바라보며 약간 실망하는 기색을 보였다.

사무엘은 그런 다니엘의 반응을 보며, 자신과 같은 생각을 했다는 걸 알 수 있었다.

분명 월마트 같은 큰 대형 마트를 생각했는데, 실상은 작은 숍이었다.

하지만 그럼에도 가게 간판에는 당당하게 마트라고 적혀있었다.

다니엘과 사무엘은 바르톨로메오에게 이런 가게는 마트가 아니라 숍이라고 부른다는 걸 알려줄까 잠시 생각했다가, 이내 그대로 바르톨로메오를 따라 작은 가게 안으로 들어갔다.

가게는 좁은 간격으로 물건 진열대가 놓인 건 둘째 치고, 이곳에서 장사를 오래 했는지, 냉장고며 진열대며 모두 오래되어 색이 누렇게 변색된 것투성이였다.

건장한 남성 세 명이서, 어린아이 하나 누우면 꽉 차는 사이즈의 아이스크림 냉동고 앞에 서서 아이스크림을 고르기 시작했다.

바르톨로메오가 사무엘과 다니엘에게 어떤 아이스크림이 무슨 맛인지 설명해 주면서 골랐고, 사무엘과 다니엘은 잠시 관광객 시점이 되어 한국 아이스크림을 신중하게 골랐다.

아이스크림을 고른 세 사람은 가게 계산대로 향했다.

그곳에는 파리채로 자기 얼굴에 부채질을 하고 있는 중년의 여주인이 혼자 앉아있었다.

계산은 각자 하기로 하고, 바르톨로메오부터 계산을 했다.

다니엘 차례가 되어서는 다니엘이 웃으며 가게 주인에게 물었다.

"사장님, 조~ 앞에 있던 퇴마 인테리어라는 회사 어디로 갔는지 아세요?"

다니엘이 싱긋 웃으며 능글맞게 물었다.

자기에게 갑자기 말을 걸 거라고는 몰랐던지, 사장은 깜짝 놀란 얼굴로 다니엘을 쳐다보다가 깔깔거리며 웃기 시작했다.

"아이고, 한국말 잘하네, 나는 또 옆에 있는 청년이 말하나 했네."

아주머니가 웃자, 세 신부도 함께 하하하 하고 웃었다.

"뭐 아느냐고 물었지?"

"저기 공터에 원래 건물 하나 있었잖아요. 거기 인테리어 업체 어디로 갔는지 아세요?"

다니엘이 재차 물었다.

물론 다니엘은 퇴마 인테리어 업체가 어디로 이사 갔는지 이미 알고 있었다.

오래 이곳에서 장사한 것처럼 보이는 가게에 들렀으니, 온 김에 근처 주민들은 저 업체에 대해 얼마나 알고 있는지 알고 싶었다.

다니엘의 질문에 가게 주인은 뜻밖에 얘기를 들려주었다.

"아아, 저기 교회 건물 뒤에 있던 거 말하는 거 맞지?"

"예."

"그 인테리어 가게를 저기 교회 목사부부 아들내미가 했거든? 근데 목사부부가 실종되면서 아들이 충격받아서 사업 정리하고, 딴 데로 이사 갔다고 하더라고. 그 이후에는 부모를 찾았는지, 어쨌는지, 어디로 갔는지 몰라."

"교회 목사부부가 실종되었다고요?"

다니엘이 놀라며 묻자, 가게 주인은 고개를 끄덕이며 말했다.

"지금 저 교회도 건물 내놓았을 걸?"

"아니, 잠시만요."

이번에는 사무엘이 물었다.

"그 목사님 부부가 언제 실종되었는데요?"

"글쎄, 한 석 달 되었나? 근데 그런 건 뭐하러 물어요?"

"아, 그게 저희가 그 가게 단골이었는데, 오늘 와보니까 없어서요."

"에이, 거기 잘하는 것 같지도 않던데, 내가 아는 동생도 인테리어 하는데 저기 밑으로 내려가면 있어요. 거기 한번 가봐요."

"아, 예. 그래야겠네요. 감사합니다."

사무엘이 마지막으로 계산을 마친 뒤, 세 사람은 아이스크림을 먹으면서 주차해 놨던 승합차 쪽으로 복귀했다.

바르톨로메오가 운전석에 앉고, 다니엘이 보조석에, 사무엘이 뒤에 앉았다.

다니엘이 바르톨로메오에게 말했다.

"사제, 저희 도봉구에 있는 그 인테리어 업체 앞에 좀 내려다 주시고, 저 교회 목사부부는 어떻게 된 건지 좀 알아봐 주세요."

"아, 방금 그 실종되었다는 부부요?"

"예, 석 달 전에 실종되었다고 했으니까, 정민규 성도가 실종된 것과 무슨 연관이 있을지도 몰라요."

"아, 네."

그렇게 세 사람은 곧장 승합차를 타고, 성북구에서 도봉구로 이동했다.

퇴마 인테리어는 도봉구 도봉동에서도, 중랑천이라는 작은 강 근처에 있는 마들로 도로, 그 근처 6층짜리 오피스텔 건물 4층에 입주해 있었다.

건물은 외부에서 보면 오피스텔이 아닌 일반 상가건물과 다를 바 없는 모습이었지만, 층마다 작게 작게 공간을 분할해서 세를 주고 있었기 때문에, 오피스텔이라는 명칭에 맞게 용도는 나름 잘 지켜지고 있었다.

그냥 숙소로 활용하고 있는 사람들도 있었고, 막 사업을 시작한 소규모 업체가 이곳을 이용하기도 했다.

퇴마 인테리어도 이런 업체 중 하나로 들어가 있었다.

"4층에 408호."

사무엘이 1층 입구에 있는 우편함들을 살펴보며 중얼거렸다.

바르톨로메오는 사무엘과 다니엘을 건물 앞에서 내려주고, 실종된 목사부부에 대해 알아보려고 갔고, 사무엘과 다니엘 둘이서 퇴마 인테리어를 방문하기로 했다.

우편함을 통해 몇 호실인지 확인한 두 사람은 1층 정문을 지나 승강기 앞에 섰다.

건물은 지어진 지 꽤 오래된 듯했다.

승강기는 두 대가 있었지만, 두 대 모두 긁힌 자국이며 스티커나 전단지의 본드 자국 따위가 덕지덕지 있었고, 승강기 근처 천장 구석구석마다 거미줄이 쳐져 있었다.

거미줄에는 온갖 날벌레들이 걸려 죽어있었고, 어떤 건 거미도 죽어있었다.

딱 봐도 청소나 관리는 전혀 안 되어있었다.

사무엘은 2층짜리 건물을 통으로 쓰던 업체가 이런 곳으로 왔다는 사실에 의문을 품었다.

'같이 일하던 직원이 실종되고, 부모가 실종되며, 재정이 기울었나?'

'그렇다면 이 일을 그만두는 게 맞는 게 아닐까?'

사무엘이 이런 상황에도 퇴마 컨셉의 인테리어 업체를 계속하려는 김주영이라는 사람의 그 의중을 의심하는 동안.

승강기는 1층에 도착하여 문이 열렸다.

사무엘과 다니엘이 타고 4층 버튼을 누르자, 슥슥 줄 끌리는 소음이 나며 승강기가 움직였다.

4층에서 내리자, 승강기를 마주 보는 하얀 벽과 함께 갈림길이 나왔다.

승강기 위치에서, 우측으로 도는 길과 왼쪽으로 도는 길.

사무엘과 다니엘이 벽에 안내표시를 보니, 왼쪽으로 돌면 401호부터 404호까지 복도를 따라 순서대로 있고. 우측으로 돌면 405호부터 408호까지가 순서대로 있었다.

그렇게 두 사람은 안내대로 우측으로 향했다.

코너를 돌아보니, 복도를 기준으로 우측은 쭈욱 창가였고, 좌측은 세입자들이 함께 쓰는 공용화장실부터 405호, 406호, 407호가 있었으며, 408호는 복도를 돌면 바로 마주 보는 형태로 복도 끝에 있었다.

사무엘과 다니엘은 408호를 향해 발길을 옮겼다.

그런데 406호 앞을 지날 때 즈음, 다니엘이 갑자기 사무엘을 불러 멈춰 세웠다.

"잠깐만, 사무엘."

사무엘이 다니엘을 바라보니, 다니엘은 인상을 찌푸리면서 배를 한 손으로 누르고 있었다.

"배가 좀. 화장실 좀 갔다가 가야 될 것 같아요."

"속이 안 좋아요?"

"네, 아까 먹은 아이스크림이 잘못되었나 봐요."

사무엘이 방금 지나친 화장실 쪽으로 시선을 돌렸다.

"저기 화장실 있으니까 갔다가 와요. 기다리고 있을게요."

"미안해요. 갔다 올게요."

다니엘이 손을 살짝 들어 보이며 사무엘에게 양해를 구하고, 화장실로 향했다.

그 모습을 뒤에서 바라보며 사무엘은 한숨을 내쉬었다.

그렇게 잠시 관리가 안 되어 지저분한 복도를 둘러보다, 공용 화장실이 깨끗하기는 할지, 화장지는 제대로 비치되어 있는지 걱정이 된 사무엘은 뒤늦게 다니엘을 따라 화장실로 향했다.

공용화장실은 입구에서부터 남자 화장실과 여자 화장실이 따로 구분되어 있기는 했지만, 공간이 협소하기에 설계를 이렇게 했는지, 입구에 서있기만 해도 남자 화장실, 여자 화장실 내부가 다 보였다.

남자 화장실과 여자 화장실 모두 변기 칸이 두 개였고, 세면대가 하나씩 있었다.

차이점은, 남자 화장실은 세면대 옆에 소변기가 하나 있었고, 여자 화장실은 같은 위치에 둘둘 말려있는 긴 고무호스와 연결된 수도꼭지가 대신 있었다.

화장실은 그래도 세입자들이 사용하는 공간이라 그런지 생각보다 더럽지는 않았다.

세면대와 소변기가 좀 더러웠고, 화장실 전등의 불이 약했지만, 그 외는 평범했다.

"다니엘, 화장지 있어요?"

사무엘이 남자 화장실 변기 칸 쪽을 바라보며 큰 목소리로 물었다.

그러자 다니엘이 조금 힘겨운 목소리로 있다고 답을 해왔다.

사무엘은 그 대답을 듣고, 화장실 밖으로 나와, 복도를 서성였다.

405호 문에는 이름만 들어서는 도대체 뭐하는 회사인지 알 수 없는 '햇빛컨설팅'이라는 업체의 작은 간판이 붙어있었고, 그 주변으로는 중국집 연락처 스티커를 붙였다 뗀 흔적들이 지저분하게 있었다.

406호는 간판이 없었지만 붙였다 뗀 흔적은 여러 개 있었고, 407호는 '푸른금융서비스'라는 업체의 간판이 있었다.

유일하게 408호 퇴마 인테리어만이 문에 뭔가 너저분하게 붙어있지 않았고, 간판도 깔끔하게 되어있었다.

사무엘은 문에 귀라도 갖다 대볼까 하는 생각도 들었지만, 괜히 그러다가 안에서 사람이라도 나오면 이상한 사람 취급받을 수도 있겠다 싶어서 그건 그만뒀다.

그저 다니엘이 화장실에서 나오면 그때 같이 들어가는 게 가장 옳은 방법이었다.

그렇게 무료한 마음으로 잠시 복도에 서있으며 창밖을 바라보던 그때.

복도 코너 부분에서 승강기의 슥슥 줄 끌리는 소리가 들려왔다.

승강기 움직이는 소리가 코너를 돌아, 복도 안쪽까지 들려온다는 사실에 사무엘은 실소를 금치 못했다.

'저러다 승강기 추락하겠다. 추락하겠어.'

사무엘이 황당해하며 복도 코너 쪽을 향해 시선을 돌렸다.

띵-

4층에서 승강기가 멈추고 문이 열리는 소리가 들려왔다.

뚜벅뚜벅.

큰 보폭의 걷는 소리가 복도로 들려왔다.

그리고 한 남자가 나타났다.

처음에 사무엘은 그가 사람이라는 걸 인지하지 못했다.

사무엘의 눈에는 웬 주인 없는 검은 그림자 혼자서 복도에 모습을 드러낸 것처럼 보였다.

그가 검은 옷의 전투복 스타일의 옷차림을 한 것도 이유였지만, 남자는 고개를 살짝 숙인 상태로 앞을 보고 걷고 있어서, 얼굴에 그늘이 져있었고, 그 어둡게 그늘진 얼굴에서 눈에 흰자만이 선명하게 보여서, 살짝 섬뜩하기까지 했다.

남자의 표정은 차갑게 굳어있었고, 눈은 생기가 없이 화가 난듯이 정면을 바라보고만 있었다.

그는 복도에 서있는 사무엘에겐 눈길 한 번 주지 않고, 그대로 지나쳐 퇴마 인테리어가 있는 408호로 향했고, 바로 문을 열고는 안으로 들어가 버렸다.

사무엘은 멍하니 닫힌 문만 바라보고 있다가, 뒤늦게 깨달았다.

'……저 사람.'

비행기 안에서도 계속 봐왔던 남자의 얼굴이었다.

퇴마 인테리어의 사장, 김주영.

사무엘은 침을 꿀꺽 삼켰다.

그가 내뿜던 기색이 평범한 사람과는 확실히 거리가 있다는 걸, 구마사제의 감이 사무엘에게 말해주고 있었다.

사무엘은 다급히 공용화장실로 향했다.

"다니엘, 아직 멀었어요?"

"예? ……네, 조금요."

다니엘이 화장실 변기 칸에서 조금 힘겹게 답해왔다.

사무엘은 벽을 손으로 살짝 치고는, 퇴마 인테리어 쪽을 슬쩍 바라봤다가, 이내 결심한 얼굴로 다니엘에게 말했다.

"다니엘, 미안한데, 나 먼저 인테리어 업체에 들어가서 얘기 좀 나누고 있을게요."

"네?"

"방금 인테리어 업체 사장 가게 안으로 들어갔거든요? 얘기 나누고 있을 테니까, 볼일 다 끝나면 가게 안으로 들어와요. 알았죠?"

"아니, 사무엘 사제."

"먼저 들어가 있을게요."

다니엘의 질문에 대충 답하고, 사무엘은 공용화장실에서 나와, 곧장 복도를 빠르게 걸어 퇴마 인테리어 앞에 섰다.

심호흡을 한 번 하고는 손을 살짝 들어, 408호의 문을 똑똑 두 번 노크했다.

하지만 안에서 대답은 없었다.

한 번 더 똑똑 두 번 노크를 하자, 그제야 안에서 웬 여성의 목소리가 들려왔다.

"예~."

문 너머에서 누군가가 문 쪽으로 다가오는 소리가 들렸다.

철컥.

문이 살짝 열리고, 안경을 쓴 젊은 여성이 한 명 뚱한 얼굴로 서서, 사무엘을 위아래로 훑어보고는 물어왔다.

"무슨 일이시죠?"

"사장님하고 얘기를 좀 나눌 수 있을까요."

"네?"

"김주영 사장님이요."

사무엘의 말에, 여성은 잠시 망설이다 가게 안쪽으로 시선을 돌렸다.

안에서 남자의 목소리가 들려왔다.

"어, 들어오시라고 해."

여성이 문을 마저 활짝 열고, 옆으로 살짝 비켜섰다.

사무엘은 마음을 굳게 다지며 안으로 들어갔다.

Ⅹ

"아으, 짜증나네."

화장실 변기에 앉아, 다니엘은 독일어로 투덜거리고 있었다.

자신이 고른 아이스크림이 몸에 안 맞았거나, 뭔가 아이스크림 자체가 잘못된 게 틀림없었다.

그러고 보니 가게 자체가 청소가 좀 덜 되어있었던 것 같기도 했다.

"저 사제는 갑자기 왜 멋대로 들어가고 그러지, 좀 못 기다려 주나?"

다니엘은 사무엘이 먼저 가버린 바람에, 마음이 더 급해졌다.

기본적으로 사무엘과 다니엘은 같이 다녀야 했다. 이유는 각자의 장점이 달랐기 때문이다.

사무엘은 구마와 관련된 지식이 출중했고, 전문 구마사제를 따라 다니며 쌓은 경험이 꽤 있었다. 하지만 영감은 좋지 않아서, 이론을 벗어나는 상황에서의 대처를 어려워했다.

반면 다니엘은 어릴 때부터 영감이 뛰어나서, 영적인 존재를 보거나 그 존재를 느낄 수 있었다. 그렇지만 구마와 관련된 지식과 경험은 사무엘에게 뒤떨어졌다.

그래서 서로가 서로를 보완하라는 느낌으로 상부에서 두 사람을 같이 묶어서, 구마사제의 수습으로 활용하고 있었다.

딱히 두 사람이 친해서 같이 다니는 게 아니었다.

위에서 같이 다니라고 하니, 그 말에 순종하고 있었던 것이다.

그런데 이번에는 멋대로 먼저 간다고 하니, 다니엘은 솔직히 좀 짜증이 났다.

마음 같아서는 대충 마무리하고 당장 쫓아가고 싶었다.

하지만 잔변감이 심해서 도저히 변기에서 일어설 수 없었다.

이미 변기에서 강제로 일어서려고 몇 번 시도했지만, 그때마다 흘러나오려고 해서 다시 변기에 앉아야 했다.

마음은 급하고, 속은 안 좋고, 날씨도 습하고 더워서인지, 어느새 다니엘의 이마에는 땀이 송글송글 맺히기 시작했다.

화장실에 비치된 두루마리 휴지를 둘둘 좀 말아서 뽑은 다음, 이마의 땀을 닦은 다니엘은 깊은 한숨을 한 번 내쉬었다.

뚜벅뚜벅.

이때 화장실 입구 쪽에서 구둣발 소리가 다니엘에게 들려왔다.

다니엘은 독일어로 투덜거리던 걸 그만두고, 조용히 볼 일 보기에 집중했다.

구둣발 소리의 주인은 화장실 안으로 들어오더니, 다니엘의 바로 옆 칸으로 들어가 변기에 앉았다.

모르는 사람이 옆 칸에 볼일을 보러 들어갔다는 사실에 조금 어색함을 느끼며, 다니엘은 자기 뺨에 갑자기 달라붙은 파리 한 마리를 손을 휘저어 내쫓았다.

그렇게 몇 초 더 힘을 주며 변기에 있다 보니, 잔변감이 덜해지며, 배가 좀 편해졌다.

"휴우."

휴지로 뒤처리를 하고, 변기에서 일어나 옷매무시를 가다듬고, 다니엘은 변기의 물을 내렸다.

냄새가 좀 심해서, 서둘러 바깥 공기를 마시고 싶었다.

냄새 때문인지 또 파리 하나가 다니엘의 머리 주변을 맴돌며, 자꾸 뺨과 이마를 건드렸다.

기분이 더러워진 다니엘은 곧장 변기 칸에서 나와, 세면대로 향했다.

안 그래도 땀 때문에 얼굴 피부가 끈적이고 갑갑했는데, 더러운 파리까지 피부에 앉아대니 세수를 안 하려야 안 할 수가 없었다.

쏴아아--

세면대의 수도꼭지를 틀고, 두 손에 물을 받아 연거푸 세수를 시작했다.

"후아."

상쾌한 기분이 들어, 다니엘은 만족감에 감탄사를 작게 지르며 세면대 거울을 바라봤다.

얼굴 전체를 파리가 뒤덮고 있었다.

검었다.

뜬 두 눈동자를 빼고, 얼굴 가득 파리들이 빼곡하게 앉아있었다.

"으아악!!!!"

다니엘이 비명을 지르며 뒤로 나자빠졌다.

두 손으로 얼굴에 앉은 파리들을 때리고, 훑었지만, 소용이 없었다.

파리들은 다니엘 주변을 날아다니며 그를 공격했다. 깨무는 게 아니라 자신들을 희생해 가며 다니엘의 얼굴에 있는 구멍이란 구멍은 전부 노리고 비집고 들어가기 시작했다.

파리들은 자신들이 거기에 끼여서 죽는 것도 상관치 않았다.

다니엘은 바닥을 뒹굴며 두 손으로 파리를 내쫓으려고 애를 썼다.

두 귀를 손으로 때리고 막으니, 코로 입으로 비집고 들어왔다. 귀를 막고 있던 한 손으로 코를 막으니 귀를 파고들었다.

"으으으으으으윽극!!"

고통과 불쾌감, 두려움이 엄습했고, 다니엘은 이를 악물고 비명을 질렀다.

철컥-

다니엘이 있던 화장실 칸 옆 칸의 문이 열리고, 변기의 물이 내려가는 소리가 들렸다.

백구두를 신은 남자는, 휘파람을 불며, 바닥에 쓰러져 있는 다니엘을 뛰어넘어, 세면대로 향했다.

손을 씻고, 거울을 보며 머리를 매만진 남자는 이내 바닥에서 경련하고 있는 다니엘에겐 눈길조차 주지 않고, 유유히 밖으로 나갔다.

X

408호, 퇴마 인테리어의 사무실 안은 확실히 비좁았다.

일단 바닥은 목재 무늬에 장판, 천장과 벽은 흰색 벽지로 통일되어 있었지만, 군데군데 누렇게 변색된 곳이 있었다.

구조적인 이유 때문에 벽 가운데가 아닌 우측에 있는 현관 출입문을 기준으로, 바로 앞에 높이가 낮은 탁자를 가운데에 두고, 2인용 소파 두 개가 서로 마주 보는 형태로 놓여있었다.

그 소파와 탁자 너머로 퇴마 인테리어 사장인 주영의 책상과 컴퓨터가 현관문을 마주 보는 방향으로 놓여있었다. 그 소파와 주영의 컴퓨터 책상만으로 내부 공간의 절반은 꽉 찬 느낌이었다.

나머지 절반의 공간 중 대부분은 수연이 사무업무를 보는 공간으로 쓰고 있었다.

주영의 사무자리 바로 옆에 수연의 책상 두 개가 있었는데, 모두 벽에 붙여서 ㄱ자로, 벽을 바라보게 배치되어 있었다.

책상 하나에는 컴퓨터, 팩스와 프린터 겸용 복합기, 서류철꽂이 등이 있었고, 책상 하나에는 전화기 두 대. 노트북, 필통, 수첩이 가득 꽂혀있는 책꽂이 등이 있었다.

남는 공간에는 정수기와 싱크대, 냉장고, 옷걸이 등이 비치되어 있었다.

수연은 안경을 쓰고, 통이 큰 연청바지에 밝은 분홍색 후드티, 운동화 차림을 하고 있었는데, 안색이 다소 피곤해 보였다.

그래서 사무엘은 그런 수연을 보고 좀 무뚝뚝한 사람이지 않을까 멋대로 생각했다.

주영은 검은색 트레이닝복 상·하의를 입고, 흰색 운동화를 신고 있었는데, 처음 사무엘이 사무실 안으로 들어왔을 때는, 주영이 옷을 갈아입고 있던 도중이었다.

비슷한 나이의 여성과 좁은 공간에 같이 있는데도 신경 쓰지 않고, 속옷 차림으로 옷을 갈아입는 주영을 보고, 사무엘은 자신이 보았던 광고 영상 속 여자가 수연이라고 확신했다.

"차 좀 드릴까요?"

사무실로 들어와 멀뚱하게 서있던 사무엘을 향해 수연이 물었다.

사무엘은 차분하게 감사하다고 답했다.

이에 수연은 싱크대 찬장으로 가서 녹차 티백을 꺼냈다.

옷매무시를 가다듬은 주영이 사무엘에게 다가와, 소파에 앉으라고 손짓했다.

이에 사무엘이 먼저 2인용 소파 두 개 중 문에 가까운 쪽에 앉았고, 주영이 마주 보는 반대쪽 소파에 앉으며 물었다.

"어떻게 오셨죠?"

"정민규 씨 아시죠?"

사무엘의 물음에, 주영이 움찔했고, 차를 타고 있던 수연의 행동도 멈추었다.

"죄송하지만, 누구시죠?"

주영이 굳은 얼굴로 사무엘에게 물었다.

"정민규 씨가 다니던 성당의 담당 신부인 사무엘이라고 합니다."

"신부님이시라고요?"

"네."

"신부님께서 여긴 무슨 일로?"

"정민규 씨…… 실종되셨죠? 그 일과 관련해서 확인할 게 있어서 왔습니다."

사무엘이 공손하게, 하지만 웃거나 가볍지는 않게 말했다.

하지만 그럼에도 주영의 표정은 굳은 얼굴 그대로였다. 수연은 차를 타다 말고, 싱크대 앞에 서서 사무엘을 바라보고 있었다.

주영이 다시 물었다.

"그런데 제가 알기로 민규가 다니던 성당의 신부님은……."

"이사야 신부도 실종되었습니다."

사무엘이 주영의 말을 자르며 답했다.

"천주교 성도와 신부가 실종되었습니다. 두 사람의 공통점은 따로 말하지 않아도 알고 계실 거고요. 저는 그 두 사람에게 무슨 일이 있었는지 알아보려고 왔습니다."

"뭐를 어디까지 알고 계신데요?"

주영이 소파에 등을 완전히 기대며, 불편한 심기를 드러냈다.

"알고 있다고 말하기도 뭐하네요. 일단 정민규 씨가 실종되었다는 건 압니다만, 어떻게, 언제, 왜 실종된 건지 구체적인 건 전혀 모릅니다. 그 부분부터 알 수 있을까요?"

"왜 제게 물어보시는 거죠? 경찰 쪽에서 이미 찾고 있으니까, 경찰서에 가보시는 게 낫지 않을까요?"

"경찰에 실종 신고를 접수하신 게 김주영 사장님이시잖아요."

사무엘의 말에, 주영은 잠시 콧김을 내뿜으며 불편해했다.

그러다 싱크대 앞에 서있는 수연을 보고는 상냥한 목소리로 말했다.

"수연아, 어젯밤부터 고생했어, 오늘은 일찍 퇴근해."

"……어?"

"나중에 내가 얘기해 줄게. 일단 오늘은 먼저 가. 나도 이분이랑 얘기 좀 하고 퇴근할 거니까."

주영이 사무엘을 바라보며 말했다.

"죄송합니다만, 저희가 어제저녁부터 경기도 광주에 큰 요양병원에서 작업을 좀 하다가 왔거든요. 조금밖에 시간 못 내드릴 것 같은데, 양해 좀 부탁드리겠습니다."

"아, 괜찮습니다. 조금이라도 제대로 된 답변만 받는다면야,

굳이 또 올 일은 없겠죠."

사무엘이 하루고, 이틀이고, 계속 찾아올 수 있다는 걸 암시하자, 주영이 살짝 눈을 게슴츠레하게 떴다.

수연은 종이컵에 녹차를 마저 타고는, 사무엘 앞 탁자 위에 살며시 내려놨다.

"감사합니다."

사무엘이 답했지만, 수연은 사무엘은 보지도 않고, 주영에게 말했다.

"그럼 정리하고 나 먼저 갈게."

"어."

수연은 곧바로 자기 책상의 컴퓨터를 끄고, 정리를 좀 하다가, 컴퓨터 책상 아래 서랍에서 크로스백 가방을 하나 꺼내 매고는, 곧바로 사무실을 나갔다.

그렇게 수연이 나갈 때까지 주영과 사무엘은 한마디도 하지 않고 있다가, 수연이 나감과 동시에 주영이 먼저 입을 열었다.

"꽤 조사를 하고 오신 것 같은데요."

"제가 한 건 아니고요. 교구에서 조사를 해서 저에게 넘겨준 거죠."

"교구에서요?"

"기분 나빠하진 마세요, 실종자를 찾아야 하니까 조사를 한 겁니다. 게다가 정민규 성도만 사라진 게 아니고 신부가 같이 실종되었으니, 저희 쪽에서도 꽤 큰일이거든요."

"이사야 신부님께서 실종되었다는 얘기는 저도 방금 처음 들어서, 놀랐습니다."

"모르셨어요?"

"네."

"이사야 신부는 언제 마지막으로 만나셨나요?"

사무엘이 자기 웃옷에서 수첩과 볼펜을 꺼냈다.

그리고는 손으로 수첩과 볼펜을 주영에게 살짝 들어 보였다.

"괜찮으시겠죠?"

"……네."

"다시 여쭙죠, 이사야 신부님은 언제 마지막으로 만나셨나요?"

"글쎄요, 3주 좀 된 것 같은데요."

"정민규 씨가 실종된 건?"

"1년 정도 되네요."

사무엘이 필기하는 걸 지켜본 주영은 팔짱을 끼고, 사무엘에게 물었다.

"민규가 실종된 건 1년이나 됐습니다. 이사야 신부님이 실종된 건 한 달도 안 되고요. 둘이 연관되어 있다고 보긴 힘든 거 아닌가요?"

"둘을 연관 지으면 그렇게 보이지만, 중심인물을 하나 두고 보면, 특정인물 주변 사람이 1년도 안 되어 두 명이나 실종된 건데, 연관이 없다고 할 수 있을까요?"

"그 특정인물이 누구죠?"

"아시잖아요."

사무엘이 수첩을 닫으며, 주영에게 말했다.

"석 달 전에 김주영 씨 부모님 두 분이 실종되었다고 들었습니다."

"잠시만."

주영이 기가 차다는 듯이 헛웃음을 지으며 손으로 사무엘의 말을 제지했다.

"기분 나빠하지 말라고 하셨지만, 좀 그러네요. 민규의 실종에 대해 조사하는 게 아니라 제 주변만 조사하시는 건가요?"

"민규 씨의 실종에 대해서 조사를 하다 보니, 자꾸 주영 씨 주변에 실종된 사람들이 더 나오네요. 혹시 부모님 말고도 제가 모르는 실종된 사람이 주영 씨 주변에 더 있는 건 아닌가요?"

사무엘이 범죄자를 추궁하듯이 몰아세웠다.

주영의 두 눈이 충혈되기 시작했다.

"이해가 안 되는데, 말씀을 왜 그렇게 공격적으로 하시죠?"

"전 사람들이 계속해서 실종되고 있는 일에 대해 묻고 있는 거예요. 그 중심에 있는 게 김주영 사장님, 당신이고요. 그런데 계속 모른 척하실 겁니까?"

"……모른 척 한 적 없습니다."

"제가 민규 씨 실종에 대해 물을 때도, 저보고 경찰에 가서 물어보라고 하시지 않았습니까? 본인이 실종 신고를 한 사람인데도요?"

주영의 태도가 뻔뻔하다고 느낀 사무엘의 억양이 다소 격해졌다.

이에 비해 오히려 주영의 태도는 점점 더 차분해져만 갔다.

"그건 제가 떠올리기 싫어서 그런 겁니다."

"떠올리기 싫어서 그랬다고요?"

"신부님께서는 뭔가 잘못 판단하고 계신 것 같네요. 민규는 단순히 일을 같이한 직원이 아니었습니다. 제 친구였습니다. 그냥 친구도 아니고 친형제 같은 녀석이었어요. 그런 친구가 행방불명이 되었습니다. 그 일을 입에 담기란 쉬운 게 아닙니다."

"친구를 찾기 위한 노력은 하고 있는 겁니까?"

"신부님."

"당신이 구마로 돈을 벌 생각을 하고, 이걸 사업으로 시작하고 나서부터 주변 사람들이 실종되고 있잖아요. 그러면 보통 사람이라면 이 일을 그만두는 게 정상 아닙니까? 그런데도 당신은 계속 이 일을 하고 있습니다."

사무엘도 자신이 지금 하고 있는 건 일방적인 질책이고, 비난에 가깝다는 걸 말하면서도 깨닫고 있었다.

흥분하지 말고, 침착하게 조사를 해야 된다는 걸 알고 있었다.

하지만 감정이 격해져 있었다.

그건 교황 성하께서 오직 사무엘에게만 내린 비밀 임무의 무게감 때문이었다.

에르하르도 추기경은 교황 성하가 자세한 내막은 모른다고 착각하고 있었다.

하지만 수원의 교구장은 에르하르도 추기경이 사건의 내막을 은폐하고자 결정했을 때, 이를 독단적으로 교황 성하께 직접 보고했다.

이에 성하께서 이 일에 심각함을 헤아리시고, 직접 사무엘에 게만 은밀히 건네주신 쪽지에는 막중한 임무가 있었다.

그것은 '김주영이라는 남자가 악마와 계약을 맺은 강령술사로 의심되니, 조사하여 이를 입증하는 증거를 확보하면 제거하라.' 는 처단 임무였다.

그건 너무나도 무섭고, 두려운 임무였다.

하지만 사무엘도 이 일의 심각성을 인지하고 있었다.

이에 사무엘은 순종하기로 했다.

정말로 이 남자 때문에 그 일련의 사건이 발생하고 있는 거라 면, 이 남자를 누군가는 멈춰야만 했으니까.

"당신은 정민규 씨가 실종된 이후에도 멈추지 않고, 이사야 신부에게 구마 도구 제작을 도와달라고 한 걸로 알고 있습니다. 이젠 이사야 신부도 안 좋을 일을 당하고 말았죠. 구마는 돈벌 이로 할 가벼운 게 아니란 말입니다. 아직도 모르시겠습니까?"

그러니 멈추라고 사무엘은 말하고 있었다.

이 임무가 매우 무거운 짐이라는 건 성하께서도 알고 계셨다.

그래서 교황 성하께서도 '증거를 확보하면'이라고 빠져나갈 구멍을 사무엘에게 만들어 주셨던 것이다.

증거를 반드시 확보하라는 게 아니었다.

즉, 강령술사니 뭐니, 그냥 이 남자가 이 일을 그만둔다면, 사 무엘도 이 무거운 비밀 임무에서 벗어날 수 있었다.

"그냥 일반 인테리어 업체로 운영할 수도 있는데, 왜 굳이 구 마를 곁들여서 하려는 겁니까?"

사무엘이 흥분해서 침착성을 잃고, 따지듯이 물었다.

사무엘의 질문 아닌 비난을 가만히 듣고 있던 주영은 한숨을 내쉬며 자리에서 일어나, 싱크대로 갔다. 그리고는 자신의 머그컵을 하나 들고, 정수기에서 냉수를 받아 벌컥벌컥 마셨다.

"제 주변에 신부님이 모르는…… 실종된 사람이 더 있느냐고 하셨죠?"

주영이 사무엘을 돌아보며 말했다.

"2년 전에 제 여자친구가 퇴마 중에 악령에게 살해당했습니다. 민규가 실종되던 그때, 또 한 명. 제 친구, 박수혁이라는 친구도 함께 실종되었습니다. 그리고 민규와 수혁이의 빈자리를 채우려고 협업을 했던 자칭 퇴마사들도 실종된 사람이 많습니다. 불과 며칠 전에도 폐업을 한 요양병원이 있다고, 거기 작업을 해달라는 사람이 있어서, 퇴마에 나름 자신 있다는 사람들하고 갔습니다. 그랬더니 또다시 연락도 안 되고 행방이 묘해진 사람들이 나왔습니다. 숫자만 헤아려도 스무 명은 족히 되는 것 같네요."

상상도 못 했던 말이 주영의 입에서 나오자, 사무엘이 사색이 되어 물었다.

"그런데도 이 일을 계속하는 겁니까?"

"반대로 이렇게 묻고 싶네요. 그런 일들이 있었는데, 멈추란 말입니까?"

주영이 살짝 거칠게 숨을 내쉬며, 사무엘에게 반문했다.

"악령에게 여자친구가 살해당했습니다. 친구가 당했습니다.

가족이 당했습니다. 그런데도 모른 척 다른 일을 하며 살아가란 말입니까?"

"그건 당신이 애초에 구마를 돈벌이로 삼았기에 일어난 참사 아닙니까?"

"……조사하셨다면서, 정작 중요한 걸 모르시는군요."

주영이 고개를 내저으면서 사무엘에게 말했다.

"이 퇴마 인테리어는 제 여자친구인 지혜가 만든 회사입니다. 저는 직원이었고요. 그리고 지혜도, 걔가 가진 특별한 능력 때문에 퇴마와 관련된 일을 할 수밖에 없었어요."

"……능력이요?"

"지혜는 귀신을 볼 수 있었어요."

냉수가 담긴 머그컵을 든 채로 주영은 다시 소파에 앉았다.

"저랑 지혜는 같은 초등학교에 다녔어요. 처음엔 별로 친하진 않았죠. 반은 같은데 접점이 아예 없었다고 할까요. 당시에 지혜는 전교에서 유명한 우등생이었고, 저는 노는 것만 관심 있는 애였거든요. 그러던 어느 날 학교 애들 사이에 이상한 소문이 퍼졌어요. 밤에 웬 여자애가 혼자서 놀이터에서 귀신이랑 노는데, 그 애가 지혜라는 소문이었죠. 당시에 지혜는 선생님들 사이에서도 어른스럽다는 평가를 받던 모범생이라, 질투하는 여자애들이 일부러 험담하는 거라고 생각했죠."

과거를 회상하며 얘기하기 때문일까, 주영의 얼굴에서는 어느새 편안한 미소가 그려지고 있었다.

"그래서 밤중에 동네 놀이터를 부모님 몰래 돌아다녔죠. 그

범생이가 정말로 있나 보려고요. 그런데 정말로 있더라고요. 다음 날, 철이 없던 저는 별생각 없이 친구들에게 그걸 떠벌렸고…… 지혜는 학교 최고의 모범생에서 귀신 보는 미친 애가 되고 말았죠. 그렇게 점점 아이들의 놀림이 도가 좀 지나치기 시작했고…… 저는 미안한 마음에 다시 밤에 지혜를 찾아가 사과했죠. 그러다 알게 됐어요. 지혜가 실제로 귀신을 볼 수 있고, 귀신이 실제로 있다는 걸요. 끝까지 이유는 말하지 않았지만, 당시에는 밤이 되면 놀이터에서 귀신이랑 놀아줘야 하는 어떤 이유가 있었다고 생각해요. 딱 초등학교 졸업하고 나서부터는 밤에 귀신이랑 안 놀아주더라고요.”

주영의 얘기에, 사무엘은 할 말을 잃고 가만히 듣고만 있었다.

주영은 계속해서 과거를 말했다.

“지혜는 갈수록 귀신을 보는 일이 잦아졌어요. 보통은 자라면서 영감이 약해진다고들 하는데, 지혜는 반대였어요. 점점 영감이 강해진다고 할까요? 지혜는 악마들이 죽은 사람 흉내를 내면서 사람들을 속이고, 괴롭히는 상황을 가만히 보기 힘들어했어요. 뭐라 하더라, 사기꾼이 자기 앞에서 다른 사람들에게 사기치는 걸 보고 있는 느낌이라고 했죠. 그래서 못 견디겠다고요. 정의감이 투철했죠. 어릴 때부터 모범생이었으니까요.”

가볍게 웃으며 주영이 물을 한 번 마시고 말했다.

“지혜가 퇴마 일을 하는 건 자연스러운 일이었죠. 저는…… 지혜랑 같이 있고 싶었지만, 장래를 생각하면 점점 멀어질 수밖에 없었는데, 거기서 지혜가 저에게 일자리를 하나 소개해 줬어요.”

"그 일자리가······."

"네, 여기였죠. 지혜가 저와 함께 있을 공간을 만들어 준 거였죠. 그리고······."

주영의 표정이 어두워졌다.

"······지혜가 죽고 난 뒤에는, 제가 대표가 되어 운영을 하게 됐죠."

"······."

그런 이유라면 멈출 수가 없을 것이다.

거기서 뭔가 이상함을 느끼고 사무엘이 방금 나갔던 여성에 대해 물었다.

"그러면 방금 나간 여성분은?"

"박수혁이라고 민규 실종될 때 같이 실종된 제 친구의 여동생 박수연이라고 합니다. 쟤도 아직까지 그 일을 생각하면 괴로울 겁니다."

"······그렇다면, 뭔가 좀 이상하네요."

사무엘이 주머니에서 휴대전화를 꺼냈다.

그리고는 손가락으로 화면을 이리저리 탭하며, 무언가를 찾더니, 주영에게 보여줬다.

휴대전화 화면에는 주영이 메인으로 나왔던, 퇴마 인테리어의 인터넷 홍보 영상이 있었다.

"여기 보시면 옆에 같이 나오는 여자분, 여자친구 아닙니까? 얼굴은 안 나오지만 맞는 것 같은데요. 그런데 이 영상은 만든 지 1년이 안 되는 걸로 아는데······. 죄송하지만 여자친구 분은

2년 전에 돌아가셨다고 하시지 않으셨습니까?"

"저 홍보 영상을 찍은 건 지혜가 죽고 6개월 정도 지나서였습니다."

주영이 슬픈 얼굴로 그 영상을 바라보다, 사무엘에게 웃으며 말했다.

"저 영상은 제게 희망을 줬어요. 지혜가 여전히 저와 함께하고 있다는 믿음을 갖게 해줬습니다."

"그 말씀은……."

"그걸 찍을 땐, 수연이가 찍어줬고, 저 혼자 촬영에 임했습니다. 주변엔 아무도 없었죠."

주영이 머그컵에 남은 물을 다 들이켜고 말을 이었다.

"제 주변 사람들이 실종되고 있는 건 맞습니다. 하지만 그건 단순한 실종이 아닙니다. 실종된 그 사람들은 저와 함께 악마에게 대항하며 싸우고 있던 동료였습니다. 저희가 이길 때가 훨씬 더 많았지만, 조금이라도 질 때는 저희의 피해가 더 컸습니다. 하지만 그렇다고 이제 와서 혼자 살겠다고 도망갈 생각은 없습니다. 계속 싸울 겁니다."

"김주영 씨, 제 얘기를 들어보세요. 지금 하시는 행동은 인간의 힘으로는 절대 이길 수 없는 거대한 영의 세력과 싸우려고 하시는 겁니다. 구마는 천주교에서도 함부로 하지 않고 있습니다. 그런데 그런 구마를, 여자친구 분이 시작했다는 이유만으로 접근하는 건 분명 잘못된 방식입니다. 그만두시고 다른 사람들처럼 평범한 일을 하시면서 사실 수는 없으시겠습니까?"

퇴마 인테리어

"제 대답이 어떨지는 아시잖아요."

주영의 대답에, 사무엘은 고개를 천천히 끄덕일 수밖에 없었다.

사무엘이 또 물었다.

"그러면 이 사업은 언제까지 하실 생각이신가요?"

사무엘에 물음에 주영은 천장의 전등을 잠깐 바라보다, 사무엘에게 답했다.

"퇴마를 하는 데 있어서, 돈이 들어갑니다. 그래서 지혜도 불가피하게 사업의 형태로 시작했을 뿐입니다. 그러니 그 끝은 당연히……."

"영적인 존재는 불멸입니다. 신을 제외한 그 누구도 악마를 죽일 수는 없습니다."

"……그 끝은 당연히, 제가 더는 싸울 수 없을 때겠죠."

사무엘이 말하는 중간에 끼어들어 지적했음에도, 주영은 아랑곳하지 않고 답했다.

그의 눈빛과 말에서 결의를 확인한 사무엘은, 주영을 멈출 수 없다는 걸 알았다.

그렇다면 사무엘에게 남는 선택지는 하나였다.

다시 교황 성하의 명령을 받들어, 김주영이 강령술사임을 입증할 증거를 찾는, 수사를 다시 시작해야 했다.

사무엘이 한숨을 내쉬고 주영에게 물었다.

"알겠습니다, 그러면 일단 정민규 씨가 어떻게 실종되었는지 설명을 좀……."

껌뻑, 껌뻑.

사무엘이 말하는 도중에 방의 전등의 불이 잠깐 깜빡였다.

사무엘의 시선이 잠깐 전등으로 향한 사이, 주영의 휴대전화에 문자가 도착했음을 알리는 벨이 잠깐 울렸다.

주영이 휴대전화를 꺼내 보더니, 사무엘에게 말했다.

"죄송하지만, 그 부분은 다음에 다시 얘기해도 될까요? 지금 거래처 사장님께서 찾으셔서 만나러 가봐야 하거든요."

"네? 아, 그렇군요. 그러면 어쩔 수 없죠."

"제 명함 드릴 테니, 다음에는 연락을 하고 오십시오."

주영이 휴대전화를 트레이닝복 주머니에 넣고, 이번에는 지갑을 꺼내더니, 명함을 한 장 빼내어 사무엘에게 내밀었다.

사무엘이 명함을 받아들자, 주영은 먼저 자리에서 일어났다.

"다음에는 여기 말고 어디 카페 같은 곳에서 약속 잡고, 뵙도록 하겠습니다."

제일 중요한 순간에 등을 떠밀려서 강제로 내쫓아지는 기분이 되어, 사무엘은 조금 심기가 불편했지만, 어쩔 수 없었다.

지금 당장 주영의 기분을 나쁘게 해서 좋을 게 없었다.

그리고 주영의 얘기를 들어보니, 딱히 악마와 계약을 맺은 강령술사 같지도 않았다.

오히려 악마에게 살해된 여자친구의 복수를 하기 위해 노력하는 사람이었다.

사무엘은 주영에게 미안한 기분이 들었다.

처음에 그를 모든 사건의 주범 같은 인물로 멋대로 판단했었으니까.

"어, 음."

뭐라 말할지 어려워하며, 사무엘은 사무실 뒷정리를 하는 주영의 모습을 잠깐 동안 바라보고 서있었다.

주영은 사무실 뒷정리를 마치고, 자신이 입었던 작업복을 넣은 큰 가방을 챙겨서는 한쪽 어깨에만 걸쳐 매고, 사무실의 불을 껐다.

"가시죠."

주영이 사무엘에게 말하며 문을 열었다.

이에 사무엘이 먼저 밖으로 나오고, 이어 주영이 나오며 사무실의 문을 열쇠로 잠갔다.

철컥-

주영이 사무실 문을 잠그고, 승강기가 있는 곳으로 가기 위해 복도를 걷기 시작했다.

이에 사무엘도 옆으로 나란히 걸으며, 마른 입술에 혀로 침을 바르고는 주영에게 말했다.

"어, 음, 저기."

"네?"

"서류를 통해서, 김주영 사장님에 대해 봤을 때는 실종된 인물들 사이에 있는 핵심 인물이라고만 느껴졌거든요. 그것도 위험한 구마를 돈벌이 수단으로 보는 사람이라고 생각했습니다."

"……."

주영은 아무 대꾸 없이 가만히 들으며 걸었다.

복도 코너를 돌아, 승강기 문 앞에 서게 되자, 사무엘이 진심으로 말했다.

"처음에 좀 감정적으로 말했습니다. 사과드리겠습니다."

"아, 네."

주영이 살짝 쓸쓸한 미소를 지어 보였다.

"이사야 신부님께서 실종되셨으니, 그쪽 성당도 난리가 났을 테죠. 그렇게 나오셨던 것도 이해합니다. 마음에 담아두지 않을 테니 걱정 마십시오."

띵-

승강기 문이 열렸다.

승강기 안에는, 백구두에 흰색 양복 정장, 그 안에 검은색 셔츠를 입고, 흰색 넥타이를 맨 미인 청년이 바지 주머니에 손을 넣고는 한쪽 벽에 기대어 서 있었다.

주영이 먼저 타고는 1층 버튼을 누른 뒤, 뒤돌아 사무엘을 바라보며 물었다.

"안 타세요?"

"제가 사실 일행하고 같이 왔는데, 화장실에 가서는 안 나오네요. 먼저 가십시오."

사무엘이 멋쩍게 웃으며 말하자, 주영은 갑자기 일행이 화장실에 있다는 얘기가 좀 황당했지만, 이내 곧 그러려니 하며 고개를 끄덕였다.

승강기 문이 닫히려 하던 그때.

사무엘이 반드시 해야만 하는 질문 하나가 생각나서, 급히 승강기 버튼을 눌렀다.

닫히려던 승강기 문이 다시 열리고, 사무엘이 주영에게 물었다.

"이사야 신부를 3주 전에 만났다고 했죠?"

"아, 네."

"어디서 만났었나요?"

"성당이죠. 이사야 신부님이 본당 신부로 있던?"

"그때 뭔가 특이한 거 못 봤어요? 아니면 이사야 신부가 좀 이상했다던가?"

사무엘의 질문에 주영이 잠시 기억을 더듬었다.

그사이, 흰색 정장을 입은 청년이 사무엘을 향해 웃어 보였다.

청년이 사무엘을 바라보며, 왼손으로 목 뒤를 문지르며 고개를 갸웃거렸다.

주영이 사무엘을 바라보며, 왼손으로 목 뒤를 문지르며 고개를 갸웃거렸다.

두 사람이 동시에 답했다.

""그러고 보니 신부님하고 거기 수녀님하고 분위기가 좀 이상하더라고요. 뭔가 좀 서로 눈치를 보는 느낌? 막 사귀기 시작한 새내기 커플 같았다고나 할까요. 거기 수녀님도 같이 실종되신 건 아니죠?""

"아…… 그게, 수녀님은 괜찮으세요."

""그러면, 그거 말고는 딱히 이상한 건 안 떠오르네요.""

주영과 청년이 가볍게 웃었다.

사무엘은 묘한 표정을 지으며, 일단 알겠다며 고맙다고 답했다.

승강기 문이 이내 닫히고, 사무엘은 골똘히 생각했다.

이사야 신부는 그 사건이 일어난 당일, 고해소에 대기하던 중에 갑자기 그런 기분이 생겼다고 했다.

그런데 그 이전부터 낌새가 있었던 걸까?

아무래도 다니엘과 한번 얘기를 나눠봐야 할 것 같았다.

사무엘은 승강기 문 앞에서 골똘히 생각하던 걸 멈추고, 화장실에 가서는 아직까지 나오지 않던 다니엘이 생각나, 화장실로 향했다.

배탈이 난 건 알겠지만, 그래도 너무 오래 있었다.

짜증과 걱정이 동시에 섞인 한숨을 내쉬며, 사무엘이 화장실 입구로 들어섰다.

그런데 입구에 들어서자마자, 얼굴이 바닥을 향한 채, 쓰러져 있는 남자의 모습이 보였다.

"다니엘?"

사무엘은 곧바로 쓰러져 있는 다니엘을 알아보고 급히 다가갔다.

"다니엘!"

사무엘이 다니엘의 어깨를 붙잡고, 다니엘의 몸을 돌렸다.

다니엘은 입에서 침을 질질 흘리고 있었고, 눈은 반쯤 뜬 상태로 작게 신음하고 있었다.

"정신 차려요. 다니엘!"

사무엘이 다니엘을 상체를 흔들었다.

그러자 다니엘이 기침을 몇 번 하더니 구토를 하기 시작했다.

상태가 심각한 것 같아서, 사무엘은 곧장 휴대전화를 꺼내

911을 누르고 전화를 걸었다.

911로 건 전화는 곧바로 긴급전화 119 상황실로 전환되어 연결되었고, 사무엘이 신고 접수 담당 공무원과 통화를 하며 위치를 설명했다.

"여기 사람이 쓰러졌습니다! 위치는 도봉구 도봉동 마들로……."

"우어억!"

다니엘이 구토물을 한바탕 토해냈다.

통화를 하며 무심코 그 내용물을 바라본 사무엘의 눈에, 검은색 알갱이들 같은 것이 잔뜩 있는 게 보였다.

자세히 보니 전부 파리였다.

경악하며 다니엘의 얼굴을 바라보니, 다니엘이 눈을 껌뻑이며 사무엘을 힘겹게 쳐다보고 있었다.

이어 사무엘의 팔을 붙잡더니 뭔가를 말하려 했다.

"잠시만요! 다니엘, 괜찮아요? 의식이 좀 들어요?"

"여기…… 있어요……."

"예?"

다니엘이 온 힘을 다해 필사적으로 단어 하나를 사무엘에게 들려줬다.

사무엘은 그 단어를 듣는 순간, 에르하르도 추기경과의 대화를 떠올렸다.

에르하르도 추기경이 한숨을 한 번 내뱉고 말했다.

"그게 이사야 신부가 했던 말 중에…… 그 범죄를 행하는 동안…… 자기도 모르게 다른 신에게 감사하는 기도를 올렸다고 했어요."

"다른 신이요?"

"어떤 신이죠?"

사무엘과 다니엘이 눈을 동그랗게 뜨고 물었다.

추기경이 입에 담기조차 싫은 듯, 인상을 찡그리며 답했다.

X

"바알."

사무엘이 놀라 다니엘을 쳐다봤다.

"……바알. ……그가 여기 있어요."

　본 작품에 대한 소재를 얻은 건, 일본 공포영화 '주온'을 보던 중이었습니다.

　예전에 텔레비전 방송에서 주온 시리즈가 연속해서 방영이 되었는데, 1편을 보고 후속작인 2편을 보는데, 무섭다기보단 화가 굉장히 많이 났었습니다.

　왜냐하면, 주온의 등장하는 귀신이 너무나도 이기적이고, 독선적이고, 그 행동 하나하나가 너무 악해서, 마치 범죄자가 무고한 시민들을 괴롭히는 걸 보는 느낌이 저에겐 강했습니다.

　딱히 주온만 제게 그런 건 아니었습니다.

　일본 공포영화에서는 귀신들이 원한에 따른 복수를 하는 것도 아니고, 그렇다고 귀신들이 원래부터 악인이었다는 설정이 있는 것도 아니고, 피해자들이 귀신과 면식 관계인 것도 아님에도, 귀신들이 사람들에게 해를 가한다는 특징이 있습니다.

대표적인 일본 공포영화로 '링'도 그렇고, '착신아리'도 마찬가지입니다.

귀신들이 멋대로 정한 규칙으로 피해자를 선정하고, 피해자를 살해하고는, 자신들이 죽었다고 독특한 흔적을 남겨놓는 모습이 흡사 공포영화보다는 범죄 스릴러물에 나오는 연쇄살인마와 흡사하다고 생각합니다.

보다 보면 오히려 귀신이 비과학적인 힘을 가지고, 살인을 만끽하는 느낌마저도 들 정도입니다.

그래서 저는 일본 공포영화 볼 때마다 울화통이 터지곤 했습니다.

거기서 든 생각이 '와, 저것들, 사람들이 우르르 몰려가서 단체로 두들겨 팼으면 좋겠다.'였습니다.

이를 계기로 퇴마 인테리어를 집필하기 시작했습니다.

처음에는 좀 더 현실성이 있도록 전자장비를 이용하여 퇴마를 하는 게 어떨까 했지만, 현재 나와 있는 전자장비들은 모두 탐색이나 귀신과 상호작용하려는 용도일 뿐, 퇴마 장비는 여전히 십자가나 성수 같은 기존 종교 무기 그대로였습니다.

그래서 처음에 집필 계기와 마찬가지로, 아예 타격으로 퇴마하는 설정을 잡았습니다.

덕분에 쓰면서 제 속도 시원했습니다.

퇴마에 사용하는 무기들의 설정도 종교인의 믿음을 부여받은 무기라는 설정이라, '믿음'이 본 작의 핵심 단어가 될 예정이므로 그 방향과도 잘 맞아서 다행이라고 생각합니다.

1권은 전개가 과거와 현재를 왔다 갔다 합니다.

1권이 전체 이야기 중 기승전결에서 기에 해당하는 내용이라서, 긴장감 조성을 위해, 그리고 빠른 이야기 전개를 위해서, 불가피하게 이야기의 시간대가 과거와 현재를 왔다 갔다 하게 되었습니다.

퇴마 인테리어 창업 초기부터 구구절절하게 가면 좀 전개가 늘어질 것 같았습니다.

과거는 핵심만 빨리빨리 보여드리면서, 퇴마 인테리어라는 이 작품에서 주인공들은 어떤 인물인지, 또 이들이 상대해야 할 진짜 위협적인 적은 누구인가에 대해 얼른 설명하고 싶었습니다.

바알이란 캐릭터가 특히 그런 면에서 정말 중요한 역할을 맡고 있다고 설명 드리고 싶습니다.

바알의 원본은 성경에 나오는 우상신 중 하나인 바알입니다.

그 덕에 자료는 쉽게 구할 수 있었습니다.

거기에 서구권에서도 특히 유명한 악마인 만큼, 바알을 소재로 한 다른 작품의 악역들도 많아서, 다른 창작물에서는 이렇게 묘사했구나, 저렇게 묘사했구나 참고할 수 있었습니다.

덕분에 저는 '아, 나는 이렇게 묘사하지 말고 다른 방식으로 묘사를 해봐야겠다.' 하는 어떤 방향성을 얻을 수 있었습니다.

그래서 지금까지 다른 창작물에서는 볼 수 없었던, 제 작품만의 바알의 개성을 정할 수 있었습니다.

　그렇게 되니, 바알을 상대로 싸우는 퇴마 인테리어의 이야기를 이 책의 뼈대로 둘 수 있게 되었습니다.

　이 외에도 퇴마 인테리어 세계관에는 몇 가지 독특한 설정을 잡아놨습니다.

　대표적으론 '영의 존재는 소멸시킬 수 없다.'와 같은 설정이 있습니다.

　이 설정들을 지키면서, 이야기를 써갈 겁니다.

　재미있는 장면들 많이 생각해 놨습니다.

　결말도 정해놨습니다.

　앞으로 펼쳐질 이야기도 기대해 주시면 감사하겠습니다.

　1권 후기는 여기서 마치도록 하겠습니다.

먼저 독자 여러분께, 책을 구매해 주셔서, 그리고 읽어주셔서 감사하다는 말 드리고 싶습니다.

책을 쓰는 데 도움을 주신 분에게도 감사함을 전하고 싶습니다.

특히 몇 가지 자문 역할에 응해주신 세레나 아우구스타 님과 이름을 빌리는데 승낙을 해주신 에르하르도 님, 정말 감사합니다.

출판사 관계자분도 감사를 표하고 싶습니다.

판매와 유통에서 노력해 주신 분들이 없으시다면, 작가들의 노력도 빛을 보진 못했을 겁니다. 열심히 일해주셔서 감사합니다.

이번 퇴마 인테리어라는 작품은 저의 세 번째 장편물입니다.

사실 앞선 두 작품은 아쉬운 부분이 많았습니다.

첫 번째 작 "꿈의 치료사"는 독자 여러분께서 재밌게 봐주신 덕에 예상 연재 권수 5권에서 8권까지로 늘리게 됐지만, 늘어난 연재 분량에 맞춰 작품의 질을 제가 유지하지 못했던 작품이라고 생각합니다.

두 번째 작 "리미티드"는 연재 도중에 허리디스크가 터져서 연재 중단을 하게 되었던 작품인데요. 세계관 설정에 공을 들였던 작품인데, 그렇게 노력했던 자신과 작품성을 좋게 평가해 계약을 맺어줬던 출판사에게 배신감을 안겼고, 특히 책을 구매해 주셨던 독자 여러분에겐 그저 죄송할 따름입니다.

이제 저의 세 번째 작 "퇴마 인테리어"에는 그간의 실책을 교훈 삼아, 작품의 질이 떨어지지 않도록, 연재가 중단되는 일이 없도록, 저 자신과 작품의 연재를 도와주신 모든 분들에게 실망을 끼치지 않도록 노력하겠습니다.

책을 구매해주신 독자와의 약속이라고 생각하고 꼭 지켜내겠습니다.

부디 앞으로도 계속 지켜봐 주십시오.

다음 2권은 2023년 초에 출간하는 걸 목표로 잡고 있습니다.

제 메일 주소를 남겼습니다. 의견과 조언, 아낌없이 해주시면 감사히 받도록 하겠습니다.

---

dptnsladngn@hanmail.net

레이몬드J파웰

퇴마 인테리어

❶

구축대표 주택편

초판 1쇄 발행 2022. 11. 21.

지은이 레이몬드J파웰
펴낸이 김병호
펴낸곳 주식회사 바른북스

편집진행 김재영
디자인 김민지

등록 2019년 4월 3일 제2019-000040호
주소 서울시 성동구 연무장5길 9-16, 301호 (성수동2가, 블루스톤타워)
대표전화 070-7857-9719 | **경영지원** 02-3409-9719 | **팩스** 070-7610-9820

•바른북스는 여러분의 다양한 아이디어와 원고 투고를 설레는 마음으로 기다리고 있습니다.

이메일 barunbooks21@naver.com | **원고투고** barunbooks21@naver.com
홈페이지 www.barunbooks.com | **공식 블로그** blog.naver.com/barunbooks7
공식 포스트 post.naver.com/barunbooks7 | **페이스북** facebook.com/barunbooks7

ⓒ 레이몬드J파웰, 2022
ISBN 979-11-6545-935-2 03810